都是有故事的人 Doushi You Gushi De Ren

时代出版传媒股份有限公司
安 徽 文 艺 出 版 社

“时光·阅读”丛书

Doushi You Gushi De Ren

总策划 / 王亚非

都是有故事的人

《时代发现》编辑部 / 编

王亚非

时代出版传媒股份有限公司
安徽文艺出版社

图书在版编目(CIP)数据

都是有故事的人/《时代发现》编辑部编. —合肥:安徽文艺出版社,2015.1
("时光·阅读"丛书)
ISBN 978-7-5396-5096-8

Ⅰ.①都… Ⅱ.①时… Ⅲ.①随笔-作品集-中国-当代 Ⅳ.①I267.1

中国版本图书馆 CIP 数据核字(2014)第 188108 号

总 策 划:王亚非　　出版统筹:朱寒冬　唐元明
责任统筹:刘　哲　宋潇婧　　责任编辑:卫　敏　王婧婧
特约编辑:许　燕　胡作法　　装帧设计:丁　明　李沫璇

出版发行:时代出版传媒股份有限公司　www.press-mart.com
　　　　　安徽文艺出版社　www.awpub.com
地　　址:合肥市翡翠路 1118 号　邮政编码:230071
营 销 部:(0551)63533889
印　　制:合肥中德印刷培训中心印刷厂　(0551)63813778

开本:700×1000　1/16　印张:19　字数:320 千字
版次:2015 年 1 月第 1 版　2015 年 1 月第 1 次印刷
定价:48.00 元

编者语

缘起

—— 发现的美好

5年前的春4月，四川成都，在第20届全国图书交易博览会上，一本薄薄的杂志在万卷云集的书市上惊起一片关注的目光。这便是由原来《安徽画报》改刊而来的《时代发现》杂志。在传统纸媒日渐式微的生存背景下，她的面世，可谓浴火重生、逆势飞扬。

毋庸讳言，即使是5年前，关于传统纸媒必将消亡的论调也已甚嚣尘上。对此，我们有过洞察，却从未对纸质阅读丧失信心。我们知道，在网络的繁华与虚妄中，许多人迷失在无从识辨的海量信息里，缺乏“一卷在手，心骛八极”的优雅境界，这不能不说是一种遗憾。

这些年，我们有幸行走于不同的地方、不同的国家，领略过许多陌生的风景，见识过许多张陌生的面孔。我们对这个世界心怀感激，我们热爱这个世界，也热爱自己的生活。

看看我们生活的这个世界吧！它既陌生，又新奇；既刺激，又危险。一张面孔、一段历史、一场旅行、一片风景、一个思想，都包容着生活的智慧与美丽。它就在那里，期待着你的转身、你的发现。

所以，很长时间里，我们内心一直渴望有这样一本杂志——她不要太高端，但要有新意；她不要太尖锐，但要有温情；她不要太琐碎，但要能精辟。她应该能够呈现这个世界独特的美，应该能够让我们体悟这世上许许多多不同寻常的思想、情感和智慧。

2010年，如期而至的《时代发现》，让我们这样恳切的愿望得到了满足。清新的面目、清亮的文风、精美的内容，如新隼试翼，尚未高飞，便已惊世；又如雏凤清啼，甫一开口，便已动人。

要肯定《时代发现》5年来所做的努力，称道创刊者从无限繁杂的信息里披沙拣金，萃选出有益于生活、有益于心灵的文本。那些隐秘而动人的历史、温暖而多情的生活、优雅而高贵的艺术、辽阔而美丽的自然、独特而传奇的人生，都在不同的层面和角度丰富着我们的阅读，丰富着我们的人生。

5年来，《时代发现》一如既往地专注于品质的雕琢，以“发现”的视角来引领公众对生活和世界的美好探求，以“品鉴生活、涵养心灵、快乐发现”为阅读价值取向，在网络的喧嚣中塑造和保持了自己独立的人文特质。

5年来，《时代发现》深耕细作，在品质与发行上取得了长足的进展，品牌影响力快速提升，受到越来越多的政府公务员、企业白领、教师学生、文史爱好者等一大批主流读者的赞誉和追捧，同时也得到中宣部、国家新闻出版广电总局、国新办、商务部及安徽省委、省政府等有关领导的充分肯定。而我们也欣喜地看到：2014年，杂志同时收揽“中国最美期刊”“中国邮政发行畅销报刊”两大殊荣，我们的杂志被不同的喜爱阅读的人士当面赞誉和求购，我们的年度合订本总是一“票”难求……

当然，这些都远不能称之为辉煌，离集团的期待尚有距离。然而，5年毕竟是一个节点，杂志的每一个进步、每一次成长，都殊为不易，值得盘点与铭记，也值得思考与展望。

值此杂志5周年到来之际，《时代发现》编辑部应广大读者的要求，启动了“《时代发现》5周年精华本”的选编工作，从5年的杂志选文中精挑细选，反复斟酌，汇编成“时代发现文萃”（《生活是私人定制》《都是有故事的人》），奉献给一直关爱和支持《时代发现》的热心读者，同时也作为献给自己5周年生日的一份纪念礼。

此次编选的《生活是私人定制》和《都是有故事的人》，是《时代发现》杂志最受欢迎的两大主栏目《品生活》《说人物》中佳文的精选本。其中，《生活是私人定制》中名家名篇众多，以出世的格调、入世的情怀，看世间悲欢，品人间烟火，诉岁月衷肠，文风或老辣沉着、雄浑恣肆，或涓涓细流、深情款款，或洒脱俊逸、娓娓道来，饱蘸着作家们对世情的洞察与通达，读之令人折服。而《都是有故事的人》则以“关注人物命运，展现人性魅力”为主旨，精选了古今中外几组不同领域内的、具有相当知名度和影响力的人物，关注其命运的起起伏伏，故事性强，极具启示意义。我们相信，这套5周年精华辑本必定能带给你更为高妙的阅读体验。随后，我们将以不同主题、不同形式，陆续推出，以飨广大读者。

在新书付梓之际，翻检目录，重品佳文，不免欣慰，且作斯文，以叙缘起。衷心希望读者给予本刊更多关注与支持！亦期待《时代发现》在未来的岁月里，发现更多的美好，捕获更多的精彩，也收获更多的喜悦！

目　录

第1辑　江湖多传奇

第 1 辑
江湖多传奇

“糖僧”苏曼殊

小宝

中国食客，第一人当推苏曼殊。他是诗人、小说家，又是出家人，曼殊是他的法号，后人尊称“曼殊上人”。他1844年生于日本东京，东京当时叫江户。他的身世至今不能完全确定，他至少有一半日本人的血统。他五岁时随父亲回到中国，十二岁在广州长寿寺（一说慧龙寺）出家，十三岁时奉师命返日省母。

苏曼殊自小十分聪慧，四岁初学绘画，九岁师从西班牙牧师学习欧洲文字和西方文学，十三岁就读于东京上野美术学校，两年后进日本早稻田大学攻读政治学，后来又在日本的军校学习军事。他一生漂流，从少年时开始就多次往返中日两国，曾游历东南亚诸国，还到过印度。

苏曼殊通英文、日文、梵文，雨果的《悲惨世界》由他首译成中文（从英译本转译，书名译为《惨社会》）。不过他最有名的作品是言情小说，二十九岁时写成的《断鸿零雁记》风靡中国半个世纪，直到今天还有人在读。

他写言情小说有不少新招。譬如写到男女生离死别情话绵绵伤心欲绝肝肠寸断之时，他会配上日月无光狂风怒号暴雨倾盆惊涛拍岸的场景，以突显情景交融。当然，现在的读者见得多了，再看到这么做作的描写会倒胃口。但是在一百年以前,中国人可从来没有听过这样的故事,那时候有多少人为“断鸿零雁”疯狂。20个世纪初的新文化运动对青年生活的一大贡献是教授恋爱,当时青年的恋爱读本不是胡适写的,也不是鲁迅写的,而是这位和新文化运动没什么关系的曼殊和尚写的。苏曼殊言情小说传统的第一代接棒人是鸳鸯蝴蝶派,第二代接棒人是琼瑶。

柳亚子是苏曼殊的好朋友,他说苏曼殊在中国“不可无一,不可有二”。为什么说他“不可有二”?因为这个和尚的生活太乱了,比现在的娱乐界还要乱。苏曼殊一生有无数女朋友,有不少还是青楼佳丽,他死后的遗物中最多的是各方女子送他的脂盒香囊,他的言情小说基本上取材于自己的恋爱经历。他的高明是他的情史乱而不脏,尽管有许多异性腻友,但曼殊和尚从未破过色戒。他是情僧,不是花和尚。茗山大师说自己在“禅堂参悟,而曼殊于妓院得道”。

苏曼殊混乱生活的另一个标志就是他的暴食症,他是中国文学史上最有名的甜食狂人。他三十五岁死于上海的广慈医院,就是给甜食害的。

他十七岁从日本返回广东,居法云寺,深得主持赏识。住持看他还是个孩子,常常赠他糖果糕饼。自此他养成好食糖果甜食的习惯,自称“糖僧”。他二十几岁时去东南亚游历,每天五六十枚甜果,结果肠胃炎发作,差点客死他乡。他自记在杭州曾“日食酥糖三十包”。他的同事周越然回忆:他最爱吃蜜枣,“有一次,他穷极了,腰无半文,他无法可想,只得把金牙齿拔下来,抵押了钱,买蜜枣吃”。他死前三四年,肠胃病已经非常严重,住在日本还是天天莲子八宝粥,病情加剧,两日一小便,五日一大便,但他仍不思调养,因怀念国内的多种甜食而决定回国。

在东京的李叔同

永和

都说李叔同做什么像什么。比如做茶花女、做学生（东京美校学油画）、做老师，等等。全力以赴，认真细致。总之，最高水准。

最近发现李叔同似乎曾认真体验过日本生活。

根据 1906 年东京《国民新闻》记者描写李叔同的外形：（他）在久留米的绀布（日本九州久留米地方生产的一种藏青色花纹织物）的和服外衣上，系上一条黑绉纱的腰带，头上留着漂亮的七分的发型。

穿日本衣装，住日本房子，拥日本妻子，很“像”。但这“像”，首要也主要是外形的“像”。当年像李叔同这种打扮的留学生，不知有多少。

年轻时候的李叔同，用眼睛在看在活，形与色是他那时追求的根本。

但归根到底，他不是日本人，也不是茶花女、优等生和通常意义上的优等老师（教师最基本的不旷课他没有遵守）。

他知道这一点。活得不痛快，身体不自在，不管是做日本人、扮茶花女、做优等生，还是当老师。

我的理解是：李叔同不到四十岁出的家。那时候他的身体已经不能从美食软床得到快感，摒弃是迟早的事。当身体不自在达到一个水准的时候，他最终放弃形与色，弃世入山。随后，逐渐才做像了"李叔同"，做出了传世的自己。

抵制美食软床，穿破衣服，守戒律最严的密宗，能使李叔同身体得到最大的满足。跟许多印度高人隐士似的，跟崇高巅峰没有太多关系，体己而已。

当然我们不是李叔同，我们不能体验他的体验。

1906 年，李叔同住在离东京美术学校不远的下谷区上三崎北町 31 番(现台东区上野附近的下谷五丁目)。这是我在东京最喜欢散步的地区之一，这里充满了旧日本风情：褪了色的木构小店，门前飘着小旗，弯弯曲曲的小路，点缀在许多寺庙与巨大的墓场之间。

李叔同当年租住的是安立寺的房屋，紧挨安立寺。院子五百多平方米，围在二丈多长的黑色木板墙内，现在已经荡然无存了。但我在冈山的仓敷见过这种规模的黑板墙，从那紧闭的墙缝里渗出一丝丝色彩斑驳的韵意，像是在慢慢打开一段封存的历史，勾人向往，极具风味。

院子对面是兴禅寺，无数根墓标从墙头伸出来，一路过去，有养傅寺、常在寺、加纳院、观音寺等寺庙。后来查了一下，上三崎这个地区，当年除了两户人家(还不知有没有住人)以外，全是寺庙。日本寺庙总带墓场。李叔同的居住空间几乎被墓场所包围，不见普通行人，没有孩子的喧闹声和各种行商的叫卖声。

李叔同为什么会选中这样一块地方居住？有心或无心？他的身体对墓场毫无抵制，会引起对死亡的幻想和恐惧吗？

身体不会做无意的选择。选择这里，一定有他的道理。或许那时候他身体内就隐藏着远离人间烟火的渴望，与寺庙墓场气氛有一种无意的融合吧。

我至今曾三次走近李叔同:一次在大学毕业前夕,读了一篇有关他的文章,完全被他吸引了。至于他的什么吸引了我,我没有多想。像所有年轻的身体一样,不管三七二十一,整块吞进去,囫囵吞枣。从此就有了李叔同情结。以后是漫长的反刍期。

第二次走近他是在前五年左右。偶然的机会又一次翻阅他。读了能找到的有关他的所有资料。我思索他出家的原因,不满他的断妻绝子,留下了我当时比较满意的一些文字。

这些年又多走了一段路,现在读来,那些文字,火气太大。

人总得先安置好自己的身体(情绪、萌动等),而后才可面对他人。人生有许多舍弃是无可奈何的事,不舍弃就安顿不了自己这具躯体。

灵魂总孤独。不是多了对李叔同的理解,而是多了对自己躯体的认识。

体己,才会走到这一步。

辜鸿铭的狂异与悲情

稼辛

历史洪涛中的辜鸿铭，尽管姿态狂放，却是在带泪表演，以之来保护强烈的自尊心。

让毛姆无言以对

20 世纪初，西方人曾流传一句话：到中国可以不看三大殿，不可不看辜鸿铭。

英国“最会讲故事”的作家毛姆未能免俗，他来中国，想见辜鸿铭，可是等了老半天，辜鸿铭都对他爱理不理，于是毛姆的一个朋友只好写了封信给辜鸿铭，但那边也没有回应。

执着的毛姆只好自己去找，终于来到了辜鸿铭的小院子。结果才刚刚进屋，凳子都没坐热，辜鸿铭劈面就是一句：“你的同胞以为，中国人不是苦力就是买办，只要一招手，我们非来不可。”毛姆无言以对。临别时，辜鸿铭送毛姆两首中国古诗，但就是不给他翻译，因为给他翻译就是给他伤害。毛姆不懂中文，后来请人翻译出来一看，原来是两首主题为临别赠妓女的诗。

这就是晚清怪杰辜鸿铭，终生穿着长袍马褂、留着辫子的他，看上去就是一介腐儒。而实际上，他却精通英文、法文、德文等九种语言，通晓文学、儒学、法学、工学等科目。

张之洞在湖北经营汉阳钢铁厂的时候，盛宣怀介绍了一个名叫华德·伍尔兹的人给张之洞，说是兵工专家。当时辜鸿铭刚回中国不久，是张之洞的洋文案（外文秘书），他跑去和伍尔兹见了一面，结果三言两语就把对方打发走了。因为伍尔兹是他学弟，其实是学商科的，在上海开了洋行，是个地道的商人，根本不懂兵工。

后来辜鸿铭给张之洞推荐了威廉·福克斯，德国克虏伯兵工厂的监督。辜鸿铭还告诉张之洞，说盛宣怀办洋务，只是拿洋人做招牌，以夸示新政。

“争面子而已”

“生在南洋，学在西洋，婚在东洋，仕在北洋”的辜鸿铭回到中国之前，就对中国当时的情况了解明晰。他少年的时候生长在马来西亚，是橡胶园总管的儿子，当时的橡胶园园主布朗没有子嗣，于是将他收为义子。

布朗在1867年回英国，把辜鸿铭也一起带去了。据说布朗告诉辜鸿铭，中国已经成为了列强分而食之的对象，唯有学通中西，才能教化欧美。这也许是后来辜鸿铭自己的说法。的确，他一生都似乎为“教化欧美”而奔走。

有个著名的故事是说，某个学生在课堂上问辜鸿铭，哪个国家的人才最懂生活。辜鸿铭回答是中国。于是又有学生问，最懂得生活那为什么还要学英文呢？辜鸿铭说，是为了去教育那些西方的蛮夷。

而在辜鸿铭对外国文学的称呼里也看得到他的态度。罗家伦的《回忆辜鸿铭先生》里提到过辜鸿铭教授英国诗的时候会说：“我今天教你们外国大雅。”有时则说，“教你们外国国风。”或者是“洋离骚”。

辜鸿铭在洋人面前表现出来的优越感源自他的机智幽默。辜鸿铭在法国留学的时候，布朗为了让他了解更多的人情世故，就安排他住在一个名妓的隔壁，于是辜鸿铭领略了当时的那些政客、军官、富商的伎俩。

每到中国重大节日的时候，辜鸿铭会在房间里往东方摆一个祭台，遥祭祖先。有人揶揄他："你的祖先什么时候才能享受这些大鱼大肉呢？"他反唇相讥："就在你们先人闻到你们敬奉的鲜花香味之前。"

辜鸿铭固然偏激，但这也和当时的社会环境不无关系。在清末民初，洋人处处受人尊敬，还动辄批评中国的文化落后、野蛮。这让辜鸿铭深受刺激，因为在他眼里中国文明五千年，开国亦较欧美为早，但由于礼教废弃，风气败坏，竟被欧美人视为"未开化国"。对于辜鸿铭"睥睨中外，诚近于狂"的态度，同为福建人的林语堂曾经作过评述："原亦只欲替中国人争面子出气而已。"

与林语堂后来翻译《浮生六记》等中国经典文学相似，辜鸿铭的最大贡献是把儒家经典古籍译成外文，远扬海外，影响深远。林语堂评论辜鸿铭的译著"卓越聪明"，"正确明白"。回头看来，从辜鸿铭在1883年于英文报纸《华北日报》上发表题为《中国学》的文章开始，他就走上了宣扬中国文化、嘲讽西学的写作之路。

狂人还是悲情人？

在谈论时局的时候，辜鸿铭也有自己的看法，当然也不乏狂言。在风雨飘摇的晚清，辜鸿铭似乎只夸耀过"时髦郎中湘乡曾姓者"（指曾国藩）。即便是对于做过自己顶头上司的张之洞，他似乎也颇有微词。而对于端方、袁世凯、盛宣怀等人，更是骂到入木三分。

在一次有一些社会名流和政界大腕出席的宴会上，一位外国记者逮住空当采访辜鸿铭:“如今中国内政如此纷乱,有什么法子可以补救?”辜鸿铭不假思索,开出一剂猛药:“有,法子很简单,把现在在场的这些政客和官僚,统统拉出去毙掉,中国的政局就会安定些……”一次参加参议院会议,他领到了300大洋车马费,结果马上去逛八大胡同,每到一个妓院都点一次名。于是妓女们鱼贯而出,他每个人赏一块大洋,直到300块用完,才扬长而去。

爱逛八大胡同的辜鸿铭对爱情婚姻的看法也常常被人说成是“歪理”。他当北大教授时,帮两个外国女士讲解“妾”字:“‘妾’字,即‘立女’;意思是说男人疲倦时,用手靠着女子来休息。”这两个美国女士一听,反驳道:“那女子疲倦时,为什么不可以将手靠男人呢?”于是辜鸿铭丢出了那句名言:“你只见过1个茶壶配4个茶杯,哪有1个茶杯配4个茶壶的呢?其理相同。”

多年以后,徐志摩和陆小曼结婚,陆小曼怕徐志摩再和别人相爱,就对徐说:“你可不能拿辜老的茶壶比喻来做借口而多置茶杯。你要知道,你不是我的茶壶,而是我的牙刷,茶壶可以公用,牙刷可不行。”不过即便辜鸿铭在朋友中大谈茶壶理论,他在家中却十分惧内,称“爱妻是王法”。

这倒是和他在对待中外文化差异上的狂妄有些相似。当他用外文猖狂地叫骂洋人的时候,学贯中西的他,未必不知道西方的好。当他说起“我的辫子是有形的,你们的辫子是无形的”时,他肯定在为礼教的荒废而忧虑,为本土思想的沦丧而忧虑。在辜鸿铭《张文襄幕府纪闻》一书里,他写道:“惟历观近十年来,时事沧桑,人道牛马,其变迁又不知伊于何极,是不能不摧怆于怀。”何曾看得见平时的高傲和戏谑?

曹汝霖:民国第一号律师

林天宏

曹汝霖(1877～1966),字润田,生于上海,毕业于东京法学院,民国第一个拥有正式执业资格的律师,历任袁世凯政府、北洋政府外交次长、交通总长、外交总长和财政总长等要职。

从“二十一条”到“火烧赵家楼”,曹汝霖在中国历史上扮演了一个极为不堪的角色。不过,在“卖国贼”的标签后面,他也有着鲜为人知的另一面。

一次争吵与一次召见,即可为证。

争吵,是1901年在日本的一次留学生集会上。这个就读于东京法学院的中国留学生上台高呼:“我是主张君主立宪的!……要知破坏容易,建设繁难,试观法国大革命,虽然推翻王朝,成了共和政体,嗣后战乱频仍……我们不应只看今日法国的繁荣,而忘了法国革命历史之惨痛!”旁边一位孙中山的追随者愤而起身,脱下皮鞋朝他砸了过来。曹汝霖当即也脱下鞋,回砸过去。

召见,是在1905年的颐和园,西太后慈禧向其询问立宪之事。其间,慈禧长叹一声说:“唉,咱们中国即坏在不能团结!”曹汝霖侃侃而谈道:“……若是有了宪法,开了国会,即能团结。”慈禧听后,“若有所思,半顷不语”。

此等细节,早已湮没在浩如烟海的史料之中。不过,在后世一些民国史的研究者眼中,曹汝霖是清末民初中国少有的具有现代法治理念的法律人才。根据数据统计,在民国元年九月至十二月这四个月时间里,曹汝霖代理的诉讼案多达28件,并承担了上诉刑事案件中半数以上的辩护工作。从曹氏的执业经历中,人们也可以窥见,“在中国法治现代化的萌芽阶段,律师这个现代职业的执业状态,和从中折射出的饶有意味的社会图景”。

彼时的中国,普通民众并无律师这一概念。曹曾去保定出庭,下榻的旅馆便张灯结彩,大书“欢迎曹大律师。”曹氏颇为惊讶,后问之,才得知当地百姓将其当作了旧时的巡按。

就连颇为赏识曹汝霖的袁世凯,都曾问他:“何必做律师?律师不是等于以前的讼师吗?”曹正色答道:“律师与讼师,绝对不同:律师根据法律,保障人权;讼师则歪曲事实,于中取利。”

曹的律师事务所设在家中,此时“风气未开”,请教者不多。后来曹接了一个死刑犯上诉案件,在他的辩护下,死刑犯被无罪释放,曹汝霖从此声名远播。

在曹氏晚年的回忆录中,提起这段往事,字里行间亦流露出意气风发之感:“从此大家知道诉讼不能不请律师……区区之名,不胫而走,从而门庭若市……后来,法政学生挂牌业律师者渐多。”

虽然名动一时,但曹大律师的收费并不昂贵,“除照章公费外,不计较酬报,听当事人之便”。曾有一案子获胜,当事人全家老小到曹家叩头致谢,感激涕零,但家中贫困,只能送些土产表示谢意。曹氏不仅不收酬劳,就连工本手续费都免了。

如果历史的风往其他方向吹一吹,曹氏或许不会有日后的骂名。但这个名律师很快便入袁氏内阁,因“熟稔法条”,被任命为外交次长,遂有后来的“二十一条”与“巴黎和会”，沦为“国人皆曰可杀的卖国贼”。

不过，在一些观察者眼中，这个众人口中的“卖国贼”，在“大是大非”问题上，并无多少“亏欠之处”。

中国最卓越的外交家顾维钧曾这么评价曹汝霖：“与其在外交部，特别是当签订‘二十一条’时共过事。就我们所共之事而言，我始终感到曹先生是一位能干的外交家，是拥护国家利益的。”

抗战开始后，曹氏亦曾公开表示，要以“晚节挽回前誉之失”，发誓不在日伪政权任职。据说，日本在筹组华北伪政权时，一度曾把曹氏看作是总理大臣的理想人选。但曹氏始终不为所动。日伪华北政权曾为其挂上一个“咨询委员”的空衔，但曹汝霖从不到职视事，也从不参与活动。

七七事变后，日军在天津新车站用机枪扫射难民，曹曾出面给日军打电话抗议，日军才停止射击。随后，他与儿子曹朴又联系商会，设立收容所、粥厂，将难民陆续送走。

晚年时，曹氏曾在回忆录中谈起“火烧赵家楼”一事，读来倒也颇有意味——“此事距今四十余年，回想起来，于己于人，亦有好处。虽然于不明不白之中，牺牲了我们三人，却唤起了多数人的爱国心，总算得到代价。”

蔡锷的文治武功

佚名

蔡锷，原名艮寅，字松坡，湖南宝庆(今邵阳)人，1882 年 12 月 18 日出生。父蔡正陵，农民，兼做裁缝。母王氏，家世寒微。

蔡锷从小颖悟，聪明过人。6 岁读书，13 岁即考中秀才，一方传为佳话。十五岁在 2000 名青年才俊中脱颖而出，考入当时设立于省会长沙的时务学堂(仅招收 40 名)。这对他的一生具有决定性影响：就在这里，他认识了梁启超。

湖南虽处内陆，原本闭塞保守，却因出了个曾文正公，开了一代风气，人才鼎盛，思想开明。戊戌变法时，湖南巡抚陈宝箴(曾氏门生故吏，寅恪先生祖父)是方面大员中唯一公开支持维新者。时务学堂，由其子陈三立协同谭嗣同、黄遵宪、熊希龄、唐才常、皮锡瑞等精英合力开办的，旨在培养维新人才。学堂的中文总教习，就是年方二十四岁、风华正茂、才华横溢的一代天骄梁启超。

时务学堂开办之后，两年间共招考三次，录学生 200 余名。蔡锷是同学中年龄最小的，所谓"白帽轻衫最少年"。成绩却很出色，与李炳寰、林圭并称为三大高才生。梁启超对他特别赏识，勤加扶掖点拨，师弟之间建立了历久弥坚、终生不渝的深厚感情。

戊戌政变发生后，陈宝箴去职，时务学堂被停办。蔡锷先后到武汉、上海、日本，辗转求学。1900 年回国参加唐才常在武汉组织的自立军反清起义，事泄失败，师友多人遇难。蔡锷幸免，但受到强烈刺激，乃改艮寅为锷；更不顾梁启超等人的反对，下决心投笔从戎。次年再去日本，改学陆军。

1904 年 10 月，蔡锷以优异成绩从日本士官学校第三期毕业，与蒋方震、张孝准并称“中国士官三杰”。冬天，回国服务，各方竞相争聘。那时的“海龟”，远比今天稀缺，也更加走俏。

回国后，蔡锷先后在江西、湖南、广西、云南担任军职，备受各方政要器重。

1906 年，清廷在河南举行新军秋操演习。作为军界新锐，蔡锷奉令观操，并充任中央评判官。就在这时，他第一次见到袁世凯。这两个大佬的恩怨情仇，耐人寻味，活脱脱一对生死冤家。

1911 年夏天，蔡锷在云南编撰出版重要军事著作《曾胡治兵语录》。7 月，云贵总督李经羲奏准朝廷任命蔡锷为新军第十九镇第三十七协协统。这是一个非常及时的任命——10 月 10 日，辛亥武昌首义爆发。

10 月 30 日夜，昆明重九起义爆发。次日，昆明光复。11 月 1 日，起义官兵组成“大中华国云南军都督府”，蔡锷众望所归，被推举为云南都督。时年二十九岁。

1912 年元旦，中华民国建立。第二年 10 月，蔡锷奉命调到北京，在中央政府担任多项职务。当时，他对袁氏持理解、支持态度，试图帮助其建立一个强有力的中央政府，厉行统一和建设，反对孙中山动辄兴兵，又主张军人的“不党主义”。其间，与恩师梁启超过从甚密。

1915 年下半年，袁世凯利令智昏，帝制独裁的狼子野心渐露。对蔡锷，则一方面密加防范，一方面多方周旋。他对左右亲信说：“此人之精悍，远在黄兴及诸民党之上，即宋教仁或亦非所能匹。”蔡锷已看穿此公的鬼蜮伎俩，不为所动。但他是一个智深勇沉、劲气内敛的人，虚与委蛇，不动声色。

12 月 12 日，袁世凯接受帝位。19 日，蔡锷摆脱监视，历尽艰辛，间关万里，抵达旧治昆明，与云南督军唐继尧等决策反袁，先礼后兵。先通电规劝。但袁氏泥足已深，不肯回头。25 日，蔡锷、唐继尧等宣布云南独立，组织护国军，武装讨袁。护国战争爆发。

1916 年 1 月，蔡锷率军出征四川，与袁军进行艰苦卓绝的战斗。袁世凯人心丧尽，内外交困，做了 83 天可怜巴巴过干瘾的关门皇帝后，于该年 6 月 6 日一命呜呼。次日，黎元洪就任大总统。中华民国国体得以保持，护国战争胜利。中央政府任命蔡锷为四川督军兼省长。

但蔡锷因患当时还属不治之症的喉结核，又戎马倥偬，尽瘁国事，已经病体难支。视事未久，就向中央政府请假治病。8 月 9 日，离开成都沿江东下，两袖清风出夔门。月底到上海，随即东渡日本，入九州帝国大学医学部治疗。

1916 年 11 月 8 日，再造共和的一代伟男蔡锷在日本逝世。时年三十四岁！

蔡锷短暂的一生，建树非凡。举凡政治体制、宪政研究、军事教育、治军思想、诗词对联……可述者甚多。

但蔡锷最为壮伟的功业，无疑是以下两端：其一，领导昆明辛亥重九起义，光复云南；其二，拒绝一切利诱，克服无数险阻，冒死犯难，发动领导护国运动，并亲冒矢石，以重病之身在第一线指挥作战，终于挫败了神奸巨蠹袁世凯，粉碎了洪宪皇帝梦，让千年帝制从此成为历史，再造共和，为国民争得了人格，使民主共和观念深入人心。

张自忠将军之死

何志铭

六十多年前有一位将军曾无声地走过长江这条母亲河，之所以无声，是因为溯江而上的是已经战死的他，他就是张自忠将军。

张自忠上将是第二次世界大战反法西斯盟军中阵亡的最高将领，也是现代战争中面对面厮杀、贴身肉搏、喋血拼刺中唯一战死的将军。

那是春末夏初的一个夜晚，张自忠将军率领着只有两千战士的部队渡过湖北襄河，直扑日军主力，死战不退，最终全部阵亡。张自忠将军浴血之战的真实意图，就是以决死的意志，扑向劈面而来的日军。“我生国死，我死国生！”将军呼啸着冲向敌阵。此一战他就是要杀敌，就是要战死沙场！

像岳飞、袁崇焕一样，张自忠也受过冤屈。1937年，卢沟桥事变，张自忠奉命和谈，他没能与日军作战，成了全国一片骂声中的汉奸与卖国贼。张自忠将军无言地承受了这一切。他率领这些穿着草鞋的农家子弟，有的只有十六七岁，长得还没有枪高，就要和敌人去拼命。他们从南到北地行进着，谁能知道将军的心里一直在寻找机会，历史最终将给将军一条保留名节的血路。

这一天终于来了。

穿过冰冷的河水，暗夜里行进的他心里清楚，他要战死在这里。

中日战争中最惨烈搏杀的战场是在长江三峡东口外的鄂北。据战报公布，张自忠将军生命的最后时刻，全身被数弹洞穿，可他没有倒下，仍面对日军挥舞着早已无弹的手枪，最后几位保护他的士兵也全部阵亡了。日军第三中队长堂野射出一枪，击中张自忠额头，血污糊住了将军的眼睛，他大声呼叫杀敌！日军一等兵藤冈之用刺刀穿入了他的左肋。日军惊遇鬼神，说将军倒下时像一座山。

当天夜里，日军确认战死的是张自忠上将时，发出了短暂的欢呼，接下来他们一起郑重地给张将军敬礼。第二天，日军又用柏木棺材埋葬了将军，当晚他们接到总司令部命令，把张自忠的遗体运到武汉。是夜，一支中国军队突袭此地，勇猛的中国军人冲向日本鬼子，二百多名官兵倒下，他们从敌人手中抢回了将军的忠勇之躯。中国军人作战的果敢、顽强，以及前所未有的火力，使日军为之胆战心寒。将军以死激发了中国军人复仇的火焰。将军不惧死，士兵何曾怕死？正如张将军战前所言："人生百年，终有一死，贵在死得其所！"他属下的士兵斩断了生的念头，毅然地冲向了敌人。

张自忠将军的灵柩，由湖北武昌起程运往重庆，举行国葬。当日，十万人口的宜昌，倾城出动，万人空巷，在将军灵柩经过的长江边，为他送行。日军飞机多次在宜昌上空盘旋，十万宜昌人眼睁睁地看着敌机，没一人惊恐躲避。

轮船汽笛响彻长江，载着将军缓缓驶离宜昌码头远去，驶在长江上，开向流着中华民族忠勇之士热血的天险三峡。

张自忠上将的遗躯经过秭归，峡边高山上也立满了人群。这是屈原故里的乡亲，他们默默地望着。长江上传来一首古老的歌谣，这是两千多年前屈原的《招魂》，凭吊亲人，秭归人从来就是这么唱着："魂兮归来！去君之恒干！何为乎四方些？……"

后辈眼中的卫立煌

刘畅

卫立煌的一生如同一个难解的谜。他是孙中山的卫士、蒋介石的“五虎上将”之一却又与毛泽东等中共领导人是朋友;他曾是被中共通缉的“战犯”,后来又被任命为中华人民共和国国防委员会副主席……史迪威在其回忆录中,称他是“国民党军队中最能干的将领”,也有人称其是“辽沈战役最大的卧底”。

卫智,卫立煌的嫡孙,卫家第三代中最小的孩子,今年四十七岁,他的父亲卫道然是卫立煌最小的儿子。“现在社会上戏说的历史太多,甚至有人冒充卫家后代行骗……”在这种情况下,卫智开始深入研究中国近现代历史。

和蒋介石的微妙关系

卫立煌 1897 年生于安徽合肥城东郊卫杨村一个农民家庭。1911 年武昌起义爆发,不满十五岁的他加入新军。大革命受挫后,卫立煌转道武汉,加入湘军。二十岁时卫立煌投身革命,追随孙中山,历经护法运动和讨伐陈炯明。因为为人忠厚,很受孙中山的器重和信任,先任大元帅府警卫,后升任警卫团的排长。

1918 年,护法运动失败后,孙中山离开广州去上海,卫立煌被调入粤军第二军许崇智部下任排长,因为屡建战功,很快升任营长。因为只有二十二岁,担心年龄小被人轻视,他特地蓄起一撮胡须以示“老成”。卫立煌标志性的两撇胡子,就是从那时蓄起来的。

关于卫立煌与蒋介石的微妙关系,多年来说法不一。有史料分析,由于卫立煌不是浙江人又不属于黄埔系,所以一直得不到蒋介石的信任,只是蒋嫡系中的“杂牌”,两人由此产生隔阂。尽管战功显赫,与刘峙、顾祝同、蒋鼎文、陈诚并称为蒋介石的“五虎上将”,但卫立煌并未获得实权高官。甚至有文章认为,从20世纪30年代开始,蒋介石就一直派特务监视卫立煌,对他的行踪了如指掌。

对此,卫智认为:“蒋介石派特务监视的事情是有,但并不是从一开始就有。孙中山在广西时,祖父也是和蒋介石一起陪在他左右,因此结下了友谊。卫立煌在粤军第二军时,蒋介石任参谋长。那时,他们都属于非广东籍人士,属于被排挤的对象,这种处境在一定程度上反而巩固了他们之间的友谊。蒋介石担任黄埔军校校长期间,还多次请祖父给黄埔的同学讲课。可见,早期的时候,他们之间是彼此信任的。”

与共产党亲密接触

蒋介石开始派特务真正监视卫立煌是在抗战期间。西安事变后,国共合作抗日的局面形成。1938年,卫立煌任第二战区副司令,与共产党一起合作抗日。

“1938年4月,祖父去西安开会,中途访问了延安,并拜会了毛泽东主席。他是第一个到延安访问的国民党高级将领。当时延安组织了相当长的队伍夹道欢迎,毛主席还亲自接待,数次面谈。他对我祖父十分亲切友好,特批了50多元钱,请祖父吃饭。”

延安之行让卫立煌的思想发生了重大转变。后来在1939年至1941年的三年中,卫立煌与毛主席往来电报60多封,探讨抗战与革命,对共产党有了更深的了解。

1939年1月,卫立煌任第一战区司令长官,并晋升陆军二级上将,不久又兼任河南省政府主席,1940年兼冀察战区总司令。这可以说是卫立煌为将以来最鼎盛的时期。他与八路军密切合作,在黄河北岸联合阻击日军,使日军整整四年未能跨越黄河天堑。

1943年11月,卫立煌出任中国远征军司令长官,指挥数十万远征军一举击溃滇西和中缅边境日军,打通滇缅公路,保住了抗日生命线。

身后有两位传奇女性

在美国出版的《中国人名大辞典》中,卫立煌被称为“常胜将军”,一生身经百战没有负伤,这在国民党军人中实属罕见。而同样充满传奇色彩的,还有他背后的两位夫人。

卫智的祖母朱韵珩早期在镇江崇实女子学校任校长,毕业于美国丹佛大学,1925年获得硕士学位后回国。“祖父在1927年北伐战争中击败了孙传芳部队后,正好率队驻扎在镇江,他在那里结识了祖母,他们同年12月在上海举行了婚礼。”

朱韵珩与蒋夫人背景相似,都是虔诚的基督教徒,又都留学美国,有很多共同语言,所以每次去见宋美龄,都可以不必通报直接入室。她们之间还经常用英文书信往来。1932年,宋美龄还特邀朱韵珩带着孩子上庐山避暑。

那以后的几年,卫立煌步步高升,与蒋介石的关系也比较密切。然而抗日战争爆发后,由于与八路军的频繁合作,卫立煌被视为亲共分子,和蒋介石开始有了隔阂。1939年,朱韵珩在一次小的妇科手术中休克，经抢救无效逝世，终年三十七岁。“祖母去世，加上战事不断变化，祖父与蒋的关系也越来越糟。”

朱韵珩病逝后，蒋介石有意将孔祥熙的二女儿介绍给他，卫立煌谎称已经有了意中人，予以婉拒。他托人介绍，认识了韩权华女士。韩权华是天津的大家闺秀，在美国进修音乐，是邓颖超的中学同学。她精通各种乐器，一生颇为传奇，1922年考入北京大学中文系，是当时的北大“校花”，甚至上课时都有老师和学生围观。1945年6月，韩权华与卫立煌成婚，何应钦为主婚人，龙云将军为证婚人。

岁寒知劲节，恒久见贞心

1955年3月，卫立煌拒绝了国民党让他去台湾的安排，从香港回到北京。他是从海外归来的官职最高的国民党高级将领，受到毛泽东、周恩来的亲切接见。后来，卫立煌历任中国人民政治协商会议全国委员会第二、三届常务委员，第二届全国人民代表大会代表，第三、四届民革中央常务委员和中华人民共和国国防委员会副主席等职。

1955年6月，卫立煌及夫人从北京饭店迁入东单麻线胡同新居。周恩来亲自到家中看望，关心他们的生活。1959年冬天，卫立煌旧病未除，又患了肺炎。就在去世前几天，他的老朋友朱德还一再去探望，坐在床边久久不忍离去。“那时，祖父已经神志不清了，1960年1月17日凌晨，他溘然长逝，终年六十四岁。我想，‘爱国将领’四个字，就是对祖父一生的最高评价。”

想起卫家三代人的命运，卫智忍不住落泪。他的父亲卫道然，自小跟着祖父在军队中长大，看到战争残酷，百姓颠沛流离，从幼年时期就萌生了实业救国的远大抱负。“二十七岁时，父亲从英国远东航空学院毕业，并考取了国际职业飞行员执照和国际航空通讯员执照。本可留在海外，过上安逸的生活，但父亲还是放弃了个人享受，回国投身祖国建设。”

卫道然回国时，正值三年困难时期，工作不好安排。他进入汽修公司，从一名普通工人干起，逐渐发挥自己的特长，先后主持翻译了60余万字的汽车专业技术英文资料，并发表了一系列文章。改革开放后，他晋升为高级工程师，晚年凭借自己与海外友人的交往，为祖国统一事业做了大量工作。如今卫智也是两岸交流活动的积极参与者。

卫家在海外的第四代，还有西点军校的毕业生。就在一个月前，卫智还在美国与史迪威的孙辈一起聚会。“父辈们为我们树立了一个榜样，他们虽已逝去，但精神却代代相传。”卫智将南朝诗人范云《咏寒松诗》的诗句做了改动，以表心境，“‘岁寒知劲节，恒久见贞心’。青松傲雪独立，那风雪不动的蔚然，那稳若磐石的坚毅，不正是父辈们保持节操与贞心的生动写照吗？”

陈炯明的真面目

何熠

翻开历史教材和官修史书,对陈炯明的介绍充斥着“背叛革命”“反动军阀”“分裂”这样的标签。在多数人眼中,陈炯明似乎与作乱一方的其他各路军阀并无二致。

还原到当时的历史语境上,这位叱咤风云、争议重重的历史人物,主张联省自治运动,在广东行民治,反对孙中山北伐,力主和平统一中国……在这些关键问题的抉择上,陈炯明都表现出了一个联邦主义者的智识和远见。

一声炮响背后

1922年6月16日,陈炯明部下叶举围攻总统府,炮轰孙中山寓所,意在令孙离开广东。这一声炮响的背后,是孙、陈二人关于“如何统一中国、如何治理中国”观念的巨大分歧的总爆发。

护法运动失败后,孙中山主张联络西南军阀与北方军阀中的皖系、奉系军阀,共同应对窃取中央政权的直系军阀。孙中山坚持武力统一中国,他认为中国问题要得以完全解决只能依靠武装革命。陈炯明无法认同。1921年,孙中山在广东演讲,总结护法运动失败后的原因,主张在南方建立一个新政府。陈炯明认为“建立新政府”是给自己树靶子,北方政权必定会以此为借口攻击广东。当时的陈炯明坚信中国未来不可能武力统一。

最终,陈炯明未能说服孙中山。在1921年4月7日召开的非常国会上,表决通过了新政府组织大纲,组织大纲中只规定了总统的选举办法和权限,却无总统任期的限制。孙中山当选为中华民国大总统,选举仅用了两个半小时。

1921年6月,被孙中山任命为援桂军总司令的陈炯明开始了第二次粤桂战争。粤军用将近两个月时间就进驻南宁。随后孙中山又敦促陈炯明出兵援鄂,并要求广东政府接济军费400万元。陈炯明以“目前还不是北伐的最佳时间”为由,给孙中山摆出了“现实难题”:粤桂战争花费极大,他想尽一切办法才筹到200万经费。孙中山随后亲自来到南宁,想要劝诫陈炯明,陈炯明依然拒绝北伐。对孙中山的屡屡拒绝,表明了陈炯明反对北伐的真实立场。

不要武装要“文装”

孙中山认为国家治理、地方自治等所有问题的前提必须是国家统一。陈炯明的想法则相反,陈希望首先着眼于地方自治,通过地方自治继而推动国家统一。

孙中山指责陈炯明的这种做法最终将导致中国分裂成许多小国家,并削弱中国“作为一个统一国家的意识”。而陈则认为,中国若无真共和,也不会有真统一。而共和的关键就是发展民权、实行地方自治。陈炯明对“联省自治”抱有极大热情,这可从他的《建设方略》中窥得一二:“近世以来,国家与人民之关系愈密,则政事愈繁,非如古之循吏可以宽简为治,一切政事皆与人民有直接之利害,不可不使人民自为谋之。若事事受成于中央,与中央愈近,则与人民愈远,不但使人民永处于被动之地位，民治未由养成，中央即有为人民谋幸福之诚意，亦未由实现也。”

所以说，陈炯明炮轰总统府根本是陈、孙二人政治理念的冲突带来的某种必然结果。在炮轰之前，陈炯明部下已事先电话通知孙离开。炮轰，更多是一种立场的表达。

主政广东的“黄金时代”

下野之后的陈炯明，或许会在某个时刻想起辛亥革命后，他主政广东的“黄金时代”。

1920年，陈炯明被孙中山任命为广东省长。他上任伊始，就开始大力推行他的“联省自治”主张：由各省制定宪法，组织自治政府管理本省，然后在此基础上建立联邦制国家。陈炯明认为中国疆域辽阔，人口众多，根本不适合实行中央集权制，只有分权自治才能实行民主政治。

陈炯明的政治主张，很快得到了开明的广州本地乡绅的支持和拥护。1920年12月19日，广东省议会通过了具有自治色彩的《广东省宪法草案》。草案提出人民在法律面前一律平等；对于中央政府的立法权，地方拥有否决和不承认权。而就在这一年稍早，中华民国的国庆日，意气风发的毛泽东在上海某报纸撰文也表达了同样的理念，“有小的细胞才有大的有机体，有分子的个体才有团体”，为了建立“一个将来的真中国，其手段便要打破现在的假中国，要实现各省自决自治”。

五四运动之后，多数知识分子对于南北两派迟迟难以统一的情形，也大都赞成各省“不如先把自己的事情办好”，再图联省自治。这样的规划蓝图，是基于看到北美13独立州经过漫长时间自治之后进而"联邦"的现实经验。

1921 年,陈炯明创立中国第一个建制市广州。陈炯明的广东新政令治下民众有耳目一新之感。经济方面,陈炯明鼓励兴办实业,并对民资企业大力扶持,广东成为当时全国经济发展最好的地区。教育方面,陈炯明更是具有其他政客所不能比肩的远见卓识:聘请新文化运动领袖陈独秀来广东主持公办教育,同时大力发展私人教育,广东教育的发展一时空前。

而孙、陈二人分裂的前奏,则始于 1922 年陈炯明实行的县级直选。孙中山认为广东人民根本不具备自治能力,仍需"以党治粤",而陈炯明则坚定实行自己的"粤人治粤"主张。

事实上,孙中山岂止是对广东人民的自治能力不信任,孙中山把国民革命分为"军政、训政、宪政"三阶段,在他眼中,当时的人民"一来幼稚,二来不能亲政",所以革命者必须在初期做好"保姆"职责。陈炯明批评孙中山靠官僚代治,甚至训导人民的做法,本质上是中国数千年来政治系统的一贯做法。

新文化运动的重要实践者

陈炯明在 20 年代起的诸多做法,似乎更像一个改良主义者,而非一个革命家。陈炯明曾说"报纸胜过三千毛瑟枪",可见他对舆论导向的重视。

五四运动爆发后不久,以胡适、陈独秀为首的新文化运动正在如火如荼地展开,而彼时的陈炯明对新文化运动的诸多理念,深表认同。在 1919 年至 1920 年秋这段时间,陈炯明在福建漳州创办了《闽星》杂志和《闽星日刊》,并广邀学人于漳州相聚,畅谈社会新思潮发展形势。陈炯明还发布《振兴教育令》,执行"一乡一校"计划,积极改良学校教育、社会教育和职业教育。

陈炯明的行动备受瞩目。当时的一群北大学生在游历漳州后，发出这样的评价："陈炯明的新政手笔，共产时代亦当不过如此。"陈炯明执政漳州后的两年或可看作 20 年代初广东新政的序篇。

孙中山与陈炯明在关于"中国如何统一与治理"的问题上缠斗了大半生。历史终究没有按照陈炯明的政治理念走下去。尔后，陈炯明以一个"叛乱者"形象被记入国民政府官方史册。在陈炯明失势后，共产党曾经派陈独秀来做陈炯明工作，希望他加入中共，而陈炯明的回答是："现阶段中国劳动运动，只宜作劳工教育运动，最不好是拿劳工做政治本钱。这恶风气一开，往后将不可收拾。"

陈炯明晚年避居香港，这位"联邦主义者"在贫病交加中度过了人生的最后时光。去世之时，香港《工商日报》给予他这样的评价："国民党死了一个敌人，中国死了一个好人。"

袁世凯之死，给庞大的袁氏家族带来的并不仅仅是政治上的衰落，袁克定，这位年轻时过惯钟鸣鼎食日子的袁大公子最后竟至经济窘迫之地步。晚年的袁克定与其表弟张伯驹生活在一起，张伯驹的女儿张传彩关于袁克定的记忆碎片，现在也成了关于这位曾醉心于帝制的“皇太子”难得一见的宝贵记录。

袁大公子的残烛之年

口述/张传彩　整理/李菁

干瘦、矮小，穿一身长袍、戴一小瓜皮帽，拄着拐杖，走路一高一低瘸得很厉害，一个脾气有点怪的老头——这就是袁克定留在我脑海中的印象。后来有一部描写蔡锷将军反对袁世凯称帝的电影叫《知音》，袁克定在里面一副风流倜傥的形象，其实满不是那么回事。

承泽园里的“怪老头”

印象中我们搬到承泽园后，袁克定就和我们住在一起。承泽园始建于雍正年间，是圆明园的附属园林之一，它原来的主人是庆亲王奕劻。承泽园很大，大大小小30多间房子，里面有假山、有人工湖，还有一个特别大的荷花池，很是雅致幽静。父亲生性散淡，但对朋友是有求必应的。他的朋友大多是和他谈论琴棋诗画的同道中人，我记得吴小如、画家秦仲文都曾在我们家住过。那幢房子现在是北大科学与社会研究中心教学科研和办公场所。

袁克定的房子在承泽园前面的东偏院，那时候袁克定已经七十多岁了，和他的老伴一起生活。袁克定的老伴是他的原配夫人，很胖，像个老大妈，特别喜欢打麻将，和又瘦又矮的袁克定站在一起很不协调。

在承泽园生活的这些年里，袁克定从不抽烟，和客人见面也很客气、和善，总是微微欠身点头致意，对我们孩子也一样。他年轻时曾到德国留学，所以通晓德语和英语，看的书也以德文书居多，有时也翻译一些文章。或许是因为早年跟随袁世凯四处游走，他的口音有些杂，听不出是河南话、天津话还是北京话。袁克定并不太爱说话，给我感觉脾气有些怪，没事就钻进他的书房里看书，我曾到过他的书房，记得他看的都是那种线装书；另一个爱好是看棋谱。

袁克定比父亲大九岁，父亲对他很尊重，有空就会到前院看望他。父亲的朋友多，每每在家谈诗论戏，袁克定从来不参加。

家国山河半梦中

袁世凯去世后，每个孩子都分了一大笔财产，袁克定作为长子主持分家，也因此一直有人怀疑除了均分的那份遗产外，他还独占了袁世凯存在法国银行的存款。但他的钱很快耗光，他六十岁生日时，我父亲前往祝寿，曾给他写了一副对联：“桑海几风云，英雄龙虎皆门下；篷壶多岁月，家国山河半梦中。”

据父亲回忆，华北沦陷后，日本情报头子土肥原贤二还想笼络袁克定，要他加入华北伪政权，希望借助他的身份对北洋旧部施加些影响。袁克定几次跟父亲提到这事，那时他经济已经很困顿了，他掂量再三，说这样固然有了财源，但也不能因此而做汉奸。据说袁克定还登报声明，表示自己因病对任何事不闻不问，并拒见宾客，后来有人将刊登他声明的那张报纸装裱起来，并题诗表彰他的气节。

父亲当年不是很喜欢一意鼓吹袁世凯做皇帝的袁克定，但后来看见他家产耗尽，生活越来越潦倒，就将他接到承泽园。后来任中央文史馆馆长的章士钊给袁克定一个馆员身份，让他在那里谋一职，每月有五六十块钱的收入。父亲说，袁克定每次一拿到工资，就要交给我的母亲，但父亲不让母亲收他的钱，说既然把他接到家里了，在钱上也就不能计较。

1952 年燕京大学并入北京大学，北京大学从城内沙滩迁入燕园。第二年，父亲把承泽园卖给北京大学。我们从承泽园搬出后，在海淀的一个 30 亩的老院子里住了半年左右，后来卖给了傅作义，最后住到了后海附近。父亲给袁克定一家在西城买了间房子，让他们搬了过去，并照样接济他们的生活。

我们在承泽园时，没怎么见过袁克定的家人来看他，袁克定去世后，平时不见往来的亲戚从河南赶来，卖了那座房子。

袁克定有三个孩子，儿子袁家融，年轻时到美国留学，学地质，回国后娶了湖北督军王占元的女儿。新中国成立后，袁家融曾在河北地质学院和贵阳工学院教过书，1996 年以九十二岁高龄去世。我读书时，曾和袁克定的一个孙女袁缉贞同校，她后来去了香港，前几年也去世了。袁家曾是这样显赫的一个大家族，但最后也七零八落，到今天，知道袁克定这一支下落的人恐怕都没有几个了。

张伯驹：但使国宝永存吾土

李菁

"予所收蓄，不必终予身，为予有，但使永存吾土，世传有绪。"

——张伯驹

捐宝

1956年，故宫博物院收到了一份极为珍贵的大礼：著名收藏家张伯驹及其夫人潘素将其三十年所收藏的珍品——包括陆机的《平复帖》、杜牧的《张好好诗》、范仲淹的《道服赞》以及黄庭坚《草书》等八幅书法，无偿捐献出来。

"张伯驹先生捐献的任何一件东西，用什么样的形容词来形容它的价值都不为过。"电视纪录片《故宫》的策划之一、紫禁城出版社社长章宏伟由衷地感慨。章宏伟说，为故宫做捐献的最顶尖的有两位，一位是捐瓷器的孙瀛洲，一位则是捐书画的张伯驹。故宫文物有150万件(套)，能拿出来的有8 000～10 000件(套)，但书画作品少之又少。其中陆机的《平复帖》，连同1952年同样由张伯驹捐赠的《游春图》，又是"极品中的极品"，至今仍被视为故宫博物院的"镇院之宝"。

早于王羲之的《平复帖》，是现今传世墨迹中的"开山鼻祖"，虽长不足一尺，只有9行字，但盖满了历代名家的收藏章记，朱印累累，满纸生辉，被收藏界尊为“中华第一帖”；隋代大画家展子虔所绘的《游春图》，距今1 400多年，被认为是中国现存最早的一幅画作。用具体的数字概念来衡量这两件国宝的价值也许失之于轻薄，但我们可以通过一个数字作为参考：2003年8月，为了购买晋代索靖书法作品《出师颂》，故宫博物院斥资2 200万人民币。

“这几样东西父亲随便留给我们一件，就够我们几代人吃不完的，那就是百万富翁、千万富翁啊！”张伯驹与潘素唯一的女儿、七十三岁的张传彩老人笑眯眯地说。

1955年底，政府发行公债，号召人民踊跃购买。张伯驹也对这个新生的政府产生了信赖与热忱。“他跟我们说这个政府可不像国民党政府，我们应该要重视、要热爱。”一向游离于政治之外的张伯驹还曾通过当时的统战部部长徐冰，把自己珍藏的李白真迹《上阳台帖》捐献给喜欢书法的毛泽东（1958年由毛泽东转给故宫收藏）。所以张伯驹从动员大会回来后就跟夫人潘素商量买公债之事。

“当时家里生活是没什么问题，但没有多少现钱，因为钱都买了字画，哪还有钱啊！”于是张伯驹与夫人商量，将三十载所收藏的8件精品捐献出来，成为故宫的永世藏品。政府为此奖励的20万元，被张伯驹婉言谢绝。

“他说得很简单：‘我看的东西和收藏的东西相当多，跟过眼云烟一样，但是这些东西不一定要永远保留在我这里，我可以捐出来，使这件宝物永远保存在我们的国土上。’”张伯驹的女婿楼宇栋回忆。

“很多人不理解父亲，把好大一座房子卖了，换了一个帖子，再把这个帖子捐出去，到底为的是什么？但我能理解他，我真的能理解他。”张传彩老人很平静地说，“父亲就是这样一个人，他是一个爱国家的人，他认为这些文物首先是属于一个国家、一个民族的，只要国家能留住它们，他付出多大代价也在所不惜。”1956年7月，时任文化部部长的沈雁冰为捐献8件国宝的张伯驹颁发了一个褒奖令，这张薄薄的纸片，被张家仔仔细细地保存着，它也见证了一个深爱中华文化的人为保存本民族文化遗产所做的伟大贡献。

传奇

“张伯驹”这个名字以及其独特的价值，因为那段特定的历史而在很长一段时间被遮蔽。近年来，这位传奇人物的那些并不算老的往事被逐渐开掘出来，即便只是流年碎影，但它折射出来的那种文化及人格力量，已足以穿越历史的尘烟，温暖一代中国人的文化记忆。

1898年，一个叫张家骐的男孩出生于河南项城，他是张锦芳的长子。因为兄长张镇芳一直没有男孩，按照当时的习俗，张家骐被过继给大伯张镇芳，他便是后来闻名一时的张伯驹。

张镇芳曾出任晚清最大的盐官——长芦盐运使，他以擅长理财而出名，后来还曾署理过直隶总督转任河南都督。张镇芳创办的北方第一家商业银行——盐业银行，成为当时的四大银行之一。

张家的显赫，也与民国时期另一位重要人物袁世凯密不可分。“张家与袁世凯都是河南项城人，袁世凯的嫂子是张家的姐妹。”张传彩说。据与张伯驹有世交之谊的孙曜东老先生介绍，张伯驹与袁克文、袁克定等自小在一起厮混。张伯驹虽然在政治上不赞同一心鼓捣父亲做皇帝的袁世凯长子袁克定，说他是“赖家伙”，但在袁家潦倒以后，他一直接济袁克定的生活，直到1958年袁克定在张伯驹家去世。

“爷爷为父亲设计的路在军界、政界或商界发展。但父亲偏偏对这些丝毫不感兴趣。”张伯驹虽然也按照家庭意愿，学成于袁世凯兼任团长的“中央陆军混成模范团骑兵团”，但军阀混战以及尔虞我诈的政治斗争反而使张伯驹更有了远离这一切的决心。张伯驹后来在盐业银行挂了一个总稽核的空名。“但父亲说：‘我讨厌银行，我不是干这一行的。’”而整日埋头于他的书画收藏和京剧、诗词。张伯驹与袁世凯之子袁克文、张作霖之子张学良、溥仪的族弟溥侗被人并称为“民国四大公子”。

“予生逢离乱，恨少读书，三十以后嗜书画成癖，见名迹巨制虽节用举债犹事收蓄，人或有訾笑焉，不悔。”张伯驹在《丛碧书画录序》中自述。张伯驹似乎是注定为收藏而生的。收藏有两大要件：一为财，二为才。前者自不必提，至于后者，天生聪慧的张伯驹有令人惊叹的过目不忘的本领。他自己曾回忆，在友人家里偶翻一书，过若干天后，还能将其中诗句背诵下来，而持有此书的友人却毫无印象。

有人曾经描写他所见到的张伯驹，面庞白皙，身材颀长，肃立在那里，平静如水，清淡如云，举手投足间，不沾一丝一毫的烟火气。张伯驹那时所经历的生活，被人形容为中国现代最后的名士生活圈。而对世俗生活相当淡漠的张伯驹，好像也一直悠然自得地生活在自己的精神世界里。

孙曜东回忆，虽然拥有偌大一份家业，但张伯驹在生活上朴素得令人难以置信。“不抽烟、不喝酒、不赌博、不穿丝绸，也从不穿得西装革履，长年一袭长衫，而且饮食非常随便，有个大葱炒鸡蛋就认为是上好的菜肴了。他对汽车的要求是，只要有四个车轮而且能转就行了，丝毫不讲派头。”但对看中的文物，张伯驹却是一掷千金。“那时很多字画商人都喜欢和他打交道，因为人家开出的价，他从来不还。”张传彩说。

对于张伯驹散淡的个性，著名红学家周汝昌曾有很传神的描述：

“我到了张先生那里，去熟了以后，我不理张先生，张先生也不理我，我要回学校了，我也不告辞，我出了门就走，摆脱俗念，我们那个关系没人理解。”

1945 年，王世襄参与了清理战时文物损失的工作，得以与张伯驹结交。王世襄后来回忆，他一直想研究《平复帖》，但想到东西实在太珍贵了，他小心翼翼地提出能否在张家看上一两次。

“没想到我一说，他就说：‘你拿回家看去。’这下倒给我添了负担了……到家之后，腾空了一只樟木小箱，放在床头，白棉布铺垫平整，再用高丽纸把已有锦袱的《平复帖》包好，放入箱中。每次不得已而出门，回来都要开锁启箱，看它安然无恙才放心。观看时要等天气晴朗，把桌子搬到贴近南窗，光线好而无日晒处，铺好白毡子和高丽纸，洗净手，戴上白手套，才静心屏息地打开手卷。”王世襄回忆自己拿到这幅“稀世之宝”时的心情，“《平复帖》在我家放了一个多月才毕恭毕敬地奉还给伯驹先生，一时顿觉轻松愉快，如释重负。”

张伯驹在自己的书画录里写下一句话：“予所收藏，不必终予身，为予有，但使永存吾土，世传有绪。”这是张伯驹一生遵循的收藏信念，他也用自己传奇的一生实践了这个诺言。

永远的清华校长

徐百柯

1931 年 12 月 3 日，在清华大学校长就职典礼上，梅贻琦留下了中国大学史上最著名的一句话：“所谓大学者，非谓有大楼之谓也，有大师之谓也。”他本人从来没有被称为“大师”，但在他的任内，却为清华请来了众多的大师，并为后世培养出了众多的大师。他被称为清华“永远的校长”。在遍布世界的清华校友心目中，提到梅贻琦就意味着清华，提到清华也就意味着梅贻琦。

清华早期著名的体育教员马约翰曾经这样评价梅贻琦：“他有他的人格……真君子的精神。梅先生不但是一个真君子，而且是一个中西合璧的真君子，他一切的举措态度，是具备中西人的优美部分。”

梅贻琦生性不爱说话，被称为“寡言君子”。早在 1909 年考取第一批庚款留美学生时，他那“从容不迫的态度”就给人留下了深刻的印象。在发榜那天，考生们都很活跃，考上的喜形于色，没考上的则面色沮丧。只有瘦高的梅贻琦，始终神色自若，“不慌不忙、不喜不忧地在那里看榜”，让人觉察不出他是否考取——实际上，在 630 名考生当中，他名列第六。

一二·九运动后，清华曾经发生过数千军警闯入学校逮捕学生的事件。事前得知了这个消息，学校的几位领导人在梅贻琦家里商量如何应对。大家说了很多意见，唯有梅校长默然不发一言，最后大家都等他说话，足足有两三分钟，他还是抽着烟一句话不说。冯友兰教授问：“校长，你看怎么样？”梅贻琦还是不说话。叶公超教授忍不住了，问道：“校长，您是没有意见而不说话，还是在想着而不说话？”他隔了几秒钟回答：“我在想，现在我们要阻止他们来是不可能的，我们现在只可以想想如何减少他们来了之后的骚动。”

后来，学生们怀疑军警特工手里的名单是校方提供的，所以把教务长架到大礼堂前接受质问，并有学生扬言要打教务长。此时，他们的校长身着一件深灰色长袍，从科学馆方向缓步走来，登上台阶，对着二三百名学生，有半分钟未发一言，然后用平时讲话同样的声调，慢吞吞地说出了五个字：“要打，就打我！”

梅贻琦嗜酒，并且在这一点上他也堪称“君子”，以至于被酒友们尊为“酒圣”。考古学大师李济回忆：“我看见他喝醉过，但我没看见他闹过酒。这一点在我所见的当代人中，只有梅月涵先生与蔡孑民（蔡元培）先生才有这种‘不及乱’的记录。”1947年，抗战胜利之后清华第一次校庆，在体育馆摆了酒席，由教职员开始，然后逐级向校长敬酒。梅贻琦总是老老实实地干杯，足足喝了40多杯。“他的情趣是那种很单纯的，一种……一种很特别的幽默感。”他的儿媳、北大退休教授刘自强女士在接受记者采访时，想寻找一种确切表达来描述她的校长和公公，“那时候校长住在清华园甲所。我有一次去他那儿，梅太太病了，我就看见他到前面的小花园里，摘了一朵他自己种的花，紫色的，不知道叫什么名字，到梅太太的卧室去送给她。”

另类教师林语堂

潘剑冰

林语堂短暂的执教生涯和他漫长的著述生涯比起来，更像是人生中一段小插曲。

他既没有桃李遍天下，也没有几个出类拔萃的高徒来追捧他。但林语堂的高超之处是，即使在小插曲中，仍然能够弹奏出几声天籁。

以今天的眼光来看，林语堂足以成为素质教育的代言人。

相面打分

林语堂曾经在东吴大学法学院兼了一年的英文课。

令人难以置信的是，这个林老师第一堂课竟然是教学生们吃花生米。

这天林语堂带了一个大包到教室，学生们还以为这里面装的都是教学资料，看这架势不禁让人肃然起敬，心想这位拥有哈佛大学文学硕士和德国莱比锡大学语言学博士文凭的老师果然深不可测。

不料，林语堂上了讲台，把包倒过来，满满一堆带壳花生稀里哗啦全落在了台上。

林语堂抓起一把花生，分给前面的学生，并请诸君自便。

大家自打当学生开始，从来没遇到如此荒唐的事情，谁也不敢先动手。林语堂知道同学们的心理，笑道：“一切味道与风趣，全在剥壳。剥壳愈有劲，花生米愈有味道。”

他顿了顿，接着说道：“花生米又叫长生果。以后我上课不点名，愿诸君吃了长生果，更有长性子，不要逃学，则幸甚幸甚，三生有幸。”学生们闻言哄堂大笑，课堂里立即响起了一片剥花生壳的声音。

等到花生吃完，林语堂随即宣布下课，夹起皮包，头也不回地走了。

此后林语堂讲课，果然没有学生缺课，而且还有很多外来的学生慕名赶来偷师。

林语堂上课以不正经著称，他从不正襟危坐，他喜欢在讲台上逛来逛去，三尺天地他却能如闲云野鹤一般，有时讲着讲着干脆一屁股坐到讲台上。

更绝的是，林语堂所执教的课程，竟然从不举行考试，每到学期最后一节课的时候，林语堂便端坐在讲台上，随手捡起学生的花名册一一唱名，被念到名字的学生依次站起来。

这时，林语堂便细细把这个学生打量一番，然后在成绩册上记上一个分数，这就是该生本学期的成绩了。

“相面打分”成了教育界的一大奇闻。

令人称奇的是，那些被林语堂“相面打分”过的学生接到自己的成绩后个个心服口服。

其实，林语堂记忆力超群，他平时通过提问、交流等方式早已对每一个学生知根知底，他的这种相面打分看似极其随意，实际上是在了解了每一个学生的水平之后做出的合理决断。

吾家儿女

林语堂别具一格的教育方式就连自己的三个女儿也深受熏陶，乃至改变了她们的命运。

林语堂的二女儿林太乙回忆自己小时候上学很用功，常常每天晚上要花好几个钟头在灯光下做作业，林语堂却时常阻止她："不要做啦，分数不要紧！"

林语堂认为社会是最好的大学，人生是最好的老师，他总是不遗余力地带她们亲自去体验这个世界。

他带领女儿们去著名的维苏威火山探险。一次，他甚至带三个未成年的女儿在巴黎的夜场看了场脱衣舞，女儿们个个掩面低头，林语堂却正颜告诉她们："这是最高雅美丽的艺术！"

林语堂的三个女儿中只有小女儿上了大学，大女儿林如斯和二女儿林太乙都在父亲的建议下，放弃读大学。

大女儿如斯后来在台北故宫博物院工作，台北故宫馆藏的英文介绍大多出自她手；二女儿太乙是《读者文摘》中文版的创始人，曾任香港《读者文摘》总编辑二十三年之久，她继承父亲的衣钵成为一个作家。

更有意思的是，从没上过大学的林太乙居然在赫赫有名的耶鲁大学当了一段时间的老师，教的是中文。

三个女儿小的时候，林语堂最喜欢和她们玩一种滴蜡油做模型的游戏，将蜡烛油滴在桌子上，趁其将硬未硬之时用刀子之类的工具雕刻成各种东西的造型。这样的游戏做多了就连小孩子都会厌倦，林语堂却一直乐此不疲。

林语堂的三个女儿曾合写了一本书，名叫《吾家》，女儿们写道：

“我们三姐妹，和父亲，常常闹着有趣的玩笑，但母亲，却像是家族中的长辈，她常常提醒我们，要我们注意地毯或桌子。”

到了晚年，女儿们都长大了，林语堂就和自己的外孙玩。

林语堂有段时间住在二女儿林太乙家里，林太乙有一儿一女，他们便成了外公最好的玩伴。

林语堂喜欢将自己小时候的照片剪下来，和两个外孙的照片拼在一起，成为“三个小孩”，而林太乙夫妇则是另外一类，即“大人”。

林语堂还经常和外孙一起出去钓鱼、捉螃蟹，在钓鱼时他有时会将指甲油涂到做鱼饵的苍蝇翅膀上，他说这样苍蝇就有了笑容，不会因为即将被鱼儿果腹而闷闷不乐了。

家里聚餐的时候，林语堂也总是大家的开心果。他有一个“绝活”，即将胡椒粉放进自己的鼻孔里，使自己不断地打喷嚏。

“无极”的赵无极

编译/七猫

2013年4月9日，赵无极在瑞士去世，享年九十二岁。在他生命结束的时候，他已是当代最杰出的艺术大师之一，许多人将他推崇为中国当代画家之翘楚，而华裔建筑大师贝聿铭则称之为“当今欧洲最伟大的艺术家之一”。

他的名字由信奉道教的祖父所取，典出《庄子·逍遥游》，是“无边际，无穷尽”的意思。他的人生轨迹或许也正应了这个名字：他出生在北京，成长在江苏南通，二十多岁到了欧洲，然后在法国成为了当代绘画大师。在中国和法国这两种不同的文化的熏陶下，他的艺术取得了巧妙的平衡，将那些无论用中文还是用法文都表达不出来的感想，用中式跟法式的绘画技巧表达了出来。

北宋皇室的后裔

1921年2月13日，赵无极诞生于北平的一个书香门第。其家族渊源久远，族谱可向上追溯到北宋皇室燕王家族。他的祖父是个清末的秀才，十分注重对孙子才识的培养，在赵无极小时候，便日日抽出两小时来教他习字练书法。他的父亲本职是银行家，不过在收藏上颇有造诣，自己也喜欢绘画，还曾经在巴拿马国际画展中拿过大奖。这样的父亲也是赵无极走上艺术之路的重要引导者：当时，他母亲一心想让赵无极子承父业，但他父亲却笑说“任何敢聘请我们家儿子的银行铁定会破产”，从而坚持让赵无极进了当时著名的杭州艺术专科学校学习，还提供了充足的金援，让只有十五岁的赵无极能够四处旅行写生。

在杭州艺专，赵无极师从“中西融合”最早的倡导者林风眠，他从林风眠那里学习到油画技法，还有一种敢于创新的精神。彼时，赵无极常在《生活》《VOGUE》和《时尚芭莎》等杂志及叔父带回来的明信片中看到欧洲艺术大师的作品，十分崇拜毕加索、马蒂斯、莫奈、塞尚等人，并越发厌弃明清以降的中国画。于是，在林风眠的鼓励之下，他与第一任妻子谢景兰在 1948 年同赴巴黎留学。

经过 10 周的海上旅行后，这一对小夫妻抵达了巴黎。谢景兰一开始学习的是音乐，于是赵无极便陪她去拜访了一位意大利声乐大师，结果那位大师反而认为赵无极的天赋要高于他的妻子。赵无极当然没有因此放弃绘画而改学音乐，但西方古典音乐却成为了他一生的挚爱；谢景兰倒是开始修习绘画，等到他们在 1957 年离婚之后，她改名为拉兰并很快再婚，也成为了一位相当优秀的画家。

在巴黎的最初几年里，赵无极结交了许多优秀的欧洲画家，包括他在国内时就十分崇拜的米罗跟马蒂斯等人，甚至一度与立体主义大师毕加索成为了画廊里的“邻居”。这些大师给他带来了相当大的启发，但赵无极自己的风格却在其中渐渐迷失。“我的画风变得模糊。”他后来自己评价说。那个曾经每天花两小时练习写毛笔字的孩子开始试图创造一种“充满想象力但不可辨认的字体”，他试图跟任何语言都划清边界，不愿意被任何文化所束缚。

把他带回中国传统文化上的是他第二任妻子的病弱。这位妻子名叫陈美琴,是个香港演员,曾以朱缨的艺名拍过电影。陈美琴相貌极美,却有潜伏的精神疾病。在与赵无极结婚后,陈美琴已逐渐恢复健康,还开始学习雕塑,并取得了不错的成绩。陈美琴曾育有一子一女,其大儿子也患上了精神分裂症,并住进了青山精神病院。陈美琴闻讯深感不安,并因此陷入了长期的抑郁之中,而在这种漫长的折磨中,赵无极也无法再投入大量精力到油画创作之中,只好重新捡起水墨聊以排遣。“当我将墨在纸面上推开的时候,生活突然就变得容易起来。”后来他回忆道,“记忆里头的东西又鲜活起来,而我从中感到了相当的愉悦。”

1972 年 3 月 10 日,陈美琴因服用安眠药过量而死。

攀上艺术的巅峰

1973 年,赵无极遇上了他的第三任太太、法国人弗朗索瓦·玛尔凯。那一年他五十二岁,而弗朗索瓦年纪只是他的一半,才二十六岁,刚刚考取了巴黎市立美术馆馆员的资格。他们在当年开始同居,四年多之后,他们步入了婚姻。

娶了一个法国太太,对赵无极来说,是相当有好处的。他一直试图将融合了中法两国文化的艺术作品推向法国市场,而弗朗索瓦本身就具有相当过硬的专业素养和理论基础,又能把握住他的想法,是非常适合的人选。在婚后,弗朗索瓦积极地为赵无极整理画册、寻求出版,进行各种营销。在弗朗索瓦的帮助下,他的身价水涨船高,并在 1981 年在巴黎大皇宫美术馆进行个人画展,从此一举奠定了他的大师地位。

2003 年,纽约马乐伯画廊展出了赵无极的一系列新作品,这是他十多年来在美国的首次画展,而这次展出,也让赵无极的市场价值得到了重生,他的无题画作卖到了 38.83 万美元。此后,随着他年纪渐增而创作减少,他的画作价格也更节节飙升。2005 年,他的一幅油画在香港佳士得拍卖行以 1800 万港元成交,创下了中国油画的世界纪录。2008 年,他的作品《向杜甫致敬》拍出 590 万美元,而这幅作品在 1992 年的售价不过 46000 美元。

2011 年世界艺术市场权威网站 Art Price 艺术家成交额榜单中,赵无极是前 20 位中两位在世艺术家之一;光 2012 年一年,赵无极卖出的作品总价值就已经达到了 6033 万美元。据预测,在其过世后,赵无极作品还将有 20% 到 30% 的上涨空间。

身后的家庭战争

弗朗索瓦帮助赵无极走入了大师的行列,她也陪伴赵无极走到最后。2012 年,弗朗索瓦宣布他们将搬到瑞士日内瓦湖边疗养长住。赵无极与第一任妻子的独生子赵嘉陵对此十分不满:弗朗索瓦本来就是出了名的"包办",从很早以前开始,赵无极的画展、营销和生活起居都由弗朗索瓦一手操控;更何况,这时赵无极已经患上了阿尔茨海默症,脑力严重退化。他认为迁居是弗朗索瓦的"阴谋",是为了获得赵无极画作所有权而策划的——赵无极身边还留着数百张作品,按赵无极目前平均每张作品可卖到 300 万美元左右的价格,其价值不菲。

赵嘉陵提起诉讼,希望法院能够判决父亲已经"丧失行为能力";2012 年 3 月 21 日,趁着弗朗索瓦不在巴黎的机会,法院为赵无极做了精神鉴定,并得出结论说,因为阿尔茨海默症的影响,赵无极完全没有做出迁居决定的能力。

然而还没等赵嘉陵请法院提出司法监管和保护,弗朗索瓦已经带着赵无极离开了法国,巴黎司法机关因而拒绝了赵嘉陵的请求。至于弗朗索瓦,她则对赵嘉陵的指控不屑一顾。在接受采访时,弗朗索瓦说,赵无极在过冬时支气管炎会发作,而巴黎冬天的阴冷则令他的心理和生理都不舒服。“我们跟瑞士都有着千丝万缕的联系,所以这个国家便成了理想的居住地。”弗朗索瓦说,“1951 年,我丈夫就是在瑞士发现了保罗·克利的画作,从而走上了抽象主义的道路。”

有报道称巴黎上诉法庭近日裁定,赵无极与弗朗索瓦结婚时协议财产分开,因而弗朗索瓦无权处置赵无极的产业,赵无极作品应由赵嘉陵及司法监护人监控清点。但由于弗朗索瓦人在瑞士,而且赵无极最后也是在瑞士过世的,因而具体的情况仍可能出现变数。另外,根据弗朗索瓦的说法,赵无极在 1977 年曾立下遗嘱,在 1997 年又修订过一次,具体遗产分配情况只需谨遵遗嘱便可。

写作的叛徒

孙郁

年轻的时候周海婴于我有种神秘感，鲁迅之子，会是什么样子呢？在没有见到他之前，有许多关于他的传说，都有点消极。比如其学习平平，缺乏才气，曾受到学校老师的批评，等等。那些传说都有点惋惜的口吻，言外之意是鲁迅的后代已不复周家当年的气象了。

其实我们用打量鲁迅的眼光来看他的后人，可能有点问题。孔子的后人能有大才者亦不多，苏轼家族后代，还有谁能泼墨为文，世人大概也不知道的。思想和艺术很难遗传，这个现象不知道医学怎样解释。周海婴自应有他的路，逃不出父亲的光环，有时不是他的问题，而是我们舆论的问题。

我在 20 世纪 80 年代认识了周海婴先生。第一次见面是一个下午，他开着一辆很小的轿车到鲁迅博物馆来。门卫的老大爷不认识他，将其拦住。海婴很生气，说这是我的家，怎么不让进呢。我便前去解释，彼此方得以释然。看到他高高的个子，一身笔挺的西装，觉得有点港台人的气质。那时候大陆人的着装很土，而鲁迅之子的悠然、贵族气，显然呈现着他和常人的距离。

后来总是在会议上见面。他与李何林、唐弢、王瑶常常坐在主席台上。但那些关于鲁迅的会议，他从不发言。自己手里带着相机，不时在会场走动，倒仿佛是个专业的摄影师。他游离于学界和文坛，反显得轻松、自如。筹备鲁迅的会议，人们首先想起的是请他出席，这是基于对鲁迅血脉的尊重，也有对气场的期待。有海婴在，似乎有着历史的现场感。

我真正与他有了接触，是做了鲁迅博物馆馆长之后。上任不久，第一个要拜见的，首先是他们一家。周先生住在木樨地，家里的摆设很文气，书房里多是与鲁迅相关的书籍。各类木雕、铜像，还有书法作品，显得古雅。他对鲁迅博物馆的现状很关心，提出许多意见和建议。在我的印象里，他似乎把博物馆当成了自己的家。慢慢地，我和他们一家人也渐渐亲近起来。

他在谈天的时候，偶尔说些笑话，幽默的语句不时出来。他说话把别人逗笑了，自己并不笑。据前人回忆鲁迅，也有类似的感受，那么这是父亲的遗传也说不定。他是很直截了当的人，快言快语，也常得罪人，说话偶尔带刺。有时候与人不高兴了，马上红脸，愤愤的样子。许多年间，他为了维护鲁迅的版权和多家出版社发生纠纷，官司不断。我总觉得出版社和他沟通不够，有着隔阂在。有人因此说海婴看重金钱，批评也偶尔出现过。但他认准了，就坚持，有时甚至写文论争。这种韧性，似乎也有鲁老夫子的痕迹，在坚守自己立场的方面，许多时候他让我想起鲁迅的性格来。

周海婴对鲁迅文本几乎不能说些什么。父亲去世时他才七岁，但他对母亲是感情极深的。他在母亲那里，得到了最美的爱，风雨之间，一同走过了童年。晚年他的一件心事，是出版母亲的文集，特别是那些被删改的集子。关于许广平的资料，还要一点点整理。他组织朋友帮忙，花费了许多心血。我每次去他家，他讲得最多的是他母亲的事情。比如许广平当年捐献文物之事，比如一些研究史料中关于母亲评价的问题。他对自己的母亲当年处境里的困难的选择,一直感到有陈述的冲动。我能够理解他的苦心,周围的一些朋友对此也是深为同情的。

若说他与鲁迅最大的差异,是没有像父亲那样沉浸在思想与文学的思考里。可是鲁迅希望青年的那种轻松合理地度日的状态,他是有的。他享受了鲁迅给他带来的各种荣誉,也自如无伪地度过了一生。这是鲁迅精神的果实呢,还是一种偏离,都颇可思量。从鲁迅到周海婴,有两代人反差极大的空间。中国文化的流变和生存状况的流变,均于此折射出来。

没有创作经验的周海婴,在晚年最大的事情是出版了《鲁迅与我七十年》。这本有争议的著作,给文坛带来了许多话题。鲁迅与他的生命历程,与现代中国,乃至鲁迅传播史等,都于此有所体现。这本书披露的史料很是珍贵,有的是有分量的。一个儿子眼里的父亲,及社会变迁史,总让我们有新奇的感觉。

海婴先生生前给我写过许多信,对社会与学界多有臧否。他总有操不完的心:鲁迅藏品保护问题,版权问题,子女问题。我们觉得他有诸多未了的希冀。他对自己评价不高,觉得不过常人而已。有一次偶然知道,他藏有很多底片,都是20世纪三四十年代留下的,才发现其摄影家的天分被埋没了。在他八十岁的时候,令飞邀我一起为海婴策划了摄影展,一时颇有影响。他很小就学会照相,从上海到香港、北京,留下诸多历史的镜头。他喜欢捕捉风俗,对人物肖像亦有研究。20世纪40年代上海难民的片断,他拍得很真实,人物传神的地方历历在目。最有文献价值的是1948年从香港到大连的一组照片,记录了民主人士准备政协会议的片断。沈钧儒、郭沫若、黄炎培等人在船上共议国家大事之举,都被他记录下来。海婴那时候还是个孩子,还没有记者的理念。但他无意中留下的底片,填补了对那段知识分子活动研究的空白。他自己的生命融入那段历史里,也成了那道风景的一员。

邵洵美的情与义

口述/邵阳　整理/杨卓琦

我的祖父是浙江余姚人，外婆是江苏苏州人。所以我们家叫父亲“爹爹”，叫母亲“姆妈”。

爹爹邵洵美原名云龙，与姆妈盛佩玉恋爱时，见《诗经》的《郑风·有女同车》中有“佩玉锵锵”句，而佩玉为姆妈之名，于是从“洵美且都”中取二字为名，以示爱慕。

爹爹和姆妈是表姐弟关系。爹爹的祖父是邵友濂，同治年间举人，曾官至一品，外祖父是盛宣怀，盛宣怀又是姆妈的祖父。又因邵家长子无后，爹爹过继给大伯父邵颐，其妻为李鸿章的嗣女。

爹爹最愿意当的是诗人

爹爹七岁时就能对出他外公盛宣怀出的对子，因此深得外公宠爱。爹爹小时候带领弟妹们游戏的一个内容就是办《家报》，他们把家里发生的事、家里人发生的变化等分别写出来，排得像报纸一样，取名《家报》，还抄成几份，分别送给长辈。爹爹出国留学前，送给姆妈一首《白绒绒马甲》作为定情物，发表在《申报》上。

爹爹一生倾力文化事业，可以说是诗人、散文家、出版家，还是翻译家。而在这些角色中，爹爹最愿意当的是诗人。而要做诗人的爹爹最初考进的是剑桥大学依曼纽学院的经济系。爹爹的指导老师认为他的性格和爱好不适合经济系，劝他学文。

热爱朋友、急人之难

爹爹生性热情，朋友非常多；姆妈认为爹爹的朋友都是好人，而爹爹则认为搞文学的都是朋友。因此家里经常是高朋满座。爹爹倾力于文化事业，自己读书、写诗、办杂志、开书店，还要帮助他人、要投资，忙得不亦乐乎，但也因此耗尽了偌大的家产。而姆妈除了认为爹爹的朋友都是好人之外，还坚信爹爹做的事都是对的。钱用完了爹爹只有向银行透支，到期姆妈只好拿自己的首饰去当铺抵押。有段时间，姆妈很怕娘家来叫她回去赴宴，因为她没有贵重首饰可戴，怕引起娘家人的责疑。

常有朋友问我："你小时候家庭生活一定很好吧？"其实不然。从我记事起，家里吃饭总是四菜一汤。家里孩子多，大哥总对我们说："吃饭、吃饭，就是要多吃饭、少吃菜。"下午放学回家，一人一片面包，偶尔会多个荷包蛋或是涂点果酱，早晨则吃泡饭、酱菜。衣服则是老大穿完老二穿，大约读五六年级时的暑假大姊就教我们怎么裁剪衣服、怎么踏缝纫机。当然有时也买新衣服，可我们的确生活得很简朴。

爹爹自己办过《金屋书店》《时代图书公司》和《第一出版社》，先后拥有十一种杂志，如《时代画报》《时代漫画》《金屋月刊》《论语半月刊》《万象》等。

徐志摩办新月书店，难以为继，爹爹就入股新月书店；漫画家张光宇办《时代画报》，几期之后资金周转困难，爹爹就接手了画报；丁玲夫君遇难后，沈从文要帮助丁玲母女返回湖南老家，可她们身无分文，爹爹慷慨解囊，并声明这不算借，也无需还；夏衍年轻时的第一本译书

《北美印象记》是爹爹为他出版的,并给了他500大洋;由英商出面办的、有抗日色彩的中文报《大英晚报》,经济发生困难,爹爹是其股东之一,当时尽管我们家经济已经拮据,姆妈还是拿出最后一包翡翠让爹爹送去报社任其典当……

20世纪30年代初,爹爹斥巨资向德国购买了当时最先进的全套彩色影写版印刷机,开办了时代印刷厂。

1948年底,叶公超曾提出愿意帮助爹爹将印刷厂整体搬迁到台湾,爹爹婉拒了。新中国成立后,当国家新闻总署派丁聪来商量购买此套印刷机时,爹爹一口答应,以低价转让给了国家。新中国第一份画报《人民画报》即是由这台印刷机印出来的。

秘密帮助翻译《论持久战》

时代印刷厂成立后,爹爹后来索性把家也从市中心搬到了远离市区但和印刷厂仅隔一条马路的杨树浦麦克利克路(今临潼路)。1937年,日寇进攻上海,敌人从吴淞口登陆,杨树浦成了前方,全家匆忙离开。爹爹请他的朋友项美丽帮忙,花了两天时间,用载重卡车将印刷机搬了出来。

项美丽时任美国《纽约客》杂志的通讯记者。由于她不懂中文,爹爹在项美丽编写《宋氏三姐妹》时给予了很多帮助。宋霭龄曾是爹爹两个姨妈的英文老师,宋子文曾是爹爹的舅舅的英文秘书。爹爹介绍其认识宋家姐妹,求得夫人们的不少资料和照片,又帮忙将中文资料翻译成英文。

当时,《大公报》驻外记者杨刚秘密住在项家,准备将《论持久战》翻译成英文。爹爹常和杨刚一起对《论持久战》的译稿进行润色。毛泽东为英译单行本出版写的一篇序言还是爹爹亲自翻译的。不仅如此，爹爹还负责起译稿的秘密排印任务，夜里和他的助手有时加上项美丽一起开车到霞飞路、南京路一带的外国人的家门口，把单印本放入信箱中。为了安全起见，爹爹随身带一把小手枪。

据萧乾夫人文洁若说，新中国成立初，夏衍曾两次登门拜访爹爹，第二次周扬同行。爹爹郑重地将珍藏的毛泽东《论持久战》的首发英译本送给了国家，遗憾地说当时毛先生用毛笔写的序言原稿已在新中国成立前夕烧毁，周、夏两位连呼："可惜，可惜。"

冤狱前后

新中国成立后，印刷机运到了北京，爹爹和姆妈怎么生活呢？姆妈去烹饪学校学过烧菜、做点心，打算开个饭店；爹爹想开化工厂，在家里进行的"实验室试验"成功了，但"生产性试验"却失败了。后来，爹爹在一些领导的关心下走上了翻译的道路。

爹爹翻译了马克·吐温的《汤姆·莎耶侦探案》和盖斯凯尔夫人的《玛丽白登——曼彻斯特的故事》、雪莱的诗剧《释放了的普鲁米修斯》后，经爹爹主动争取，终于在他五十岁那年收到了北京作家出版社寄来的泰戈尔三部原作：《家庭与世界》《两姊妹》及《四章书》。

爹爹这么做，是想实现志摩把泰戈尔介绍给中国的美好愿望。没想到的是，中印关系骤变，他翻译好的泰戈尔的三部作品交上去后石沉大海，没有音讯。1958 年 10 月爹爹被捕，冤狱三年余，译著更是无法出版了。此祸一说是因爹爹委托叶灵凤将信件转寄美国友人项美丽而引起，另一说法是因为爹爹曾与国民党南京政府的要员张道藩、谢位鼎磕过头，拜过把子。大学领导告诉我，是因为爹爹社会关系复杂，需要审查。到底是什么原因，对我来说仍是一个谜。此事已由上海市公安局于 1985 年 2 月予以平反。

新中国成立后，姆妈当选了居民小组长，每天都在忙弄里的事，要抄水、电、煤气表，有时还得帮助做“老娘舅”，发鱼票、肉票等。后来，姆妈当起了卫生委员。

爹爹入狱时，正值姆妈刚得到由徐汇区人民委员会颁发的“除七害卫生积极分子”奖（“七害”指苍蝇、麻雀、老鼠、蟑螂、木虱、白蚁和蚊子），高兴万分地到南京去看读大学的女儿，却遭到如此晴天霹雳。

之后，姆妈安排好家里的一切，带了小儿子小罗投靠到南京小红姊家定居。

三年多后，爹爹出狱，因为姆妈户口已经迁往南京，上海已经没有家了，爹爹只能和大哥挤在一个小房间里，大哥将自己睡的小床让给了爹爹，自己睡地铺。

每次寒暑假，姆妈才带着小罗弟弟从南京回上海和父亲团聚。一些老朋友孙斯鸣、施蛰存、秦鹤皋、秦瘦鸥等均看过爹爹。

一次听说陆小曼要来访，爹爹打算招待这位好友的妻子，可当时正好生活拮据，便将一枚吴昌硕亲刻的“姚江邵氏图书珍藏”白色寿山石刻托秦鹤皋先生转让给钱君匋，谁知这枚老祖宗传给他的珍爱之物仅换得十元钱。真是为朋友割爱了！

爹爹一生都将朋友看得很重，对金钱并不在乎，即便是在自己贫困之时。

爹爹入狱之前的 1957 年，廖静文为了成立徐悲鸿纪念馆一事来上海。爹爹知道后非常高兴，可当时家里徐悲鸿画作仅剩两幅，这两幅是徐悲鸿为爹爹和姆妈画的肖像画。爹爹毫不犹豫，决定将两幅画捐出。1958 年初，姆妈和我两人一起去北京将这两幅画亲手交到了廖静文手中。

我丈夫的大哥是艺术院院士，也是徐悲鸿的学生，专画人物的，他听说姆姆和我将两幅画像送到了纪念馆,很想一看,就向师母请求,没想到廖静文一口否认有这两幅画,真是奇怪。

逝世

“文化大革命”开始后,爹爹没有书译了,经济来源也就没有了。爹爹贫病交迫,终于病倒了。1968 年 5 月 5 日晚上 8 时 28 分,爹爹永别了人间,享年六十二周岁。

最近,大陆、台湾及国外纷纷出版了爹爹的系列文集及译文专著。许多著名的学者与译论家也发表了中肯的意见,使我对爹爹有了进一步的理解。我认为他是一个为实现文学理想,为中外文化交流尽了力的普通的中国文化人。

赫德及其海关帝国

佚名

1908 年 4 月 13 日上午，北京永定门火车站的月台，十几个西方国家的驻华使节，清廷勋戚权贵、各部臣僚、总税务司署职员及名流士绅、工商买办等各界人士上千人，聚集于此，为赫德送行。

赫德私人组建的海关乐队反复演奏各国国歌，送别主人。专列在呜咽的汽笛声和《友谊地久天长》的终结曲中缓缓启动。海关总税务司赫德因病卸职回国，结束了他对中国海关长达四十八年之久的统治。

主宰中国海关的洋人

鸦片战争一声炮响，催生出外籍税务司海关制度。明明是大清国的行政机关，却在洋人管理之下。“洋关”的业务管理包罗万象，除关税外，诸如航政、港务、内债、外债、邮政、同文馆等，均被其一网打尽。它呼风唤雨，深深地卷入清政府的内政外交，甚至连中国参加海外博览会，也被其一手包办，时人称之为“赫德之赛会”。

赫德担任总税务司时年仅二十八岁，从此开始了他把持中国海关近半个世纪的“赫德时代”。其帝国总部是设在北京的总税务司署，它有一整套脱胎于英国文官制度的管理体系，形成了以英人为主、洋员控制的海关网络，每年为大清国提供 3000 多万两银子！占财政收入的 1/3。供职人员来自世界 20 多个国家和地区，“除了非洲的黑人和美洲的印第安红人外，几乎哪一国人都有”，宛如一个小“联合国”。

其实，四年前他就敏感地意识到，该打道回府了！1904 年，在史称“清末新政”的改革浪潮中，海关的处境已变得十分微妙。它的顶头上司总理衙门早已改称外务部，海关行政体制面临一系列不可预知的变化，西方列强再按照旧有模式奴役中国的前景变得渺茫。

而此时已近古稀之年的赫德已到达权力的顶峰，清朝的最高统治者慈禧太后多次召见他，并封以“头品顶戴”“太子少保”等头衔，但赫德从无上恩宠的背后似乎嗅到某种危机。美国 1904 年圣路易斯博览会让赫德认识到，中国的涉外事务已经不需要他所领导的海关了。在这次世博会上，中国人第一次自行组团前往。时评曰，此乃“中国政府正式登上世博会舞台的开端”，而海关洋员彻底沦为了配角！

最后的海关绝唱

1904 年圣路易斯世博会，是美国为隆重纪念“路易斯安娜购地”一百周年而举办。自三年前起，美国就频频发出邀请。为此，清廷特派贝子溥伦率团与会，成为中国官方参加世博会的鲜明标志。

这届世博会气象恢宏，中国东方式的建筑和传统文化尤其受到欢迎。在 1904 年世博会上，孙中山感叹“此会为新球开辟以来的一大会，为世界最盛之会”。但在赫德看来，这却是海关最后的绝唱。

在接到圣路易斯博览会的赴会邀请后，清政府便任命溥伦为中国代表团正监督（团长），外务部同时札文赫德告知此次参会拟派正监督一员，副监督两员。赫德便在全海关美国籍税务司中遴选出柯尔乐担任副监督一职，并按惯例要求各海关口岸协助柯尔乐收集展品。谁知柯尔乐费尽心机弄来的所谓极具中华特色的展品除了表现中国传统文化的古董瓷器、琴棋书画、笔墨纸砚外，还标新立异地建起了一座城隍庙，里面不但有凶神恶煞的判官，还有各种刑具、杀人刀具、刑场照片等。各种惟妙惟肖的雕像也粉墨登场，计有：小脚女人、妓女、烟鬼、犯人、乞丐等，不一而足。此举引起轩然大波，不少大臣上奏说以后应由商部派遣熟悉商情的官员会同驻该国的使臣办理。尴尬的清政府痛下决心，趁势将承办世界博览会这项职能从海关全部收回，由商部接管。赫德之赛会，演出到此结束。

“中国不再需要依赖别人了”

甲午海战后，海关的权势已臻登峰造极，让朝野人士大感不安。这种喧宾夺主的现象，成为清末新政中重拳出击的目标。

一道改变海关隶属关系的谕旨发给赫德，旨曰海关改由税务大臣管理，也就是说，一向由外交部门统辖的海关，改归财政部门统辖了。这是个晴天霹雳！引起了各国政府，特别是英国政府、舆论界及海关洋员的极大震动。而赫德似乎非常平静，自打两年前商部收回了海关主办国际博览会的展出权后，他就预感到会有这么一天。

他知道，唯一的办法是列强联合一致、出面干涉。

面对公使团的诘难，唐绍仪的回答斩钉截铁：“由于总税务司是中国的雇员，中国政府有权控制他的行动。”

清政府在这件事上形成了共识，那就是改变海关行政隶属关系，完全是中国的内政，无转圜余地。

1906 年 7 月 22 日，铁良和唐绍仪联袂宣布，遵旨成立税务处。税务处的设立，切断了总税务司与外交机构的联系，换言之，不再让总税务司干预外交事务了。

时值酷暑，赫德正在北戴河休养，眼睁睁地看着唐绍仪——这个“受过外国教育的广东先驱挤进海关”，他终于意识到，“作为太上顾问的日子已经一去不复返，中国不再需要依赖别人了”。

赫德在中国的职业生涯进入了倒计时。

“赫德时代”的终结

在中国的最后日子，赫德不仅诸病缠身，而且他的权力显然也在不断地缩小。一向标榜廉洁的他，把海关的重要职位全部换成自家亲戚。然而，妻弟裴式楷真是一个扶不起的阿斗。进入辛亥年以后，赫德的身体每况愈下，精神萎靡，一如那个气息奄奄的大清王朝。而“只有一谈起海关事务，他才会像服用了春药一般眼睛发亮”。1911 年 9 月 14 日，赫德自感来日无多，在给自己的继任者安格联的信中，发出这样的哀叹，“我的身体一直很不好，日益衰弱，所以我担心再也回不到中国了”。

6 天后，1911 年 9 月 20 日，这个被孙中山称为在中国最有影响的外国人，在英国南部白金汉郡的马洛去世。在其绝笔中，仍恋恋不忘他一手擘画的海关帝国。

“我清楚地意识到，生命正渐渐离我而去。遥想走过的岁月，我为我的经历深感自豪和幸运。我从一个去中国为女王陛下服务的英国外交官成为这个国家的政府大臣，这件事竟然如此神奇地发生在我的身上，我不禁为命运深深折服，但我仍然在为女王陛下服务，我永远是她和大英帝国的忠实臣民，当然我也在为中国服务。

“这个国家让我感到如此陶醉，如此怀念，又如此伤感。它是那样的善良，那样的自足，可是又受到不公正的待遇。我竭尽全力地帮助过它，我希望我的继任者也像我一样帮助它，即使是为了英国的利益也该如此。

“英国不能失去中国，不能失去中国海关！中国对我们太重要了，有了它，英国在全世界的贸易和统治才是完整的。”

斯人已去，赫德的人生传奇戛然而止，但他缔造的海关帝国却余响不绝。

1915年5月25日，上海外滩汉口路海关大楼前，举行了一场盛大的铜像揭幕仪式。而这一天，恰是北洋政府在日本的要挟下签订丧权辱国的“二十一条”的日子。

原来，赫德死后，洋员们如丧考妣。为纪念他的“丰功伟绩”，决定为其铸一铜像。离开中国四年后，赫德又“回到”了中国，登上江海关港务科办公处前的塔基，低着头，背着手，若有所思……

叶问秘情

新野

叶问,1899年出生在广东佛山桑园大街叶家庄。叶家是当地的大富之家,如果没有战乱,叶问也许就是个“咏春拳打得不错”的寻常富家公子。

传说中的“居家好男”

无论在哪个电影版本里,叶问的“居家好男”形象都曾深入人心。前有《叶问2》中,他讲出“世界上没有怕老婆的男人,只有尊重老婆的男人”,一时被捧为好男儿圣经。后有《一代宗师》里,温光火烛间,叶问埋头为妊娠期的妻子亲自洗脚,令人唏嘘不已。

现实里,叶问也有过如电影那样的婚姻蜜月期。太太张永成是晚清重臣之后,祖上张荫桓以通英语、知外务被慈禧太后重用,是京城为数不多的曾经出洋并深懂洋务的外交官员。张永成家境富裕,贤淑得体,和叶问感情犹佳。

据长子叶准回忆:父亲和母亲的关系一直很好,两人在相处的日子里都是相敬如宾,从来没有吵过一次架。因叶问功夫了得,张永成一向担忧他与人习武论剑,但凡有客来战,只消张永成的一个眼神,叶问便形同羊羔。

久而久之，熟悉叶问的人都知道，只要叶太太在，叶问轻易不会出手。

夫妻俩平静美满的生活却终止于日寇的入侵。日军占领佛山之后，叶家大宅被日本人强行占用，叶问从大富之家的贵公子变得一贫如洗，全家常常吃了上顿不知道下顿在哪，曾经在佛山名噪一时的叶问一度沦落到靠朋友接济。

习惯了锦衣玉食的张永成却毫无怨言，她默默地开始勤俭持家，料理家中大小事物，同丈夫患难与共。抗日战争胜利后，叶问虽有一身武功，却放弃设馆授徒，在县府刑事单位任职，历任佛山警察局刑警队队长，升督察长、代理局长。1949 年，为避开政治纠纷，他避难香港，并改名为叶溢。

香港的生活更苦，叶问舍不得让妻儿跟着受累，在临走前他便与妻子商议：等我在香港安顿后就来接你们。

夫妻俩就此分开。

模范老公情迷“上海小三”

承诺的话却只兑现了短短一年。

叶问来到香港，开馆授徒，很快就在香港武界立住脚。他依约将妻儿接来香港，并给家人办理了香港身份证。一家人也习惯了在佛山和香港两地间奔波。但谁也没料到，局势很快朝着不利的方向发展。

佛山有老宅，是叶家人的根。张永成和儿女们只将香港当成临时落脚点，生活重心依旧在佛山。1950 年末，张永成带着儿女回到老家不久，香港却关上了大门——1951 年元旦，香港边境被封锁。

叶问独居香港，没有家人在身边，只有徒弟陪伴，这位年过半百的老人开始感到孤独。百无聊赖的他甚至抽起了鸦片，以打发在港的寂寥时光。

与此同时，一个女人开始侵入他的生活。

这个女人，在电影《一代宗师》里，名叫“宫二”，这是符合影迷期望的爱情故事：叶问对宫二的痴情，宫二对叶问的爱恨交织，故事的结局一度揉碎了观众的心。但在现实里，这个女人被叶问的徒弟们轻蔑地称为“上海婆”。

“上海婆”没有张永成的温柔、贤淑，她喜欢斜躺在榻上抽鸦片，瘦弱的身子骨透着慵懒的媚气。叶问的徒弟没有一个认可她，更无法理解师父怎么就看上了这种女人。

鸦片和“上海婆”，成了陪伴叶问最久的伴侣，甚至占据了叶问打理武馆和授徒的时间。实在忍不下去的弟子们联名写信，希望师父戒掉鸦片，和“上海婆”断绝来往。可五十六岁的叶问却一反常态地表示：我不会离开她，我宁愿放弃授课也要跟她在一起。为表决心，叶问甚至不顾闲言径直搬到“上海婆”家，并扬言：以前的武馆就此关闭，新馆就在这个家里，要来便来，不来，就断绝师徒关系！

面对师父的执迷不悟，徒弟们让步了。

兄弟阋墙，败子闹家

1955年，叶问喜获小儿子叶少华。这个一度不被宗族承认的私生子，给叶问造成的伤害远多于欢乐。

1960年，妻子张永成在佛山去世。两年后，儿子叶正和叶准来到香港定居，叶问得知儿子要来到身边，万分欣喜。弟子们闻讯，趁机暗示师父“为父子团聚，戒掉鸦片”。思虑再三，为了儿子，叶问竟然真戒掉了鸦片。

然而与儿子分开了十二年，父子间已有隔阂。两个儿子也与“上海婆”、同父异母的幼弟频频发生冲突。虽是一家团聚，一家人却难有安宁，争吵、打闹、冷战，一直持续到叶问过世。

兄弟间的矛盾却并未随叶问去世终止，反而在父亲去世后愈演愈烈。四十五年后，叶少华竟因向同父异母的兄长索取电影版权费不得，欲跳楼要挟。

2009 年 6 月 10 日下午 3 点，叶少华再次来到牛池湾坪石村黄石楼，要和兄长“商量”父亲版权费的事。叶准拒绝相见，让妻子讹称不在家，欲将其打发。被拒的叶少华勃然大怒，大吵大闹，对闻讯赶来的记者声称叶准独占电影版权费，欺侮幼弟，并爬上走廊外的栏杆，以跳楼自杀相要挟。

虽然后来警察将其救下，但叶少华的无理取闹成了第二天报纸上的笑话，也让叶家羞于再提此事。

救表妹，叶问单手拗弯手枪

民国初年，被誉为中国四大镇的佛山，每年都有秋色游行盛会的流行，以展示特殊的民族手艺。在一次“秋色”游行中，叶问和表妹等数人行至路边，突有一军阀排长对其表妹做出不礼貌行为，当时叶问身穿长衫，薄底礼绒鞋，斯文翩翩，加上体形并不高大，看似懦弱良民，对方便色胆包天，上前欲对其表妹动手动脚。只见这时，刚刚还沉默不语的叶问突然向前，以惯用的咏春拳手法，来个摊打齐发，对方当场倒地，见叶问面色不改，众人又连声道好。一向欺压百姓的地方军阀，一时败在一个斯文书生手下，哪肯咽下这口气，于是军阀排长一怒之下起身拔枪，而叶问立即一个转马泻身以迅雷不及掩耳之势，狠狠握住对方的左轮手枪，并以其大拇指的力量，直压左轮手枪的转轮，最后竟然把左轮手枪的芯压曲，使其不能发射。在场的人望着这一幕皆为惊呆,而军阀排长吓得只好悻悻离去。

一代宗师打黑记

晚年叶问的兴趣爱好,和普通人并无二致。七十岁的叶问,其功力并不逊色于青壮年时代。那时香港黑社会抢劫之风盛行,叶问常在夜间四处巡视维护地区治安,一旦见到有流氓劫匪出刀意图抢劫路人,往往只见黑影一现,叶问就以疾风式的蹬踢踢向流氓,瞬间劫匪就被踢出数尺之外倒地不起。叶问也因此多次受到香港政府的表彰,得到“优秀市民”的称号。

1972年,叶问逝世。咏春门人一致推崇他为咏春派一代宗师。在叶问最后生命中的二十年里,他不但在港澳台地区将咏春拳发扬光大,更将咏春种子撒落到世界每一个角落。

三面间谍袁殊

马振犊

在中国近现代情报斗争史上，袁殊是一位十分奇特的人物，他以多重身份，在国民党中统、军统，日本与汪伪以及中共几方面的秘密关系中，纵横捭阖，应用自如。

与中共情报工作结下了不解之缘

袁殊，1911 年出生于湖北省蕲春县。少年时代随母到上海谋生，依靠半工半读，获得一定的文化知识。北伐战争时期，一度投身于北伐军并加入了国民党。大革命失败后，在“狂飚社”当伙计。1929 年留学日本，专攻新闻学，后因经济拮据，于 1930 年冬回国。回国后他曾担任“中国左翼文化总同盟”常委，创办《文艺新闻》，经常发表带有“左倾”观点的作品，他还曾披露了国民党当局杀害“左联五烈士”等重大新闻。袁殊与当时上海左翼文化人冯雪峰、夏衍、楼适夷等都很熟悉，在上海文艺界具有一定的影响。

袁殊在左翼文化活动中表现出来的交际才能，很快引起了上海中共地下党组织的注意。1931 年 10 月，经中共情报负责人潘汉年的介绍，袁殊加入了中国共产党，并参加了中共情报系统——中央特科的工作。

进入国民党特工组织

之后，袁殊停写了带有“左倾”色彩的文章，不再与夏衍、楼适夷等激进文化友人来往，在社会上造成他已消极隐退的印象。

1932年春，袁殊经表兄贾伯涛的牵线，利用与国民党上海特别市党部社会局局长吴醒亚的同乡关系，成为吴的门客。吴醒亚是中统特务头目，他在中统组织内成立了以“湖北帮”为主的特工组织“干社”，袁殊被任命为情报股股长。这样，袁殊成功地进入了国民党特工组织。又经吴的介绍，成为“新声通信社”的记者，出入南京政府宣传部门，并结交了日本驻沪领事馆副领事岩井英一。岩井英一是日本外务省在中国从事情报工作的资深特务，他把袁殊看作“在华亲日势力”分子。袁殊伪装得宜，与他建立了情报关系，开始接受其每月200元的津贴，成为“日本间谍”。当然，这一安排得到了中共党组织的批准。

1933年，袁殊一度与中央特科失去联系，转而为共产国际远东情报局工作。1935年，袁殊因“怪西人”事件而被国民党军统逮捕，并经叛徒指认暴露了身份，袁殊满足了他们追查并找来著名电影演员王莹（袁自述当时并不知道王是中共地下党员），并写份声明承认自己过去为中共工作，今后将“拥护蒋委员长抗日”的愿望，考虑到袁殊与吴醒亚的特殊关系，同时又怕开罪岩井英一，国民党特工机关以“思想文化罪”，判袁殊两年九个月的监禁，实际上袁殊在狱中只待了八个月就被释放了。出狱后，为转变角色，党组织同意他再度赴日本留学，成为早稻田大学历史系的研究生。

利用多重身份广开情报来源

1937年4月，袁殊从日本回国后又加入了“青帮”，成为可以和杜月笙、黄金荣平起平坐的“通”字辈师兄弟。这样一来，袁殊和中统吴醒亚、日本驻上海领事馆、帮会都有了联系，是集多种身份于一身的情报人员。袁殊巧妙地利用这种多重身份，广开情报来源，为中共中央提供了许多有价值的情报。与此同时，他当然也在有选择地为中统和日方提供情报。1937 年 6 月，潘汉年以“八路军上海办事处主任”身份回到上海，袁殊在他领导下开展了一系列工作，取得重大收获。

全面抗战爆发后，袁殊在从事情报工作方面表现出来的特殊才能，引起了国民党军统的注意。经“青红帮”大佬杜月笙的介绍，戴笠亲自出马访问袁殊，希望他为军统工作。袁殊将这一情况向潘汉年做了汇报后，潘汉年认为“机会难得，不可错过”。

于是，袁殊接受了戴笠的任命，再次变身成为军统上海区国际情报组的少将组长。

他一人具有中统、军统、日本、“青帮”和中共“五重身份”，是中国情报史上绝无仅有的特例。

“八一三”淞沪战役期间，袁殊化装成日本学生越过战线到日军阵地侦察，他提供的重要情报使我方避免了重大的损失。上海沦陷后，袁殊奉中共与军统局之双重命令留沪工作，他以军统少将的名义，成立了秘密行动小组，专门惩办侵略者和汉奸，并得到了军统局的奖励。其中最为成功的是炸毁了日本在虹口的海军军火仓库。为此，军统给袁殊记了大功。

1937 年上海沦陷后，岩井英一又回到了上海，并成立了一个日本特务机关“特别调查组”，袁殊成为其中一员。当然，这事得到了军统与中共方面的同意。

1939 年初，袁殊参与制订了暗杀原中统特务、时已投靠日本并成为日伪特工总部“76 号”头目李士群的计划。正当他们准备将这一计划付诸实施时，因军统上海区负责人王天木的被捕叛变而败露，袁殊也因此被李士群的特工总部逮捕。袁殊抱着一线希望，求救于已担任日本领事官的岩井英一。

岩井英一果然以领事馆的名义，以袁殊是外务省系统情报人员为由，将他保释出来，使其避免了一次杀身之祸。不久，岩井英一提出要他立即写一篇谈所谓中日关系的文章公开发表，实际上也就是要袁殊公开表态当汉奸。袁殊立即请示潘汉年。潘汉年早已料到岩井英一这一手，他指示袁殊将计就计。

打入日本谍报机关

袁殊义无反顾地“按组织的意思去向水里跳”，甘愿“落水当汉奸”。他按照岩井英一的意见，写了一篇《兴亚建国论》，在中、日几家报纸上发表，成为由岩井英一扶植起来的“公开汉奸”。

不久，岩井英一为了掣肘汪伪汉奸势力，就让袁殊出面组织一个“兴亚建国同盟”。1939 年 11 月，袁殊根据中共的安排，向岩井英一建议把它扩大成立为一个由岩井控制的伪组织——“兴亚建国运动本部”，得到了同意。于是，他在地处上海宝山路的“岩井公馆”挂起了“兴亚建国运动本部”的招牌，成立了“兴亚建国运动委员会”的机构。“兴亚建国运动本部”表面上是一个接受日本外务省津贴的汉奸组织，实际是中共的一个新的情报据点。在他们这里，不仅日本外务省每月拨给“兴亚会”的 20 万军票中，有相当一部分成为中共上海地下党组织的活动经费，而且在袁殊的具体操作下，一份份重要的战略情报从敌人的心脏发送到了延安。

抗日战争胜利后，国民党政府曾拟按“汉奸罪”对袁殊提出起诉，但在中共党组织的安排下，1945 年 10 月 7 日，袁殊由交通员秘密护送到苏北解放区，并于 1946 年重新履行入党手续，结束了长达 14 年的敌营生活。“双十协定”签订后，袁殊随军北撤。时任中共华东组织部部长的曾山同志亲自找袁殊谈话，考虑到各种关系，让袁殊暂时改名，跟他姓曾。从此，“曾达斋”的名字一直用了几十年。

1949 年 2 月，袁殊调往北京，转到李克农领导的情报部门工作，专事日、美动向的调研。1955 年 4 月，他因“潘汉年案”牵连而被捕入狱。1982 年又随潘汉年的平反而平反。1987 年 11 月 26 日，袁殊病逝，结束了他坎坷而传奇的一生，享年七十六岁。

火车大盗的奇迹

史琳玉 何照新

2013年12月18日，曾参与英国“火车大劫案”的劫匪罗尼·比格斯在伦敦辞世。被判刑后，比格斯仅服刑十五个月便成功越狱。随后，他携家带口，辗转三大洲，逃亡三十六年，凭借其令人咋舌的逃亡经历，成为媒体报道中的焦点人物。

半个多世纪以来，比格斯的传奇故事成为各类小说和影视作品的题材。连侦探斯利伯尔在读了比格斯的自传后都说：“我不敢说读了这本书后就喜欢上了他，但我承认他的个性的确非常讨人喜欢。如果我与他在度假时偶然相见，没准会成为好朋友。”

参与英国火车大劫案

1963年8月8日，在比格斯三十四岁生日这一天，他的人生轨迹被彻底扭转。凌晨3点钟，火车大盗案的主谋布鲁斯·雷诺兹带领15名壮汉等待在白金汉郡西尔斯隧道，打算实施一项已经预谋近半年的“大事”。比格斯则在指定的卸货点等待。

当预期的英国皇家邮政列车即将驶过时，他们通过调整信号灯，使其显示为特殊情况的红色，迫使列车司机紧急刹车。劫匪们从邮车上卸载了120包邮袋，价值260万英镑，相当于今天的4000万英镑。

这起劫案因数额巨大成为震惊世界的世纪大劫案。

1963 年 9 月,比格斯与 11 名同伙被判入狱。有过案底的比格斯被重罚,获刑三十年。

1929 年 8 月 8 日,比格斯出生在英国伦敦朗伯斯区的一个工人家庭。十五岁时,因为偷盗橱窗内陈列的橡皮,比格斯第一次进入法庭。比格斯第三次入狱发生在一次汽车偷盗案之后。这一次,他在英国东南部旺兹沃思的牢狱中遇到了布鲁斯·雷诺兹。

假释后,比格斯金盆洗手,学习了木匠技艺。1960 年 2 月,比格斯与一名小学校长的女儿、二十一岁的查米安·鲍威尔结婚并生育两个儿子。1963 年,由于家庭经济拮据,比格斯联系上雷诺兹,向其借 500 英镑。而此时,雷诺兹正在谋划一场火车大劫案。得知比格斯曾经给一名退休的火车司机阿加特维修窗户,还知道一些列车运行内情时,雷诺兹欣喜若狂。他给比格斯开出 4 万英镑的最低报酬,盛情邀请他加入劫案。比格斯爽快地答应了雷诺兹。只是他没有想到,此门一入五十年。

开启了环球逃亡生涯

比格斯入狱十五个月后,1965 年 7 月 8 日,趁着其他犯人正在运动场分散了狱警的注意力时,他在狱外匪友的帮助下逃出监狱,开启了环球流亡生涯。

当警方察觉时,比格斯已在巴黎。比格斯通过信件告知妻儿,让他们到巴黎与他会合。比格斯在巴黎消费 4 万元英镑做了整容手术,还获得新的身份证明。1966 年,比格斯带着妻儿飞到澳大利亚。

在悉尼停留几个月后,他们在港口城市阿德莱德安顿下来。1967 年,比格斯的第三个儿子出生后,他收到了一封来自英国的匿名信,信中说国际刑警组织已经怀疑他在澳大利亚。于是,比格斯仓皇地独自搬至墨尔本。

1969 年,有关英国火车大盗的新闻开始在澳大利亚播出。五个月后,比格斯的同事在电视上看到劫火车的新闻后认出了海恩斯就是比格斯并报警。然而,当警察破门而入时,比格斯早已先行一步拿着医生朋友的护照坐船偷渡至巴拿马。而后,他又伪造护照在两周内飞往巴西。这一次,他没能再带走妻儿,从此与家人两岸相隔。

这种前有警察、后有记者的日子并没有让比格斯销声匿迹。他在里约投资足球俱乐部,夜夜笙歌。比格斯拿着自己所剩无几的钱财,在那个阳光国度过着荒淫无度的生活。没多久,他就把自己置于穷困之境。

1974 年,在比格斯逃亡十年之际,英国《每日快报》记者柯林·麦肯兹得知比格斯在巴西后与他取得联系。比格斯打算用曝光逃亡秘密的筹码换取对方帮他周旋回国免受刑罚的结果。但是,当他赶赴商谈地点时,却没料到,等待他的还有闻讯赶来的侦探杰克·斯利伯尔。比格斯被关入巴西监狱。

这次命运之神又给了比格斯一位新贵人。在狱中,狱友告诉他如果可以证明自己是巴西籍孩子的父亲,就可以得到司法援助。这让他想到了正怀着自己孩子的、在海滩上遇到的十九岁巴西籍脱衣舞女女友蕾米达。就这样,比格斯再次从法网中逃生,英国警官一行空手而归。

通过贩卖自己的故事获利

虽然英国警方多次碰壁,但无论官方还是民间,从未停止追捕比格斯。面对警方的追捕、媒体的追踪,比格斯屡次逃脱,这使比格斯名声大噪。面对债台高筑以及无法工作的非法身份，为了谋生，比格斯打起了自己的主意，通过贩卖自己的故事获利。这成为他此后多年的生存方式。

比格斯在家中举办烧烤宴会，来自全球各地的游客可以到他家中了解这位大盗的背后故事。其中，有很多远道而来只为一睹火车大盗尊容的英国民众。巴西当地的旅行社甚至为此开设了旅游专线。游客上门参观，与比格斯合影并获赠一件“火车大盗”T 恤的费用是 40 美元，住一晚上听比格斯讲当年大劫案故事的费用是 60 美元。如果来客是记者，则收费更高。比格斯甚至戴着英式警帽供人拍照。

比格斯在巴西的逍遥生活还不止于此，他还进军影视乐坛。1988 年，比格斯在自传式电影《里约热内卢的囚犯》中担任主角；1994 年，他的个人传记《独行客》出版；2011 年，他又推出新书《怪人出狱：最后一根稻草》。

1997 年，英国与巴西建立引渡条约。两个月后，英国正式向巴西提出引渡比格斯的申请。但是，巴西最高法院拒绝了申请，因为有关三十四年前的那起劫火车案已经过了诉讼时效。这一次，比格斯获得在巴西的永久居留权。

为享受免费医疗选择伏法

1998 年 3 月，比格斯遭遇第一次中风。1999 年，他勉强为自己操办了七十岁大寿的聚会后，又接连两次中风，右臂失去活动能力，语言能力也严重受损。

2001 年，在远离英国三十六年之际，比格斯产生了叶落归根的想法。他不断地跟人们提起自己多么想念英式啤酒、奶茶和牛奶蛋糊。当然，还有英国免费的医疗体制。

2001 年 5 月 2 日，他不顾家人的多次劝说，向英国警方发去电子邮件，表达了自己愿意认罪伏法的意愿，并附上自己的手印以示诚意。多方交涉未果后，他的儿子迈克尔找到以煽情闻名的英国《太阳报》，《太阳报》提出由其协助比格斯回国，同时获得相关报道的独家权利。

最终，2001 年 5 月 7 日，比格斯到达伦敦，被押入伦敦东南部一座高度设防的监狱。听闻比格斯回国服刑的消息，其六十一岁的前妻查米安和五十三岁的前女友蕾米达都对外界宣称她们依然深爱着比格斯。蕾米达于 2002 年在贝尔马什监狱与比格斯完婚，儿子迈克尔因此获得英国国籍。

传奇持续了半个多世纪

入狱后的比格斯身体每况愈下。他多次申请假释，称自己多年被病痛折磨的经历已使他“罪罚相当”。2009 年 8 月 6 日，比格斯的假释申请获得批准，成为两天后他八十岁生日最好的生日礼物。

出狱后，比格斯被安置在伦敦北部的老年疗养院中接受照顾。他的一举一动依然牵动着媒体的心。

2011 年，比格斯出席新书发布会时，首次为劫案中受伤的火车司机创伤未痊愈并于 7 年后死于白血病的不幸表达歉意。但是，对于参与劫案，他仍不后悔，因为不论好与坏，这让他在历史上留下了名字。

2013 年 8 月，比格斯出席火车大劫案五十周年庆典活动以及《火车大盗五十周年纪念：1963 ~ 2013》新书发布会。这是他最后一次公开亮相，他告诉《每日镜报》记者，希望能以“好父亲、好丈夫、好兄弟、好朋友”的形象留在民众心中。

多面枭雄马克·里奇

李莫非

他是一名成功的商人,一生中赚取的资产难以计数,他的门徒遍布世界各地,每一位都是当地的风云人物;他是美国司法机构的眼中钉,创下了全美最高逃税纪录,是政府“黑名单”上的重点调查对象;他是伟大的慈善家,捐赠几十亿美元帮助以色列修建学校、医院、孤儿院和博物馆,成千上万的犹太人将他当成救世主……他,就是最具争议的商界传奇——多面枭雄马克·里奇。

从初级交易员到寡头教父

里奇生于比利时的安特卫普,早在他还是纽约菲利浦兄弟公司的一个初级交易员的时候,他的商业才华就开始展露了。

朝鲜战争之后,里奇发现用来制作电池的水银在战争中有极大的需求,将会成为国家重要的储备物资,于是他设法从世界上最大的两家水银供货商那里取得了产品经销权,低买高卖,大赚一笔;1958 年,古巴的巴提斯塔政府垮台,里奇被上司派入当地进行善后工作,并与新成立的卡斯特罗政府建立联系,里奇超额完成了任务,并从“没有规则”的古巴吸取了大量经验。

1960 年代后期,里奇根据当时的局势,前瞻性地预测,阿拉伯将要颁布石油出口禁令，他开始创建一个石油现货市场。在此之前，全部的原油交易都要通过与大型公司签订非弹性长期合同才能进行，而里奇却让原油交易也像其他商品一样，实现了一手交钱、一手交货的即时消费。1973年后，石油禁令颁布，当其他石油大鳄正为此感到焦头烂额的时候，里奇却享受着石油带来的暴利。要知道，石油危机爆发之后，油价从每桶6美元的进价一度骤增到了25到40美元，这其中的利润可想而之。

里奇是如何操作的呢？众所周知，如果按照正常流程来走，里奇赚的钱可有一大半要落入美国政府的口袋，这可有违里奇的初衷。事实上，里奇名下的AG公司与一家名为WTM的石油转售公司一起，完成了将财富“变”到美国以外的“魔术”。

首先，里奇把高品质的石油贴上低品质石油的价签，以低价石油的市场价卖给WTM公司，WTM公司转手将石油亏本卖给里奇在巴拿马建立的秘密公司，然后再由巴拿马的这家公司以高价石油的市场价进行销售，而这样获得的收益，就属于巴拿马的公司而非美国的公司了。

为什么里奇要把高质量石油以低质量石油的价格卖掉？而且干什么要转来转去这么麻烦呢？其实避税的关键就在这里。

在第一个步骤中，里奇的公司以低价将石油卖给WTM公司，大大降低了这部分收益所需缴纳的税费，而WTM公司的“亏本”生意，不需要缴税。当石油到了巴拿马的公司，一切就好办了，按照巴拿马法律的规定，产品全部外销的企业免征所得税，因此这家公司只要将石油“出口”，那么它获得的所有收益也就不用缴税了。这一番“折腾”，让里奇规避了大量的税务，获得了极高的利润。

1980年，WTM公司一年内就在石油倒手生意中获利超过20亿美元，平均每天经手的石油超过 30 万桶，而马克·里奇公司就占了 WTM 业务总量的 10%，甚至更多。就这样，马克·里奇的生意越做越大，而且他不仅自己做，还在世界各地资助子公司和新公司的创建，并对已建立公司的贸易商进行培训，从而构建了世界上势力最强大的非正式独立矿产品贸易商网络。在矿产品行业中，他是实实在在的无冕之王，而这个行业中的中坚力量，那些寡头巨擘，都是里奇忠实的拥护者，甚至有人称他为寡头教父。

最安逸的逃亡者

不过，他的做法无疑会减少美国大量的税收收入，损害了美国的国家利益。因此，美国政府很快就注意到了这颗正在冉冉升起、却不太守规矩的商业新星，并对他提出了多项起诉，想要将他绳之以法。1983 年，马克·里奇被政府指控犯下了包括电信和邮政欺诈、诈骗、逃税 4800 万美元、与“国家敌人”伊朗进行石油贸易等 51 项罪名。在没有死刑的美国，这些罪名足以让里奇蹲上 325 年的大牢，实打实地会“把牢底坐穿”。

里奇开始了自己的逃亡生活。但里奇在世界各地的生意仍在继续，另一方面，他开始寻求解决之道。

首先，里奇辩称，自己的 AG 公司属于瑞士，因此美国的禁令本应对它无效，那也就不涉及违反禁令的问题。接下来，里奇将里奇国际公司“卖”给了同在自己名下的克雷伦敦有限公司，以证明里奇公司已经“不存在”了。但是，美国政府仍然不愿意放手。很快，瑞士政府坐不住了，因为里奇在瑞士的楚格州开设有数十家外国公司，是瑞士最大的六位税收贡献人之一，瑞士驻美国大使向美国国务院递交了抗议书，声称美国政府的诉讼是对瑞士经济的威胁，并谴责美国是在对里奇实施勒索。而在瑞士之后，当时里奇最大的客户——苏联也公开发表文章，对这种“公开的勒索”进行了批判。一时间，美国政府反被推到了道德的对立面，而这起诉则演变成了一个尽人皆知的国际事件。

除了这些在美国外部进行的努力，里奇同时也在美国内部进行协调，希望温和地解决这个事件。他与美国的许多高官政要都保持着良好的朋友关系，并出资支持他们的选举工作，基辛格、布什、克林顿都是他的好友。终于，还是怀柔政策起到了效果。2001 年，克林顿在其当政的最后一天赦免了里奇，让他结束了自己长达十七年的逃亡生涯。

其实，即使是声称要逮捕里奇的美国，也一直没有断绝过与他的生意往来。20 世纪 80 年代，里奇与美国农业部合作，参与了外国购买美国大麦和小麦的农业补助计划；之后，里奇又向美国造币厂出售了价值 3 000 万美元的镍、铜和锌；接下来，美国内政部向政府请求，允许里奇在新开发的维尔克群岛投资建立氧化铝工厂，这一请求也被美国政府批准。虽然表面上，政府声称这些交易都是因为“疏忽”才达成的。但我们却不难看出，里奇的商业帝国能量究竟有多么庞大，对于能够带来巨额利润的财富“天使”，谁又能够真的拒绝呢？

羞涩、温和又天真的孩子

在外界看来，里奇或许是一个能够点石成金的商业奇才，或许是一个游走在道德与法律边缘的黑暗教父，但在里奇自己的心中，他不过是个羞涩、温和又天真的孩子。

作为一名犹太人，里奇无论何时总会感到自己是个“局外人”：他小时候作为一个难民，从比利时逃亡到美国。在那里，他是个“另类”的存在，没有朋友，永远只是独自一人。这种被孤立的成长环境，导致里奇爱以色列超过爱美国,他捐赠了大量的财物,来帮助以色列的公益事业。里奇认为,自己之所以能够赚到如此多的钱,仅仅是因为他看到了别人不去想或不敢想的事情,并亲力为之。这得益于他父亲的亲身教导——在他年幼时,父亲会从工厂废弃的金属或其他垃圾中寻找可以再利用的资源,并将之卖出,再次变成钱。而这一切,都并不违反任何国家的法律。

2013 年 6 月,里奇的传奇随着他生命之火的熄灭而画下了句号,但是他的商业帝国以及他的门徒,却将延续他的思想和他的信条,继续影响着整个世界的格局。

赝品大师

刘海星

一个德国画家，在三十五年的时间里，伪造出了至少数十幅知名画家的作品，并成功骗过了许多顶尖的收藏家、知名博物馆和大拍卖行。他是怎样做到了这一切?

如果不是东窗事发，德国人贝特莱希或许仍然过着怡然自得的生活：偶尔仿制几幅几十年或上百年前的画作，和妻子住在大别墅里，把他这些作品卖给博物馆或是收藏家。不过，这样的话，人们也就不会注意到他天才般的绘画才能了。

2011 年底，六十岁的沃尔夫冈·贝特莱希被判处六年监禁。尽管大多数媒体一致痛斥贝特莱希为“诈骗者”“恶棍”，但是对于他的才华，即便是受害者也不吝赞美：人们值得为他的假画单独举办一场画展。

偶然间尝到的甜头

贝特莱希 1951 年生于德国西北部的威斯特法利亚。他的父亲是一个油漆工兼教堂修建者，平时会临摹伦勃朗、毕加索、塞尚等名家的画作，低价出售以贴补家用。贝特莱希不仅继承了父亲的绘画天赋，而且画技更胜一筹。

20世纪70年代末，贝特莱希辗转于巴塞罗那、伦敦、巴黎的古董市场买卖画作，也曾凭借实力在著名的艺术展上展出自己的作品。一次闲游中，他以每张250美元的价格购买了两幅18世纪荷兰画家的冬季风景画。之后他意外地发现，同时期的画作中，描绘有滑冰者的作品价格是没有出现滑冰者的作品价格的5倍。于是，他以原作为蓝本，精心绘制了一幅绘有一对滑冰者的油画作品，并以高价售出。这一次的成功尝试，成了他制假道路上重要的一步。

之后的几年里他也曾从事普通的工作。他在德国杜塞尔多夫市做了一名房地产推销员，但因为业绩不佳，遭到了解雇。迫于生计，他开始投入更多的精力在制造伪作上。

对艺术制假者来说，现当代艺术家的作品最难以模仿，因为这类艺术家的作品数目明确，容易查证；而古典艺术家的作品又常常是赝品泛滥的重灾区，即便能够在技术上仿制得天衣无缝，但让小心翼翼的鉴赏家和买家信服却依然是件困难的事情。通过细致研究，贝特莱希将目光锁定在一批19世纪初期德国和法国的画家身上。原因是很容易找到那个时期的颜料和画框，而且他们的作品也颇得市场青睐，容易出手且售价不低。

精心伪造作品身世

虽然贝特莱希的伪造对象不是那么引人注目，但德国表现主义画家作为一个曾经活跃的艺术群体，依然吸引了一部分专家进行细致研究。这些画家的作品名录清晰，流传有序，并且因为照相术的发明，其中许多即便已经遗失，却也有影像证据。

面对这样的困难，贝特莱希采取的办法依然是“钻空子”——他从历史深处翻出了一位叫作阿尔弗雷德·弗雷希特海姆的犹太人。阿尔弗雷德是德国魏玛共和国时期最著名的艺术商人之一，活跃在一战之后到二战之前这段短短的时期内。1933年纳粹上台后阿尔弗雷德离开德国，并于1937年死于伦敦。这位犹太商人的经历十分符合贝特莱希的心意：既有辉煌的收藏声名，却又流离于乱世，诸多细节蒙上了历史的尘埃。通过将阿尔弗雷德的艺术藏品名录与相关艺术家的作品名录两相比较，贝特莱希最终确认了自己要制假的对象——那些曾被收藏，现在已经遗失，并且没有影像记录的画作。

贝特莱希是个天性谨慎的人，每一次作画前，他都要认真研读画家的资料，到画家居住地采风，设法融入当时的场景。他认为，必须了解艺术家的过去、现在和未来，知道画家如何有感而发，以及完成一幅画作需要多长时间，才能创作出佳作。

妻子相助做大骗局

上世纪90年代，贝特莱希认识了他后来的妻子兼得力的商业搭档海琳·贝特莱希。结婚两天后，他的妻子就发现了自己先生的秘密：在菲尔森镇的家中，她看到墙上很多的20世纪著名画家的作品，然后问他："这些都是真的吗？"他说："这些都是我仿制的作品，这就是我的工作，我的职业。"

那时候，随着大量日本资金的涌入，艺术品市场又开始红火起来。贝特莱希决定出售一些赝品，并邀请之前的合作人舒尔特·克林高斯作为中间人开展"业务"。海琳回忆道："当时我丈夫问我，愿意一起做点什么事吗？我说让我考虑一下。我知道他要让我做什么，我也知道这是违法的事。"但是，她最终同意了。不久之后，她告知德国科隆一家高端拍卖行——兰佩尔茨拍卖行，自己打算出售一幅20世纪初期法国立体派画家乔治·瓦拉米耶的作品。

"这幅作品挂在我们菲尔森镇的家中，兰佩尔茨拍卖行派出了专家进行甄别。专家检验后赞不绝口，问我预售价格。"兰佩尔茨拍卖行最后的售出价格为两万德国马克。这个价格不算很高，但是随着艺术品市场的不断升温，这幅赝品不断升值，几年后在美国的一次拍卖会上以 100 万美元售出。

赝品为贝特莱希夫妇带来了大量财富。他们过着挥金如土的生活。他们曾在德国黑森林附近的大学城购买了一幢价值 700 万美元的别墅，经常举办盛大派对，用顶级香槟款待客人，有时甚至会从西班牙请弗拉门戈乐队前来助兴。随着艺术品市场的复兴，他们甚至一年只需售出两三幅作品，就足以过上豪奢的生活。

颜料透露的秘密

2006 年，海琳的姐姐委托兰佩尔茨拍卖行出售一幅贝特莱希匆忙完成的赝品《红马》。这幅画作被马耳他 Trasteco 公司以 280 万欧元的高价买下，创下了德国表现派画家作品的最高价格纪录。Trasteco 公司把钱汇给了兰佩尔茨拍卖行，兰佩尔茨扣除了佣金，把余款打给了贝特莱希夫妇。事后，Trasteco 公司要求兰佩尔茨提供鉴定证书。兰佩尔茨称坎本东克之子已口头确认了作品的真实性。

然而为了进一步确认，该公司将此画送到慕尼黑的一家实验室，经化学家们检验，画作上有一种钛白颜料，这种颜料在原作者坎本东克作画的 1914 年还未发明出来。对贝特莱希来说，这实在是倒霉透了，这位谨慎的造假者总是自己调配颜料，但画《红马》时，他恰好手边缺少一些颜料，于是只好用了一支荷兰出产的锌白颜料。不幸的是，颜料管上没有标注成分里含有微量钛白。

2008 年 10 月，又有 15 幅带有弗雷希特海姆藏品标签的赝品被确认,其中一幅为法国杂志出版业巨头丹尼尔·菲力柏契所拥有的《森林 2》。菲力柏契从报纸上得知此事,“起初不敢相信”,因为他对这幅画作爱不释手,而且认为这是他见过的马克斯·恩斯特的最好的作品。

2010 年,兰佩尔茨拍卖行的律师向科隆法庭提出了诉讼,要求获得赔偿,同年 6 月,柏林警方将贝特莱希夫妇等人抓获。2011 年底,德国科隆地区法院对这一震惊欧洲的艺术品造假案作出判决,六十岁的沃尔夫冈·贝特莱希被判处六年监禁,他五十三岁的妻子海琳获刑四年。

但是没有人知道,贝特莱希到底制作了多少幅伪作,那些没有找到的赝品又在何方? 至今为止,柏林警方已确定了 58 幅作品系贝特莱希伪作,但实际的数量可能远超这一数字。贝特莱希承认,在过去三十多年中他总共绘制过五十多位画家的假画,但是拒绝透露具体的数字。

从十九岁那年开始，他已经与全世界28个国家的上百万个观众分享过自己不同寻常的成长故事，告诉他们“不必害怕世界的眼光”。

无臂的拥抱

赵涵漠

尼克·胡哲喜欢运动。这个满头棕发的年轻人喜欢去夏威夷冲浪，曾经在海滩做出过3个漂亮的360度旋转动作，并因此登上了当地一本著名运动杂志的封面。

不过，与以往那些四肢发达的性感男生封面照不同，尼克没有双臂和双腿，他看起来就像一尊素描课上常见的半身石膏雕像。

“刚开始我害怕极了。”尼克回忆起这次冲浪，“不过，由于我的重心很低，平衡能力还挺不错。”

这个冲浪高手刚刚庆祝完自己的二十八岁生日，但他几乎只有两岁幼童那么高。对他来说，任何运动都很艰难。就连摔倒后想爬起来，都要经过无数次练习。如今，他已经可以熟练地用脑门顶住地面，弓起后背，用像是“海豹鳍”一样的左腿在地面一撑，再次站起。这个简单的动作，总把他累得满头大汗。

那条灵活“海豹鳍”和普通人手掌的长短差不多，末端有两只可以分开的“脚趾”。这个造型实在太怪异了，以至于他常常怀疑自己家的小狗会把这条腿误认为“一条小鸡腿，并想把它吃掉”。

不过,这只“海豹鳍”很可能是世界上最灵活的一条腿。它帮助尼克洗头、写字、画画。他甚至可以在自己的苹果电脑上每分钟打出43个单词。

从十九岁那年开始,他已经与全世界28个国家的上百万个观众分享过自己不同寻常的成长故事,告诉他们“不必害怕世界的眼光”。

一个被酗酒所困扰的美国人,曾经“失去了包括工作和信仰在内的一切”,但是当他听完尼克的演讲后,他这样告诉这个身高甚至不及自己一半的人:“你的故事比百万美元更有价值,我明白我必须戒酒了。”

媒体这样描述他:“尽管他没有四肢,但他的乐观却好像具有传染性一样。”以至于,每当他“站”到演讲台上,台下都会传来一片兴奋的尖叫声。

可是,在二十八年前,这个天生没有四肢的畸形儿一出生就吓坏了所有人,他的父亲甚至冲出产房大声呕吐了起来。直到尼克四个月大的时候,母亲才第一次抱起这个小小的婴儿。

这种极为罕见的“海豹肢症”,给倒霉的尼克留下一连串痛苦回忆。

八岁以前,他只关注“自己没有的那一切”。十岁的时候,他曾想将自己溺死在浴缸里,但就连“自杀”也是一项无法完成的任务:肺占据了他身体体积的80%,无论是否情愿,他总是“像件救生衣一样竖直地浮在水面上”。

走到哪里,他都被称作“怪物”。当孩子们都趴在课桌上听课时,只有金黄色头发的小尼克突兀地“站”在书桌上,用脚趾头夹住圆珠笔写写画画。小学是最难熬的,仅在一天里,他先后被12个人嘲笑过。到下午2点50分,他坐在轮椅里暗暗决定,“如果再多一个人取笑我,我就要放弃自己”。这时,一个女孩走过来说:“嗨,尼克,你今天看起来不错啊。”

他已经记不清这个女孩的样子,但却永远记得“就是这句鼓励救了我的命”。从那以后,尼克逐渐学着为自己还拥有一条短短的“海豹鳍”而“感谢上帝”。他最终获得金融企划和会计的双学位。

尽管被许多人视为“奇迹”,尼克却并不想让大家将自己看成一个“神奇的人”。他有些不好意思地承认:“我有很多软弱的时候,也会一个人躲起来偷偷地哭。”

他不能骑单车,也无法驾驶汽车。每次演讲前,必须由一个助手将他抱到台上。由于过度使用背部肌肉,他的小小身体已经不再允许他接受每一个人的拥抱。有时,被吓坏了的路人甚至会尖叫着跑开。更何况,他明白,自己将永远“不能牵住自己心爱女孩的手”。

但不公平的生活让他学会珍惜很小的幸福。一次,他碰到一个两岁半的小女孩,“这个戴着粉红色帽子的小姑娘,足足盯了我25秒”。然后,好像突然明白了什么,她一本正经地将双手背在身后,伸出了自己的脖子,轻轻地碰了碰他。

“我明白,这是一个拥抱。这一切真是太美好了!”尼克几乎要流出眼泪。

而在距离他非常遥远的中国,关于尼克的故事正在通过互联网迅速传播。一个网友这样写道,“尼克,我们记住你不是因为你没有四肢,而是因为你足够酷”。

第2辑 春风无限恨

“南唐北陆”，掀起多少旧上海迷梦？上海名媛唐瑛的绝代风姿一直淹没在浮世风霜里，让人误以为她是绽放于交际场中闲花一朵，其实，她创办了中国第一家女性服装公司，第一个用英语演出京剧，而她的坎坷情路中还隐藏着与宋子文的一段情缘。

唐瑛：不落的海上名花

肖素均

旧上海名媛中的翘楚莫过于“南唐北陆”，半个世纪以前有一部《春申旧闻》写道：“上海名媛以交际著称者，自唐瑛、陆小曼始。”陆小曼因诗人徐志摩而被人熟知，而唐瑛的面目却渐渐隐匿于浮世风霜。

唐瑛生于1910年，她的父亲唐乃安是清政府获得庚子赔款资助的首批留洋学生，也是中国第一个留洋的西医。唐乃安回国后在北洋舰队做医生，后在上海开私人诊所，专给当时的上海大家族看病，因此唐家的家境富足。

唐瑛不但身材苗条，嗓音甜美，衣着前卫，且多才多艺，秀外慧中，擅长昆曲。她毕业于上海教会学校——中西女塾，中文、英文的水平都很高，艺术造诣也很高。唐瑛除修养极佳外，她穿衣考究而前卫，一直都是引领上海滩时尚风潮的风向标。Channel香水、Ferregamo高跟鞋、CD口红、Celine服饰、LV手袋……凡是当时法国贵妇人所有的，她也都有。

据当时的传闻描述，唐瑛有十个描金箱子，里面全是衣服，光皮衣就挂了满满一整面墙的大衣橱。唐家养了一个裁缝，专门给她一个人做衣服。因此唐瑛在当时总是代表着上海滩最顶尖的时髦的女郎。

名媛中的名媛

1926年,唐瑛正式进入交际圈,当时“社交”是被当作新鲜玩意儿引入中国的,有个杂志叫《玲珑》,整天鼓励女性要学会社交,并且把唐瑛当成“交际名媛”的榜样。一次,英国王室访问中国,唐瑛过去表演钢琴和昆曲,很是耀眼。当时的各大报纸上都登了她的大幅玉照,风头盖过了王室,也是她交际生涯最显赫的时期。

1927年,对时尚颇有心得的唐瑛与陆小曼等人创办了“云裳服装公司”,它是中国第一家专为女性开办的服装公司。唐瑛称她们的公司为美术服装公司,公司采取的是世界最流行的装束,其宗旨是在“新”而不在“贵”。并且,唐瑛还聘请了从法国和日本学习美术回来的江小鹣为云裳服装公司的设计师,使得她们出品的服装有了大师和高品位时装的保证。此外,开业时,唐瑛和陆小曼还亲自在店内为顾客试穿新衣,相当于巴黎高级时装店的专业模特,如此服务,当然颇具吸引力。

那一年的冬天,上海以及附近的南京、苏州、无锡等城市的大街上,凡是有时髦女子出现的地方,就会有一道道由云裳牌大衣组成的亮丽风景。很快,云裳牌大衣走向北京和天津等地,成为时尚女性不可缺少的冬日装扮。第二年,云裳公司又设计、制作了春秋两季的夹大衣、单大衣和仲夏夜所穿的具有装饰作用的绸外衣,并迅速推向市场,风靡上海滩……

唐瑛的初次商业尝试,绝对的大获全胜,这让本已风光无限的她成为上海滩名媛中的名媛、焦点中的焦点。

1935年秋,唐瑛又做出一个惊人之举——在卡尔登大剧院用英语演出整部的《王宝钏》。当时,扮演王允的是《文汇报》在沪创刊之初的董事之一方伯奋，扮演薛平贵的是沪江大学校长凌宪扬，扮演王宝钏的是唐瑛。这次因为是首次用英语演出京剧，所以引起观众的极大兴趣。加之唐瑛不但英语流利，而且也很会做戏，因此这场演出在当时的中国引起了轰动。

与宋子文的情缘

现在的世人熟知盛家七小姐和宋子文的爱恨情仇，却不知在盛七小姐之后，唐瑛成了宋子文的最爱。

唐宋两家之间早有交情，唐家的儿子唐腴庐和宋子文便是好朋友，不仅一起在美国读书，回国后唐腴庐还成了宋子文的秘书。在唐家人的眼中，从政并不是一份好的事业，因此唐乃安夫妇并不看好儿子的事业。但唐腴庐并没有把父母的话放在心上，他不但与宋子文来往密切，还常常把宋子文带回家来，自然就结识了唐瑛。

第一眼，宋子文便被正值人生最好年华的唐瑛强烈吸引。宋子文开始猛追唐瑛，一封封炽热的情书被呈递到唐瑛的梳妆台上。宋子文虽然长唐瑛 16 岁，但当时的宋子文被认为是富有、成熟英俊、多金多权的男人，这对唐瑛自然也有着相当大的吸引力。可是，唐瑛的父亲对她与宋子文交往的事情极为反对，唐乃安认为“一朝天子一朝臣”，在他的观念里面，与政治扯上关系并不是什么荣耀的事情，反倒有可能为家人带来不能预知的麻烦。没想到，他的顾虑真的发生了。

1931 年，唐腴庐被刺杀了，这次刺杀事件震惊了上海滩。当时很多传言说唐腴庐是因为帮宋子文挡子弹，所以被杀的。事实上，知情人都知道，唐腴庐是因为穿戴与宋子文极为相似，而因此被误杀的。唐乃安本来就反对自己的孩子与宋子文来往，随着唐腴庐的去世，唐乃安对政治以及与政治有关的人更是到了深恶痛绝的地步。而唐瑛与宋子文的关系,也注定不会再有任何结果。而宋子文这边,在侥幸捡回一条命后,他对唐家的人自然是既内疚,又感激。也因为此,他不想再扰乱唐家的生活,于是打消了继续与唐瑛交往的念头。

宋子文的离去对唐瑛是否造成情感上的伤害,现在已经无从得知,只是宋子文写给她的那 20 多封情书,一直深锁在唐瑛的小抽屉里,好好珍藏着,这也足见她曾对宋子文的一番真情。

与宋子文分手后不久,唐瑛很快便嫁给了宁波"小港李家"、沪上豪商李云书的公子、耶鲁留学归来的李祖法。与唐瑛"过于热闹"的生活方式相反,她的丈夫李祖法却是一个喜欢安静的人,他不喜欢交际,两人自然是格格不入。1937 年,唐瑛与李祖法终因性格不合而离异。后来,唐瑛嫁给了时任美国美亚保险公司的中国总代理、熊希龄的侄子熊七公子。

熊七公子个子不高、外貌不俏,但他的性格活泼,和唐瑛正是"同道中人",彼此都有很强的娱乐精神,因此两人的结合也算是相得益彰了。1948 年,唐瑛随熊七公子远赴香港,接着移民到美国。20 世纪 70 年代时,唐瑛回上海探亲,一袭绿旗袍的她让人恍以为仍是葱茏少女,丝毫不见美人迟暮的哀愁。

人生如戏亦如梦

韩梅梅

孟小冬这一辈子，太苦了。

曾经，在台上，她是须生之后，梨园名伶；在台下，她明艳照人，芳华绝代。为她动情的男人数不胜数，曾与她相伴的两个男人，一位是南北闻名的戏剧大师梅兰芳，另一位是叱咤上海滩的杜月笙。可她的人生，就像是一出戏，起伏激烈，从陆离的灯光中退下，繁华如梦，只留下似是而非的回忆，迷离而又悲情。

1907 年 12 月 9 日，中午时分，一个新生命在上海的一条弄堂里降生了。

孟小冬在叫孟小冬以前，有一个美丽的名字，叫孟若兰。出身梨园世家的她五岁开始学艺，七岁登台献唱，十二岁参加公演。她的扮相帅气，唱腔很有韵味，十四岁就已经在上海滩声名鹊起，一个人撑起了家庭的重担。对于已取得的成就，孟小冬并不满意，她心里有一个想法，想要唱响京城。骨子里的执拗让她选择北上。那个年代，从上海到北京，有漫漫的路途，一路颠簸的孟小冬，并不知道自己的将来会怎么样，她并不知道因为有了这个选择，才有了以后的享誉戏曲界的梨园“冬皇”；也因为这一次上路，她即将遇到生命中第一个男人，一段令世人惊叹的恋爱正在前路等她。

一次后台的擦肩而过，四目相对的瞬间，一切都像是命中注定，梅兰芳与孟小冬，在北京城第一舞台的义演中相遇了。

在孟小冬的眼中，台下被人群簇拥的梅兰芳身着西装，俊美儒雅，是明媚照人的翩翩公子。仰慕之情让她不知如何开口和他说话，只喊了一句“梅大爷”。她不知道，在她登台表演《上天台》时，梅兰芳正在化妆室里伫立聆听她的唱腔，在心中对她赞叹不已。

这一年，孟小冬十八岁，梅兰芳三十一岁。

有缘的人，自有命运的安排，在他们相遇以后，冯公度母亲八十大寿的堂会上，有人邀请梅、孟合演一出《四郎探母》，一个是须生之皇，一个是旦角之王，一场戏演下来，默契不知道在什么时候，已经种在了心里。

后来，他们又接连出演了《游龙戏凤》，孟小冬饰微服私访的正德皇帝，长眉入鬓，越发英俊，梅兰芳则饰演娇憨俏媚的李凤姐，两人台上眉目传情，互诉衷肠。四目相对，芳心暗许。

他们的婚礼非常简单。在“缀玉轩”里，孟小冬深居简出，两人举案齐眉，恩爱了好一阵子。

与梅离婚以后，孟小冬留下的照片，就很少有笑的时候，大多都是淡然、冷漠、神秘的表情。

但她的侄子孟俊泉却还记得：孟小冬很喜欢他姐姐，有一天，孟小冬让他姐姐和她一起玩耍，玩着玩着，她突然悲从中来，拿出手绢捂着脸大哭起来。

过了一段时间，她仍然难以走过这个坎，所以一度皈依佛门。

孟小冬对一个朋友说：“以后要么再不嫁人，若是再嫁，定要嫁一个跺地乱颤的。”

1938 年，孟小冬拜余叔岩为师，成为他的关门弟子，也是他唯一的女弟子。

她开始重新研习戏曲。一个眉眼、一个手势、一个唱腔，她都臻于完美。

孟小冬再度复出，数十年的积累，让她的唱功炉火纯青，天津一家报馆的总编辑沙大风给她取了一个响亮的名字，叫“冬皇”。他认为谭鑫培、梅兰芳都算是伶界大王，但孟小冬还要超过他们，所以，“冬皇”，她当之无愧！

1947 年，威震上海滩的杜月笙过六十大寿，在上海中国大戏院邀集包括梅兰芳在内的南北名角演戏。

他专门请了孟小冬，连演两场《搜孤救孤》。

一时间，上海滩万人空巷，有人甚至专门乘飞机来看她的演出，买不上票的人都在家里守着听收音机。

看完了戏，观众还不舍得走，他们想看她谢幕，想看卸了戏装的孟小冬。但孟小冬从来不谢幕。观众不停地鼓掌，就是不走。无奈之下，杜月笙亲自去了后台找她，才让孟小冬出来谢了一次幕。

她向观众鞠躬，仍然是冷漠淡然的表情。这次谢幕，是她与舞台的永别，这出《搜孤救孤》成为她的绝唱。从此，孟小冬再也没有登台演出过。

梅兰芳的管家后来说，那次孟小冬演了两场《搜孤救孤》，梅兰芳在家听了两次电台转播……

那场演出之后，孟小冬入住了杜家，陪伴杜月笙度过了他最后的岁月。经过世事的冲刷，对许多事，她已淡然。盛名她已有，财富何须多？她是女人，最需要的，是一个归宿。杜月笙待她很好，他懂她，给她一个男人的关心和呵护。她也不确定自己是否爱他，但她想伴他终老，这是真的，就这么简单。

1949年，孟小冬随杜月笙去了香港。1950年，杜月笙一度想移居去法国。有一天，他请来办护照的人，在家里统计需要办多少张护照，孟小冬当着客人的面淡淡地说："我跟着去，算丫头呢还是算女朋友呢？"一句话提醒了梦中人，杜月笙当即决定，要同孟小冬补办婚礼。但是这个决定，遭到了杜月笙家人的反对。原来，这个时候的杜月笙已经病得很重，大多数时间都在床上度过，就是吃一碗面，都要别人送到床头来。并且，他们家的经济已不如当年，她在他家，已经生活了几年，何必破费办这样的"喜酒"呢？然而，不管多少人阻止，杜月笙还是坚持已见，在家里办了酒席，挣扎着起来与孟小冬做了六十三岁的新郎和四十二岁的新娘。他让儿女们向孟小冬磕头，叫她一声"妈咪"。

婚后一年，杜月笙就辞世了。他生前千金散尽，死后并无多少财产留给孟小冬。孟小冬失去了一个在她一生中，最欣赏她、尊重她、爱护她、庇护她的男人。她开始了在香港十六年的独居生活，潜心钻研戏剧，教授弟子。后来，因为很多亲友劝说她去台湾，她又辗转去台湾定居。若干年以后，梅兰芳去世的消息传来。

晚年的孟小冬，在台北的家中供奉着两个牌位，一个是她的老师余叔岩的，另一个是梅兰芳的。她每天会亲自为牌位旁边的花瓶换上清水。当曾经骄傲美丽的女子，变成步履蹒跚的老妇，多少前尘旧事，出现在她风烛残年的脑海。

秋瑾的孤独

蒋勋

如果你看过秋瑾的照片，你一定也会觉得：怎么那么美？而且，她的美是超越性别的。

其实秋瑾来自一个保守的大家庭，她的父亲做官，替女儿选了一个当官的夫婿，他们结了婚，夫妻感情也很好。有人猜测秋瑾是婚姻不幸福才会去革命，其实不然，革命者往往受到最多的宠爱，当她感觉到要与人分享这份宠爱时，她的梦想就出现了。

秋瑾其实还有孩子，一家和乐美满。在一个女子要缠足、丈夫可以纳妾的社会里，一个丈夫为了成全妻子的好学，愿意拿出一笔钱送妻子去日本留学，我相信他是一个了不起的丈夫。

然而，秋瑾到了日本之后，视野打开了，不再是一个旧社会里封闭的女人。她认识了徐锡麟、陈天华等优秀的留学生，经常聚会喝酒，聊新的知识，并且一起加入了同盟会。在当时，同盟会是一个非法组织，加入者都做好了被杀头的准备，唯有充满梦想的人才会参加。

秋瑾到日本之后，意识到东方的女性受到极度的压抑，被当作弱者，因此她的革命不只是政治的革命，更大的一部分是她对女权革命的觉醒与伸张。秋瑾在日本学武士刀、练剑，所以会拍下那么一张照片，象征女性的解放。

一个可以容纳解放女性的男性团体，也必定是开放的。可见，徐锡麟、陈天华等人都是优秀的男性，而秋瑾的丈夫也绝不是坏人。不过，秋瑾觉察到自己与丈夫在思想上已经分道扬镳，她无法再回到那个保守的社会里，所以她为自己的生命做了勇敢的抉择——提出离婚。

秋瑾的孤独不仅在当时，甚至在今日，都鲜有人能理解。幸运的是，秋瑾还有一群可爱的朋友。这些与她把酒言欢的留学生，知道秋瑾很喜欢一把剑，便凑钱买下来送给她。

当他们在小酒馆里把剑送给秋瑾时，她当场舞了一回。在秋瑾的诗中记录了此事，她说："千金不惜买宝刀。"原来那把剑所费不赀，耗尽千金，以至于一群人喝酒喝到最后付不起酒钱，于是秋瑾不惜把身上的皮大衣当了，要和朋友们喝得痛快，诗的下一句便是："貂裘换酒也堪豪。"后来，这群留学生回到中国，潜伏在民间，伺机而动，随时准备革命。心思缜密的秋瑾，不但有激情，也有理性，可谓当时回国革命者中最成功的一个。

然而，很少有人想到，离婚以后的秋瑾要面对生命里巨大的孤独感。我相信，她和徐锡麟之间的感情是革命，也是爱情。所以当徐锡麟因冲动起义，因为没有周密的规划而失败被逮捕，并惨遭清朝官员将他胸膛剖开、活活地掏出心肝的酷刑时，听闻徐锡麟死讯的秋瑾立刻起义，因此被捕。

我读秋瑾传记时，深深觉得秋瑾的死和徐锡麟有很大的关系，而徐锡麟就是当年提议买宝剑送给她的人。这使我联想到，革命里有一部分的孤独感，也许和爱情有关。在革命里纠缠的情感非常迷人，非小儿女的私情可比，他们是各自以"一腔热血勤珍重"的方式，走向诗的巅峰。

在徐锡麟死后，秋瑾的起义可以说是一种自杀的形式。

秋瑾被捕之后，受尽所有的酷刑，被逼要求写出所有革命者的名单。她只写下一个字“秋”，表示只有秋瑾一人。她顿了一下，接着写“秋风秋雨愁煞人”，又是一句诗。翌日清晨，秋瑾在绍兴的街市口被处以斩刑。

她是一个在文学史上、戏剧史上尚且无法全面说出其影响力的女性；她也是一个传奇，历史的传奇，因为她的生命活出了惊人的自我。

民国时期的"政治宝贝"

王伟

高芾在《野史记》中曾称沈佩贞为民国时期的"政治宝贝"。

出来混都是要噱头的,沈佩贞拿出来的名片吓你一跳。1915 年,袁世凯复辟时,沈佩贞印制了一张大名片:

大总统门生:沈佩贞

原籍黄陂,寄籍香山,现籍项城

大总统自然指的是指袁世凯。黄陂则是黎元洪的原籍,香山指北京香山,项城是袁世凯的故乡。这个摩登女郎刚出道时首先拿下的正是黎元洪,所以黎元洪的原籍就成了她的原籍;跟了袁世凯她自然成了项城的。

最早的"北漂女"

辛亥武昌首义后,当上大都督的黎元洪吸引了无数美女的目光,一心想往上爬的沈佩贞也盯住了黎元洪,想要借这块跳板一举成名。美女的一个秋波,黎大都督立即心旷神怡,哪有狼不吃肉的,两人很快便发生了暧昧关系。这世上也没有不透风的墙,黎元洪的小妾危文绣发觉后顿时醋劲大发,闹得不可开交,最终硬是逼迫黎元洪把沈佩贞赶出武汉才罢休。

落寞的沈佩贞带着一肚子的委屈来到京城，成了最早的“北漂”一族。

热衷于政治的沈佩贞，根本不顾及自己的声誉，她先是瞄准执掌京城治安大权的步军统领江朝宗，这样她有了个“义父”；又认武卫军总司令段芝贵为“叔父”。天下人谁不知这其中的暧昧、龌龊。

沈佩贞纠集起一批虚荣的女生，美其名曰“女志士”，她经常带着她们出没于总统府及权贵宅第，她自己也成了京城名噪四方的交际花。

沈佩贞的投怀送抱自然不会白付出，她换来了两大权贵的引荐，沈佩贞便以“支持帝制”为名，成了新华宫的常客。袁世凯不用考虑自己的一妻十五妾，笑纳了这位时髦女郎的投怀送抱，她由此被聘为总统府顾问，还一度被派去绥远担任将军府高级参议。沈佩贞摇身一变成为袁世凯的“门生”，成了袁世凯的“洪宪女臣”，就差袁世凯第十六房妾的名号了。

当时许多人拿她与妓女对比，说纯洁的在妓院，而堕落的在官场。

“女流氓”

1912 年 8 月间，京城湖广会所举行的同盟会改组大会，宋教仁草拟的新党章中没有任何关于“男女平权”的条款，却有禁止女性加入的提议。作为同盟会会员的沈佩贞与唐群英，一齐冲上主席台扭住宋教仁就打。随后，沈佩贞、唐群英又专门谒见了孙中山，沈佩贞“哭声震屋”，挥泪诉说她和唐群英等女子把生死置之度外，奔走于炸弹队，目的就是为了争取自由、争取平权……她为争“女权”大出风头。

在沈佩贞异常嚣张时，毫不知检点的她很快就卷入了一场丑闻。

1915 年的春末夏初，沈佩贞邀约了一批友人在醒春居饮宴。醒春居当时在北京东四七条胡同，原是曾任成都将军、四川总督、内务府大臣的奎俊的私人花园别墅，清廷垮台后，屋主租给商人开菜馆，因它具有园林之美而盛极一时。

这伙人可不是王羲之那班文人墨客相聚“修禊事也”，沈佩贞率领靓装艳服、尽态极妍的妇女十余人参加宴会。席间，她们脱鞋解袜，换穿绣花拖鞋，坐卧在海棠花下，搔首弄姿。酒宴布置在假山边的旷地，男女主宾三十多人纵情大吃大喝、谈笑风生，没有丝毫拘束。大家吃喝到有点飘飘然微醉时，有人提议：“诸位佳人，跣足入座，圆肤光滑，如洗凝脂。可用‘闻臭脚’做酒令，顺着行酒，即用此三字，连贯成文，要全用成语，如令到不成的，罚酒一杯，闻臭脚一次。”这场集会谑浪笑傲、污秽不堪。

这事被上海《神州日报》给曝光了，指名道姓地称沈佩贞与步军统领江朝宗在北京城里的醒春居酒楼宴饮，“当时丑态，连刊三日”。

沈佩贞见报后勃然大怒，立即要求《神州日报》主编汪彭年摆酒席请罪，并登报声明，但汪彭年不予理睬。于是，沈佩贞亲率二十多名女将以及几十名卫士冲进汪公馆。汪彭年不敢招架从后门溜走。客居在汪公馆的众议员郭同出面制止，却被一顿暴打，他的裤腰带都被打断了。随后，汪家室内的家具物件被砸得稀巴烂。

大官郭同怎肯咽下这口恶气？他一纸诉状告到了法院。事情闹大了，江朝宗等便不敢出面。袁世凯也感到自己的“门生”实在太丢脸，放出风来要求法办，最终的结果是沈佩贞被罚关押半年。但入押不久，江朝宗等即将其保释出来。

溧水人濮一乘作《新华 · 竹枝词》，刊于《上海时报》云：“最是顽皮汪寿臣，醒春嗅脚记来真。何人敢打神州报？总统门生沈佩贞。”“杯酒调停事不成,郭同起诉地方厅。议场捣乱刘麻子,糊里糊涂作证人。”

这场风波过后,“女流氓”和沈佩贞的名字联系到一起。人们开始对她嗤之以鼻,“政治宝贝”遭到各个主子的遗弃,沈佩贞风光不再。

凄凉晚景

袁世凯死后,沈佩贞失去依靠,北京政局又变了样,于是她不得不另寻出路。当时广东正树起护法旗帜,南北的志士、政客都奔集五羊城中。沈佩贞也南下广州,住在珠江北岸的东亚旅馆。某日晋谒孙大元帅,某日访问参众两院议长,某日拜访各部部长的新闻,时在报上刊登,俨然一副政治要人的模样。

沈佩贞为了解决自己的巨额开销,嫁给了国会议员魏肇文。但是沈佩贞风流成性,不久又给魏议员戴了“绿帽子”,终于给老魏发觉,把她扫地出门。沈佩贞没了固定收入,心有不甘,于是向广州法院提起诉讼,说魏肇文抛弃妻子,不给生活费。大小报刊肆意渲染这场风流官司,开庭之日,万人空巷。

最后法官判决:此案完全是姘居性质,既无合约文件,又没有生男育女,双方随时可以分手,和正式的夫妻关系完全不同。本案撤销,不予受理。诉讼费由原告沈佩贞负担,此后不得滋生事端,否则依法惩处。

沈佩贞是伤心欲绝,掩面痛哭着出的法庭。她接连几日到国会议员招待所,见到魏肇文就上去纠缠,魏肇文只能暂避骚扰。冤家路窄,一天两人在路上碰到,沈佩贞即扭魏肇文理论。到了警署,警长知道沈佩贞的风流韵事,即训斥沈佩贞,并限其三日内从广州消失,否则拘案送办。

沈佩贞知道自己已经不能再在珠江河畔立足,只得静悄悄地溜回北方。当年威赫一时、红得发紫的“洪宪女臣”,晚年下落不明。

中国名媛任祥

孙行之

任祥的精神世界与生活状态与很多经常来往于世界各地参加时尚派对、在名利场中风生水起的世家子弟相比,似乎太不“名媛”了,但从另一个角度看,这种状态也许又更接近一位真正的中国名媛。

名门淑女

任祥的好嗓音应是得自母亲顾正秋的遗传。20 世纪 50 年代,顾正秋,这位名动菊坛、蜚声全岛的青衣,为无数流离到台湾的人带来慰藉。其中,包括蒋经国和任显群。

任显群与顾正秋的结合带来的震动毫不逊色于一代青衣那曲直入云霄的《锁麟囊》。1955 年,蒋介石罢免了任显群和孙立人,等待任显群的是两年半的铁窗生活。在狱中,任显群编了一套 800 页的《中文字典》,刻意漏了一个“难”字。“世上无难事”,这是身为父亲的任显群最希望传递给孩子们的人生智慧。

出狱后,因为“当局”要求他不得出现在公开场合,任显群带着顾正秋和孩子来到荒凉的金山农场,住在一间茅草屋中,以种植草莓为生。任祥就出生在这座山间茅屋,家中不通水电,他们吃的是自己种的菜,喝的是用明矾处理过的溪水。

贫困的农场生活期间，母亲收藏的精美戏服和精致头饰是为数不多的华美色调，构成了任祥对美的最初记忆。任家规矩严格。“我们小时候吃饭，大人一桌，小孩一桌。小孩子们先吃完饭是不走的，坐着听大人说话。”当年来往于任家的皆为文化界与艺术界的名流，南怀瑾、柏杨、林怀民、白先勇等均是与任祥父母交好的朋友。周遭的人文环境在任祥脑中建立了一个人物档案，提供了一个进行价值判断的坐标系。

台湾“极丰派”

“极丰派”是台湾知名建筑设计师、任祥的丈夫姚仁喜给妻子起的绰号。生活中的任祥总是满腔热情，以“极丰盛”的态度去面对周遭世界。

任祥插花，不似丈夫那样，闲插鲜花三两朵。她是一定要弄出一个与旅馆客厅般大小的盆花才罢手。她的办公室则更是有如“地下工厂”般，有各种原料、半成品，同时不断涌现新材料，还有摄像机、电焊机、冲床和激光切割刀。她要在《传家》一书中写鸡蛋，便在家中养起了蛋鸡和草鸡；她要写香菇，院子的角落就出现了满满当当种着香菇的树干；她要写蔬菜，家中的露台便成了一个大菜园。

蒋勋说任祥：“想起一群朋友聚会，任祥突然带着三十盒炒面出现，大家看到盒子先‘哇’一声赞叹。盒子是用细竹篾编的手工盛篮，有一条三指宽蓝朵花布束腰，一条正红色系带绑着。这样的盒子，吃完炒面当然会带回家，有朋友来，就会拿出来献宝。”

“极丰派”的另一件大事就是《传家》一书的诞生。面对“中国人的生活智慧”这样一个课题，也只有这样一个以极大热情面对周遭世界的人才能应对得如此多姿多彩，翔实而饶有趣味。

对于任祥来说,“姚太太”是最令她舒心和安心的称谓。“女人一旦被挂上女强人的名号便会很累,因为她们往往给人一种压迫感,很少有人愿意成为她们的恋人和朋友。”任祥说,“在美国,很多女性都很注重事业的发展,忽略了家庭。在和她们深入交谈以后会发现,其实她们并不快乐。她们当中很多人习惯以强势的姿态出现,没有办法和家人好好相处。”当看到很多人以美国式的标准来定义“成功”的时候,任祥说,她希望发出另外一种声音。“妻子可以能力很强,但不要写在脸上,而是以执行力为标准。”

“南张北梅”终成绝响

何映宇

1942年北平的马德增书店和上海的宇宙风书店联合发起“读者最喜爱的女作家”评选活动，梅娘与张爱玲双双夺魁，从此有“南张北梅”之誉。

她，原名孙嘉瑞，所以晚辈叫她孙姨，1920年出生在海参崴，在吉林省长春市长大。梅娘，是她的笔名，意思即“没娘”。梅娘自幼丧母，在后妈的冷眼冷遇中长大，因此她长大后感怀身世，以“没娘”谐音作为笔名，是要牢记自己的出身之痛。

2013年5月7日，梅娘，这位世纪老人在北京走完了自己跌宕起伏的一生，享年九十三岁。

丈夫是中共地下党员

解放初期，梅娘在农业电影制片厂工作，“肃反”运动一开始，厄运就开始降临到她头上。她被列为“日本特务嫌疑”。

虽然梅娘曾留学日本，成名也是在日据华北时期，但是实际上，她从来没有像周作人那样公开投敌，而恰恰相反，在她的身边，聚集了一批抗日的作家和志士。

梅娘的父亲孙志远，九一八事变之前是东北实业巨子，幼年随家人从山东招远出发闯关东，十二岁开始在英国商人开的洋行里做小使，也曾供职于沙俄和日本人开设的银行，懂日、俄、英三国语言，很快就在商界崭露头角。张作霖驻长春的镇守使看中了这位如意快婿，将其招至门下(梅娘的生母为孙志远在海参崴时的情人，生下梅娘后搬入孙家，被孙妻逼走自尽)。此后，孙志远在长春市内更是如鱼得水，迅速成为长春最重要的企业家之一。

但九一八事变改变了孙志远的人生轨迹。日本占领东三省后，他拒绝和日本人合作，拒绝受聘担任伪满洲国中央银行副总裁和“通产大臣”的职位，他晚年还曾联络各地军政大员试图共谋反满抗日，但终究未果。1936年，孙志远忧愤成疾，不幸病逝，年仅四十二岁。

父亲去世后，梅娘的监护人——继母和叔叔——把她送到日本东京女子大学学习。在日本，十六岁的梅娘遇到了在日本内山书店打工挣钱、在早稻田大学攻读经济学的中国留学生柳龙光，渐生感情。孙家极力反对，因为他们早为梅娘在长春订下一门婚事，对方显然要比穷小子柳龙光家境优越得多。对于追求妇女独立自由的梅娘来说，她可不想嫁给一个她不爱的甚至连面都没见过的男人，做一个孙家要求的“贤妻良母”。孙家以断绝经济支持相要挟，梅娘失去经济来源，无力继续在日本的求学，被迫一人回到长春。不想，柳龙光非常坚定，他追到长春，有情人终成眷属。

1938年秋天，梅娘和柳龙光的住所成了伪满洲国“首都”年轻人的文艺沙龙，在日本反战学者小林秀雄、阿部知二等人的支持下，他们创办了《文丛》杂志。《文丛》刊出的梅娘系列短篇小说，后结集成她的第二部作品集《第二代》(1939年)，这本书被认为是伪满洲国文学界第一部提倡自由主义的作品。这一时期是梅娘创作的高峰期，她先后在《大同报》《中国文艺》《中国文学》等报刊上发表小说、散文及翻译作品，并结集为水族三部曲《鱼》《蚌》《蟹》传世。钱理群、温儒敏、吴福辉《中国现代文学三十年》这样评价梅娘："同样是在婚姻恋爱的题材中凸显独立、自由的女性形象，以及她们的生活遭遇，梅娘的叙述要比张爱玲'俗'，却比苏青'雅'。"

梅娘说她的写作没有大的野心，只想成为长夜中的一只萤："虽只有点点微光，那毕竟是光。这就是我，燃尽微光，送走生命；燃尽微光，送走生命……"也许正是那种细腻文字中的温暖让读者为之感动。

其时，柳龙光加入中国共产党地下组织。1948年，中共北方局城工部负责人刘仁委托柳龙光到台湾去动员国民党蒙疆军参谋长乌古廷率部起义。梅娘和两个女儿随他一起去了台湾，没有想到，就在柳龙光往返于台湾与上海联络起义时，他乘坐的轮船在舟山海面撞船沉没，柳龙光不幸遇难。年仅二十八岁的梅娘得知噩耗后如五雷轰顶，当时她正怀了柳龙光和她的第三个孩子，还要抚养两个年幼的女儿，一个人怎么支撑？怎么活下去？

台湾和日本大阪方面都曾希望她留在当地任教，她一一拒绝了。1949年，新中国成立前夕，梅娘带着两个女儿和即将临盆的遗腹子，历尽千辛万苦，回到了北京。刘仁安排她进入"大众文艺创作研究会"，1953年正式调入国家农业部下属的农业电影制片厂担任编剧。等待她的是怎么样的命运呢？不是鲜花和掌声，而是无尽的磨难。

她没有号哭的权利

"肃反"清查之后，1957年"反右"运动，梅娘终难逃一劫，被打为"右派"，定位"文艺汉奸"，被迫接受审查、批判，下放到昌平劳动改造。在华北沦陷区时获得的"大东亚文学赏赏外佳作"和"副赏"，成为她最大的污点。1961年梅娘被解除"劳教"后回来，仍被监督劳动。

她被开除公职十六年，很长一段时间以当保姆和打零工维持生计，当保姆不能在附近街道做，只有走很远的路，跨区到一个没有人认识她的街道。

“文革”中，梅娘被打成“现行特务”，抄家、管制，进了“黑帮劳改大队”，挖“人防工事”。其间，体弱多病的二女儿因无人照料，被强制送进了救济院，后来病死在救济院里；大女儿柳青带着年幼的弟弟靠变卖家具、衣服勉强度日；小儿子因患流行性肝炎得不到很好的治疗，于 1972 年去世。人世间的痛苦莫过于白发人送黑发人，而梅娘一次次经历人生的重大打击后，眼泪哭干了，她说：“我完全没有伤逝的情怀！”

她默默忍受人生赠予她的一切不公与苦难。她靠给居委会的手工组做绣活谋生：“扣去制衣厂的工艺流程费，再扣去居委会的福利费，一件活最少我可以得到两元两角的手工费，10 件活便是整整的 22 元，这可不是一个小数目。半个月的玉米面不用愁了，还可以买上 100 斤煤球，免得一到蒸窝头的时候，自己没火，还得去麻烦郑大嫂。余下的交上房费、电费，如果还能买上一斤鸡蛋留给儿子，那就更好了。人家都说：‘肝炎，就需要吃鸡蛋。’”

1978 年，十一届三中全会之后，组织上为她平反，她回到农业电影制片厂工作，重新获得了发表作品的权利。1979 年，她以“柳青娘”为笔名，在香港《大公报》上一口气发了 11 篇文章。从 1986 年开始，她在内地发表的作品恢复使用笔名“梅娘”。先后在上海、深圳、吉林、北京等地一些报纸杂志发表一系列回忆、游记、杂感文字，1997 年被列入“中国现代文学百家”。沉寂了大半个世纪，此时，她才如出土文物般重新被人们所认识，但这种认识，和张爱玲般的如火如荼相比，还是那么寂寞。很多寄到她的工作单位农业电影制片厂的信件被以查无此人退回，因为连农影厂的同事都不知道，该厂的老员工孙嘉瑞就是被写进文学史的梅娘！

梅娘和张爱玲，虽然并称“南张北梅”，可是事实上她们从未见过面。如今，“南张北梅”均成绝响，时光的烙印只留下发黄的书页和文字上的流痕。

杨绛的百年风华

高群

她在这世界上，已经整整百年。她是钱锺书夫人，是文学、翻译大家，是上世纪知识分子风华年代的亲历者。她的存在，是这凡俗人间的一丝光亮。

“缘起一面”

杨绛祖籍江苏无锡，1911 年 7 月 17 日出生在北京一位开明的知识分子家中，未满百日，便随父母南下，移居上海。少年时代，杨绛在上海读书。从小就学习好，但最淘气顽皮，曾因为上课说话被罚站示众，却因不服两人说话只罚一人而大哭到下课。在苏州东吴大学求学时，杨绛是班上的“笔杆子”，中英文俱佳。

1932 年初，东吴大学因学潮停课，开学无期。杨绛东吴大学政治学系毕业在即，不能坐等，就想到燕京大学借读，借读手续由她的同学孙令衔请费孝通帮忙办理。2 月下旬，杨绛等五人北上。路上走了三天，到北平已是 2 月 27 日晚。他们发现火车站上有个人探头探脑，原来是费孝通，他已是第三次来接站，前两次都扑了空。入学考试结束后，杨绛便急着到清华大学去看望老朋友，同伴孙令衔也要去清华看望表兄。这位表兄不是别人，正是钱锺书。

杨绛初见钱锺书，只见他身着青布大褂，脚踏毛底布鞋，戴一副老式眼镜，浑身儒雅气质，“蔚然而深秀”。而杨绛更有一番神韵。她个头不高，但面容白皙清秀，身材窈窕，性格温婉和蔼，人又聪明大方。匆匆一见，甚至没说一句话，彼此竟相互难忘。

然而，孙令衔莫名其妙地告诉钱锺书，说杨季康（杨绛原名）有男朋友，又跟杨绛说，他表兄已订婚。钱锺书写信给杨绛，约她相会。见面后，钱锺书开口第一句话就是：“我没有订婚。”杨绛说：“我也没有男朋友。”从此他们开始了书信往来。

一天，费孝通来清华大学找杨绛“吵架”。费孝通认为他更有资格做杨绛的男朋友，因为他们已做了多年的朋友。费孝通此前曾问杨绛：“我们做个朋友可以吗？”杨绛说：“朋友，可以。但朋友是目的，不是过渡；换句话说，你不是我的男朋友，我不是你的女朋友。”这回，杨绛的态度还是没变：“若要照你现在的说法，我们不妨绝交。”费孝通很失望也很无奈，只得接受现实，跟杨绛做普通朋友。

1979年4月，中国社会科学院代表团访问美国，钱锺书和费孝通作为代表团成员，不仅一路同行，旅馆住宿也被安排在同一套间，两人关系处得不错。钱锺书想想好笑，淘气地借《围城》里赵辛楣曾对方鸿渐说的话，跟费孝通开玩笑：“我们是‘同情人’（指爱上同一个人）。”

“牛棚”岁月

1966年“文革”爆发，杨绛在外国文学研究所作为“反动学术权威”被“揪出来”，从此开始了受污辱、受践踏、挨批、挨斗的日子。造反派给她剃了“阴阳头”，派她在宿舍院内扫院子，在外文所内打扫厕所，住“牛棚”。余下的时间做检讨、写认罪书等等。三天后，钱锺书也被打成“牛鬼蛇神”。

1969年11月，钱锺书被下放到信阳地区罗山县。次年7月，杨绛也被下放到那里，被分配在菜园干活。菜园距离钱锺书的宿舍不过10多分钟的路。当时，钱锺书负责看守工具，杨绛的班长常派她去借工具，于是，"同伴都笑嘻嘻地看我兴冲冲走去走回，借了又还"。后来，钱锺书改任专职通讯员，每次收取报纸信件都要经过这片菜园，夫妇俩可以经常在菜园相会。"这样，我们老夫妇就经常可在菜园相会，远胜于旧小说、戏剧里后花园私相约会的情人了。"

"文革"结束后，杨绛和钱锺书获得了自由，终于又回到了阔别已久的家中。浪费了整整十年的光阴，他们决定整天闭门自守，什么地方也不去，沉溺于自己的学问事业。即便动荡年月，杨绛也没有放弃学术研究。通晓英、法两国语言的杨绛，近六十岁时，从零开始学习西班牙语，并翻译了《堂吉诃德》。1978年杨绛翻译的《堂吉诃德》中译本出版时，正好西班牙国王访问中国，邓小平把它作为礼物送给了西班牙国王。她的译本至今都被公认为佳作，已累计发行近百万册，是该书译本中发行数最多的。

"打扫现场"

也许在很多人看来，与钱、杨二先生相比，作为女儿的钱瑗实在是太普通了。直到杨绛的《我们仨》面世之后，爱女钱瑗才始为公众所知——她外语才能精湛，学识渊博，目光敏锐坚定，在大学任教时便勇于创新，开创了"实用外语文体学"。在杨绛眼里，"我的生平杰作就是一个钱瑗"。

因肺癌转脊椎癌，钱瑗1997年去世。还没有从丧女的悲哀中解脱，翌年12月，相伴了六十多载的丈夫钱锺书又离她而去。遵循钱锺书遗嘱，后事一切从简。杨绛一直陪送钱锺书的遗体到焚化炉前，久久不肯离去，难舍难分。

两年间失去了两个至亲之人，只留下八十七岁高龄的杨绛孑然一身。这个打击几乎致命，但她以那羸弱的身躯挺过来了。这让杨绛对生、老、病、死有了透彻的领悟，希望自己能够“死者如生，生者无愧”（钱锺书语）。家里的一切都保持女儿和丈夫在世时的旧样。

晚年，杨绛开始“打扫现场”，以惊人的毅力整理钱锺书的手稿、书信，钱锺书的手稿多达 7 万余页，涉猎题材之广、数量之大、内容之丰富，令人惊叹。手稿多年随着主人颠沛流转，从国外到国内，由上海至北京，下过干校，住过办公室，历经磨难，伤痕累累。纸张大多发黄变脆，有的已模糊破损、字迹难辨，重重叠叠，整理起来十分辛苦。2003 年，《钱锺书手稿集》（影印本，40 卷）能及时与读者见面，杨绛功不可没。几年来，杨绛以全家 3 人的名义将高达数百万元的稿费和版税全部捐赠给母校清华大学，设立“好读书”奖学金。

闭门谢客

在许多朋友眼里，杨绛生活异常俭朴、为人低调。她的寓所，没有进行过任何装修，水泥地面，过时的柜子、桌子，室内没有昂贵的摆设，只有浓浓的书卷气。杨绛说：“我家没有书房，只有一间起居室兼工作室，也充客厅，但每间屋子里有书柜，有书桌，所以随处都是书房。”

如今，杨绛已是期颐之年，却仍笔耕不辍，每天伏案工作。杨绛一直非常低调。有一年新著出版，出版社有意请她“出山”，召开作品研讨会。对此，杨绛坦陈：“我把稿子交出去了，剩下怎么卖书的事情，就不是我该管的了。而且我只是一滴清水，不是肥皂水，不能吹泡泡，所以开不开研讨会——其实应该叫作检讨会，也不是我的事情。读过我书的人都可以提意见的。”她谢绝出席。

闭门谢客的杨绛过着一个普通老人的生活，耳朵有些背，视力也下降了。她曾对记者说：“最大的问题就是打扰特别多，尤其是电话太多，我真担心自己的时间是不是就这样被消耗掉。你能不能代我转达给那些想来采访或看望我的朋友们，杨绛谢谢他们的关心，但千万不要过来看我。你想，即使大家来了，就算同我聊了一天，又能怎么样？我们也不可能只凭这一天交谈就成了朋友吧。还是请大家给我留些时间吧，那样我写些文章出来，大家看到后就权当写给大家的一封信吧。”

命运的双面

洪鹄　王瑞如

刀锋之上

她看上去比实际年轻，保养得当，皮肤洋溢着光彩。就五官而言她不算很标致，而一旦说话，配以表情、手势以及极其柔和的口音和迷人的笑声，她的优雅几乎立刻光彩夺目起来。

1989年，三十七岁的谭恩美写出了她的第一部长篇小说《喜福会》。这本小说以四对华裔母女的故事为主线，讲述了她们背后几个家族在近百年的岁月中从中国到美国的变迁。谭恩美本来只是想把这本书献给母亲，没想到书出之后一炮而红，最终发行到25个国家，卖出了超过500万册。电影版权也卖了出去，几年后被华裔导演王颖改编成同名电影《喜福会》，由邬君梅、俞飞鸿等主演，票房同样不俗。

谭恩美不曾料想自己会成为美国超级畅销书的作家，但是写作于她是一种必然。她曾开玩笑说："如果你有一个我那样的妈妈，有一个我那样的童年，你也一定会写作。"

谭恩美的外婆是苏州人，生得貌美，一次去上海，被纱厂一个姓杜的富商看上并强占，只得给富商家做了小妾。谭恩美的母亲并非杜家亲生，取名为杜琴，虽是养女，但深得杜家宠爱，从小受最好的教育，还学了钢琴。但在杜琴十一岁时，谭恩美的外婆自杀了，缘由无人知晓，一种猜测是多年的忍辱负重后她终究还是要用这种激烈的方式表明自己的清白。

养母的自杀对杜琴刺激很大。她的第一次婚姻同样不幸福，她被一个军官看上，嫁给了他，开始很恩爱，逐渐被嫌弃、被打。杜琴很多次想逃跑，但次次都被抓回。到后来她开始尝试自杀，但这也不能让那个男人放过她。最终在一艘船上，杜琴认识了谭恩美的父亲，并和他发生了关系。通过这件事她让自己以通奸罪的罪名进了监狱，并在出狱后终于摆脱了那个军官。她和军官育有三个女儿，她一个都不要了。

他们远渡重洋来到了美国。在加州奥克兰，父亲做了教士，母亲又生了三个孩子：谭恩美以及她的哥哥和弟弟。生活安稳平静，但自杀像基因一样沉淀在母亲的血液里，她习惯性地把死亡挂在嘴边，并以此来威胁所有与她的意愿相违背的事情。她曾带六岁的谭恩美参加了邻居家一个叫蕾切尔的女孩的葬礼，指着棺材里那个直挺挺的孩子警告自己的女儿：如果你吃水果不洗手，你就会变得和她一样。

母女的矛盾在谭恩美十六岁那年彻底爆发。爆发点在于正处于叛逆期的谭恩美和比她大五岁的德国男人谈恋爱被母亲知道，在激烈的争吵后，“母亲摔上门，闩好，并用钥匙锁上。她把我推到墙边，举着切肉刀，就在那时，我看见了刀光一闪，刀锋距离我的喉咙只有一英寸。她的双眼像野兽一样放光，凝视着死亡，我甚至能感到她呼出的粗气”。这场对峙持续了20分钟，最终谭恩美崩溃了，她感到求生的意志战胜了其他所有情绪，她大哭着同意和男友分手，央求母亲把刀收回。

很长一段岁月里，谭恩美无法直面这种母女关系，她最终选择以写作来给自己找出口。

被命运选中

在谭恩美最负盛名的几部小说中——无论是《喜福会》还是《正骨师之女》，总是萦绕着这令她挥之不去的梦魇。很多年后她才逐渐能够理解母亲。她目睹了自己母亲的自杀，她立誓不能那样活；但她前半生不幸地依靠了一个浑蛋般的男人，后半生的那个好男人却没陪她多久，很快撒手离去，还带走了她一个儿子。“谁能不崩溃？儿子和丈夫先后死亡相隔不到 7 个月。你身处在一个陌生的国家，不能享受当地的福利制度，不会说当地的语言，孩子们不听你的话，一切看起来好像受到诅咒。眼睁睁看着你的女儿要毁了她自己的生活，离家出走，变成吸毒者，跟一个疯狂的男人怀孕，为什么你不能说该结束了？我现在可以理解母亲当时的心情。”

然而谭恩美跌宕的青春并没有随着这件事的过去而平息。二十岁出头，她出过两次车祸；被人用枪指着抢劫，差点被强奸；受到死亡威胁，几乎被泥石流冲走。二十四岁那天，她最好的朋友在他们合租的房子里被入室抢劫者杀死，她被叫去辨认尸体，从此中途辍学，放弃博士学位。到了晚年，母亲才向她吐露：她在中国还有三个同母异父的姐姐。这个秘密深深地震撼了谭恩美，并成为她创作的又一个主题。

谭恩美说，这是命运。她或许是被选中的那种人，老天认为她可以承受更多。令人欣慰的是，有些女儿不再需要重蹈母亲的覆辙。在和十六岁那位初恋男友结束后，谭恩美很快认识了她的终身伴侣卢·德马泰，拥有了亲密平和的爱情生活，并且绵长相伴至今。

谭恩美告诉记者，他们长期安全地相处首先得益于卢是一位非常随和、好相处的人，他可以给予她足够的包容。另一方面，她感谢母亲，正是少年时期母亲那种苛严的管教，让谭恩美“不得不成为了现在这样一个极其独立的人”，她认为只有两个非常独立的人才能维护好一份长久不厌烦的感情。

五十九岁的谭恩美还是一个摇滚乐队的主唱，这个乐队的成员还包括著名的惊悚小说家斯蒂芬·金，他们每年开演一次。“事实上，我是这个乐队的统治者。”谭恩美骄傲地说，演出的道具甚至包括高筒靴和粉红色假发，“我比少女时期更加叛逆”。她还在写她的新作，一本关于上海的小说，这次她试图探讨信仰命题。“明年 3 月我会来参加上海国际文学节，说不定我的乐队可以在中国搞一次巡演。”

杀气女子的传奇

黄佟佟

“挑白菜也要挑最靓”

生活不太顺利的中年女人分三种：一种有杀气，一种有怨气，一种有霉气——在我看来三者都可原谅，在这酱缸似的人间待久了，谁还能像抗病毒除臭棒一样永远透着少女般的青苹果气息？如果有，反倒不真实了。

在三种气息的女人里，要我选，我反倒觉得有杀气的最好，比怨气好，比霉气牛。有怨气的女人埋怨的都是别人；有霉气的女人埋怨的都是自己；有杀气的是谁也不埋怨，自作自受，我错了我认了，但请别可怜我，且，千万不要欺负我——这就是叶德娴那种铁骨铮铮气质的来由。

八卦周刊经常登着她一身街坊服装一脸杀气怒视记者的照片，说这位刚刚凭许鞍华电影《桃姐》得了威尼斯影后的女人身世悲惨、性格古怪、孤独过活。例子不胜枚举，比如独居太子道的她常常几天不出门，一出门也不打扮自己，背囊永远背在前面；身为明星她也搭地铁，有时她会随便上一辆巴士，漫无目的地坐上去，就这样浪费一天。有时接受采访，她会要求记者深夜陪她搭船入长洲上山观星……其实，一个长年没有工作的电影工作者，不出门也是常事；不当自己是明星，不化妆也是常事；没事坐坐巴士逛逛街也挺正常；一个有那么点脾气有那么点个性的独居女人有那么点怪癖，那也最正常不过了。一个最正常不过的女人不化妆上街，有人对着她狂拍，她也会生气，她也会不高兴，用广东话来说就是“凭什么要化妆，凭什么我蓬头垢面无牵无挂上街时，你要来影我个衰样”。

叶德娴很硬朗，但生活很残酷，所以她的生活是一个传奇。

叶德娴在娱乐圈三四十年，让人又敬又怕。敬，是因为她演技精湛，得过两届金像奖最佳女配角、一届金马奖最佳女配角。早期她是歌星，凭一把独特的声线，唱过夜总会也录过唱片，有一段时间她甚至长驻新加坡歌厅唱歌。20 世纪 80 年代她转投无线，影视歌多栖发展，主演电视剧《鬼咁够运》，插曲《幸运是我》，唱到街知巷闻，还有一时的名曲包括《明星》《倦》及《你留我在此》等。同时期，她亦接演不少电视剧和电影。与刘德华的母子情更为人所知，他们共同主演的《猎鹰》是当时极为流行的电视剧，而《法外情》系列电影更成为刘德华事业的转折点。

而怕呢？因为她口无遮拦，常常得罪人，骂许志安“过河抽板”，与罗大佑为唱《赤子》而骂战，甚至演唱会一定要请伦永亮的全套班底。很多人都害怕跟她一起拍戏，因为她有四大规则：第一守时，第二不准讲粗口，第三不准吸烟，第四不准打手机，犯规者一律罚 100 元。其实细想一下这四项也不是太过分的要求，只是在随意惯了的电影圈，不受欢迎。在背后，叶德娴被人戏称为“皇太后”。

喜欢叶德娴的人特别喜欢她，讨厌她的人特别讨厌她。

评价两极，难得的是叶德娴不计较不在意也不怪别人，她自己也承认自己难搞，比如去影展的晚装，长短要行路踩不到，差一分也不行，“去菜市场挑白菜，我一定要挑最靓的”。给她做了多年服装设计师的 Andy 说：“别人会觉得她过分挑剔，但其实她只是追求完美。”

情感世界满目凋零

追求完美的人通常都不会有太幸福的婚姻，更何况，叶德娴有着电视剧一样狗血的童年，这奇异的童年造就了她奇异的性格。

她的生母是姨太太，由于“大妈”不能生育，母亲每生一个孩子，就会送去大妈那里住。她小时得不到亲生父母的关爱，尝尽冷眼，而当她十多岁回到亲生母亲身边时，彼此感情却早已疏远。不幸福的童年让她急于有自己的家庭，中学毕业后她当过机场地勤，很快就嫁给了娱乐圈中的人。丈夫郑康业是骑师，亦是邵氏名配角，他是《马永贞》里跟着陈观泰的赶马人，是《中华丈夫》里跟着刘家辉被日本老婆暴打的仆人。后来郑搞过电影制作，但很快就关了门。

如果一个人家庭生活开心，一定不会太早结婚。“十八岁结婚不是勇，是蠢。”叶德娴这么反省自己的婚姻。1965 年她嫁人，很快有了一儿一女，婚姻 1973 年便告急，传闻是郑有女朋友。但叶德娴坚持不肯离婚，一直拖到 1980 年才办妥离婚手续。不愉快的婚姻，反而激起她的斗志，她迅速开始了自己的事业，唱歌，演电影，而无片不接时期接下的周星驰搞笑电影，反倒让她在大陆成了熟面孔。离婚之后，她的感情生活亦不算丰富，20 世纪 80 年代中期她曾与编剧才子萧若元拍拖三年，但亦不得善终，还引发了她与萧若元前女友白韵琴的骂战。后来，她曾移居美国，交过外国男友，但很快又分手了。这一辈子，叶德娴在感情上，算得上满目凋零。

她的子女缘也淡薄，拼命地工作让她错失了与子女相处的时间，子女远赴英国和加拿大读书后，这份亲情变得更为疏离。

“做人不需要云上行”

她对工作对生活都有要求，但有要求是有要求，好在她所求不多，她只求在她的控制范围之内清清静静，所以其实所得也不多。叶德娴身上最好的一种气质是，她永远不埋怨，她永远不怪别人，她永远吃得咸鱼抵得渴。她得了影后淡定地在台上用精湛的英语发言，庆功宴别人去喝酒吃肉，她还照样在酒店吃方便面，“做人不需要云上行”，回来见到记者，问候的话是“天气热，多喝一点水”。

她承认自己性格桀骜，所以不埋怨别人的冷漠对待，所谓的孤家寡人局面，她也不避讳提起。对她来说，这个年纪得到是额外赏赐，失去亦觉得是意料中事。她一个人住，独来独往，自己照顾自己，只盼不要像《桃姐》一样晚年受病痛折磨，凌晨4点钟起床爬山，晚上8点上床。过年过节时，会和喜欢她的同志们混在一起过年。死，她也早早想过，“死后会捐出所有器官”。

好像一个谜，叶德娴没有子女缘，却有刘德华这样不离不弃的干儿子。她本应清冷孤老，但是谁也没想到，命运在她六十四岁时居然给她一个奖赏。一个息影多年的脾气古怪的中年妇女得到威尼斯影后，她做什么事都随性，都不刻意，但什么事都那么机缘巧合，她的命运让人唏嘘，但又不仅仅只是怜惜而已。叶德娴是我们这个泥沙俱下的世界的一个缩影，她永远有着复杂的AB面：A面是苦情片，B面是励志片；A面是人生无常，B面又是永不放弃。她的故事告诉世人，原来人生有很多种活法，不是只有一种活法才是幸福，才是正确，就像罗素的那句名言，参差多态才是幸福本源。

芙蓉姐姐的盛名下，有谁知道她是陕西人史恒侠？

陕西人史恒侠

叶三

2003 年春节后，北京中了加缪的毒咒。昔日热闹的大街上，仅有的几个大白口罩行人眼神闪烁，饭馆酒吧里苍蝇寥寥，只有消毒水喷壶在欢唱。一场叫作“非典”的病彻底将这个大都会变成了小城。

陕西人史恒侠就在这个时候来到了北京。与无数北漂族一样，她也经历过工作不如意和考试失败。与无数北漂族一样，她也怀有外省青年的梦想，她的目标是考取北大研究生。

“我年轻的时候思想很传统，虽然从小身材相貌都出众，但我一直看不起演艺界。”在史恒侠毕业的陕西理工学院，她说她是全校闻名的美女，进校学生会，只交了一张照片就全票通过了。求学期间她因为一次车祸回家休养，仰慕她的人一直追到她家门口。红颜薄命，她说自己。在 2002 年之前，她已经经历了一次考研失败。

来北京之前，家乡的朋友劝史恒侠“宁做鸡头不做凤尾”，她回答：“我要做凤头。”

在足不出户、气氛肃杀的春日里，除了疾病快报，人们很难找到其他的关注点。春节后，北大和清华的校内 BBS 上出现了史恒侠的照片，马上遭到热捧。她说，那些照片是她“在公园中练舞的时候被人拍下的”。在网上她自称“火冰可儿”,昵称为“清水出芙蓉”,“那时我年轻,有气质,身材特别好,我的照片被顶到 BBS 头条,人们说我像芭比娃娃,把我夸得跟非人类一样”。

史恒侠的第二次考研也以失败告终,之后,她将照片放到网上,为自己创办的塑身舞蹈协会做宣传。舞蹈班从免费改为收费,五元一次,五十元十三次,“学生们都好喜欢我,还有老师推荐我去艺术园做迪斯科领舞。我的舞蹈班也经营得不错,我还买了自己的笔记本电脑”。

从 2003 年到 2004 年,在北大、清华两校中,“火冰可儿”风头无两。不久各类媒体都注意到了她。“非典”后的北京,“芙蓉姐姐”横空出世。

有人不断怂恿吹捧她,让她越发相信自己美丽无比。也有人痛斥她是网络庸俗化和恶俗化的代表人物,认为她在炒作自己。“我恨死媒体了。”史恒侠说。在她看来,媒体妖魔化了她,“媒体引导网民,把我塑造成一个丑、胖、自恋、变态的怪物”。

“非典”过去七年后坐在小饭馆里谈到这些事,饭桌上,史恒侠夹起助理为她蘸好醋的木耳,缓缓送入口中。当天下午拍摄前,摄影师悄悄地问:“我怎么称呼她?”而她显然也已经不再习惯被称呼为史恒侠——她的助理甚至阻止她透露这个名字。

饭桌上,史恒侠讲了一个寓言:“一个美女来到丑人国,丑人一拥而上,打她,骂她,扯她的衣服,把她抓得满脸伤痕,终于,美女也变成了丑人。”而早些时候,在化妆间中,她的紧张把化妆师弄得满头大汗。“我心急,很怕自己不漂亮。”她说,“2003 年我真的很漂亮,但现在我老了。”她反复地说这句话。她说以前她美到了在大门口一站,马上有人打听她是谁,还有黑社会的人物跑来与她搭话,“为了给我留下好印象，他们都骑自行车来，装清纯”。讲完往事她把化妆师的助理叫来，指着他的双眼皮告诉化妆师：“要贴双眼皮贴——效果就像他那样。”她不许别人碰她长到臀部的头发，说那是她的宝贝，“毛戈平给我做造型，非要我剪掉头发，我就不”。她看着杂志上的范冰冰说，你们看她的眼妆化得多好，又大又有神。

最令她愤怒的事情，是媒体把她的素颜照拿出来，跟其他女明星由专业摄影师拍摄又调整过的照片去比。“我的硬伤就是没有专业团队为我包装。”她悻悻地说。

化妆品盖住了因工作太忙而熬出来的痘痘。她垂下眼皮，小扇子一样的假睫毛在脸上留下阴影，她说：“现在我觉得自己老了，我被打击坏了。”

史恒侠生于 1977 年 7 月，家里有三个孩子，父母都是普通职工，到今天还依然生活在陕西武功县史家村。她说有媒体去过史家村，想挖她父母的料，可是没找到。“我父母都是先进工作者。”她说，“我从小爱好文艺，文笔又好，但家教很严，不然，像我这样胸大屁股大的女孩很容易学坏的，怎么会有我这么正派的脸？我高中时可瞧不起演员了，觉得他们都不正派。”现在，父母希望她找个“正当职业”，在北京立住脚。她低下头看着碟子：“我父母说不想看到我一个人在北京把自己弄得那么消沉。”她腿上还有那次车祸留下的一条很大的伤疤，她不太愿意提起过去，尤其是父母。她的头很久没抬起来，旁人也没什么话好说，只好默默地再夹给她一个饺子。

她说自己现在没有男朋友。她喜欢的男人要有才气，必须配得上她的才艺。“谈恋爱会把对方的缺点扩大，就像白纸上的黑点”，她“还在等待能真正相互欣赏的人”。

她认为李宇春很漂亮。提到罗玉凤，她有点愤怒：“我跟罗玉凤根本不能相提并论，她没有素质，爱说脏话，不用公众人物的标准要求自己。我从来不说脏话。”她给罗玉凤的建议是，“既然把自己夸得前无古人后无来者，就该好好提升自己。”

她说，现在的媒体为了吸引注意力，什么都可以干。“我什么背景也没有，我最好欺负。”

史恒侠的第二个寓言是这样的：“一帮一无所有的乞丐生活在一起，他们根本想不到要去找富翁的麻烦。可是有一天，其中一个乞丐在垃圾堆里捡到了一个钱包，于是他成了所有乞丐的敌人。”她说：“其实我从没做过一件坏事。”

她还说有人告诉她，如果在国外，“你会比 Lady Gaga 更红”。

当摄影师放起激越的歌曲，她穿上一件白衬衫，尽职尽责地跳了一段自创的舞蹈——摄影师说，不好用。镜头前她的姿势和表情很系统，稍不注意就会折出经典的 S 形，眉眼也持续地凶悍着，像是对观望者的某种警告，哪怕是她努力摆出性感姿态时，也是如此。人们要她“放松点”，她有点尴尬地笑了，五官马上放得很松，露出两颗尖尖的虎牙。拍摄结束她忧心忡忡地问，是不是比起你们拍的其他女明星来，我是最不漂亮的？

“拍电影就像猪八戒吃人参果，还没尝到滋味就咽下去了。”她在宁瀛的电影《A 面 B 面》里演一帮精神病人中唯一的一个正常人，所有戏份拍摄用了两天。“跑来跑去做宣传真的很累。”她说这几天就是休息，接下来会有一个 MTV 的拍摄和游戏歌曲演唱。顿了一下，她说，“你们杂志拍过我也采访过我，不过后来没用”。

饭局进入到收尾阶段，她小心而警惕地交代着，什么可以写，什么不要写。“我被媒体骗怕了，每次他们都说不会把我写得很差，每次都是丑化我。”她叹了一口气，“我也跟他们斗过，再大的媒体我也不怕，可是现在我只能屈服，因为我不甘心！我不相信芙蓉姐姐不能翻身，我要等到中国人良知再现的那一天。”她笑得有点悲凉，似乎预感到自己将再一次被背叛。

问她以后想做什么，她说：“继续专心做芙蓉姐姐吧。”助理帮她提起打包好的八个饭盒，她走了。而在2010年北京的街头，如果再呼唤一声史恒侠，还会不会有人回头？

一个偏执狂的胜利

韩松落

她很可能只是一个偏执狂——我说的是塔莎奶奶。

1915 年——上一个世纪诗意尚存的年代,她出生在一个富裕的家庭,她家仆佣成群。这个家庭不仅仅只是富裕而已,父亲是飞机和游艇制造者的同时,还是诗人;母亲则是肖像画家,来往的宾客里,有马克·吐温、卢梭、爱因斯坦、爱默生、福勒。这个家有的是能耐,可以培育以及维护她身上刚刚露头的,对那种上世纪之前的纯真年代的无限眷恋。她像个被上世纪的灵魂附体的遗少,在学校里穿复古的衣服,不剪头发,缝玩偶的衣服,执拗地对抗嘲笑,她的志向堪称远大——所有格格不入、倒行逆施的志向都是远大的:开农场,养奶牛。

1938 年,她嫁给了汤姆斯·迈克里迪,丈夫发现了她的绘画天赋,鼓励她作画,她逐渐成为插画师。1957 年,四十二岁时,她凭绘本 *1 Is One* 获得凯迪克大奖(美国绘本界的最高奖)。经济独立了,她的狂热再也没人能够阻拦。1945 年,她带着全家搬到了新罕布尔州,住进了一幢快要毁坏的农庄,在经济复苏、光亮鲜美的 50 年代,她带领全家人过着没有自来水、没有电,用炉火烘热熨斗的生活。

丈夫竟然忍耐到了 1961 年,这一年,两人离婚,她带着四个孩子继续生活在农庄里。1971 年,她用绘本 *Corgovolle Fair* 的版税,在佛蒙特州买下了一块将近10平方公里的土地,她的长子塞斯为她建造了一座仿古的农庄,这座名叫"Corgi Cottage"的农庄,经过她多年的经营,开始闻名于世,那里鲜花遍地,牲畜成群。当然,最震撼现代人的,还是她固执保留的古代生活,在那里,她穿着一百五十年前的衣服,赤脚走路,每天挤羊奶、绣花、做玩偶。美国著名摄影师理查德·布朗把她的形象带给了全世界,日本作家食野雅子制作的《塔莎奶奶的美好生活》系列读物,则让她在亚洲成为偶像级人物。

在影像和书里,她的生活美好得近乎不真实,她走在水仙花丛里,屋子前红果累累,她穿着古代的衣服,像个存在于人们想象中的老祖母。

但经验告诉我们,所有这种美好的故事、美好的形象,都有可能是一出"罗生门",只看从什么角度讲述。2009年,她去世之后,将大部分遗产留给了长子,包括她作品的版权,以及那所著名的农庄。现在,参观一次农庄,还有她的工作室等,需要165美元。她其余三个孩子被激怒了,开始面对新闻媒体,颠覆她的"美好生活"。二儿子说,他在农庄里的生活苦不堪言,在一个普遍使用自来水的新世纪,他还要担水,而且他为母亲的复古长裙尴尬,"我很高兴,最终逃离了那个黑暗的环境"。二女儿则说,塔莎奶奶其实根本不喜欢孩子,对孩子的重视还不如狗。

该相信谁?谁不是"罗生门"的一个单方面讲述者呢?重要的是,当塔莎奶奶用一个世纪将自己的生活方针贯彻下来,并且怀着深深的信念,她已经取得了最终胜利——一个属于偏执狂的胜利。她的生活方式,在别人的眼中可能是假的、黑暗的,但她呼吸到的花的甜香,却是真的。所有最终胜利者的方法不外如此:坚信此时的某种甜香,而拒绝预测他人的观感。

永远的少女萨冈

坏蓝眼睛

《你好,忧愁》是弗朗索瓦兹·萨冈最著名的一本小说,小说中描述了一个离经叛道的少女百般阻挠父亲和情妇的婚事,最终导致情妇自杀的故事。

这部小说一经出版,开始在全世界畅销,在法国售出84万册。英译本被《纽约时报》评为当时的畅销书排行榜冠军。这部小说先后被译成二十多种文字,在全世界共发行了五百多万册。萨冈成为炙手可热的法国女作家,一个魔鬼一样的少女。

在《你好,忧愁》出版之前,萨冈只是一个普通的法国少女,是一个成绩平平的女生,唯有写作的天赋让她充满神秘的气质。《你好,忧愁》让萨冈一夜成名,资产千万。她的美丽、她的奇特和她的才华让公众疯狂,这是一个生来就注定要做偶像的人物。

成名后的萨冈过着奢华无度的生活,二十岁到五十岁,她几乎放纵自已所有的玩乐细胞去生活。二十六岁的时候,她已经离过两次婚,第一次婚姻仅仅持续了两年,她无法忍受婚姻生活,火速地结束了这场关系;第二次是在她旅居美国的时候,嫁给了更富有的画家罗伯特,生下一个儿子之后他们的婚姻也告吹。

回归自由的萨冈仿佛在和生活较量,她生活极度的糜烂,挥金如土，为所欲为。她毫无节制地酗酒、飙车，甚至有一次撞伤颅骨差点丢命，她不在乎。她说："我的大部分快乐都归功于金钱，坐车快速兜风的快乐，有件新连衣裙的快乐，买唱片、书籍、鲜花的快乐。"

这是一个随性生活如少女般的天才作家，随着她的名声大振，有关她的八卦和负面消息也层出不穷，最有名的应该算与萨特的这一段。

1978 年，四十三岁的萨冈突然决定和萨特相爱。

萨特是萨冈年轻时代的偶像，虽然他已经七十三岁，双目失明，身边还有他一辈子的伴侣波伏娃。

萨冈的爱极其热烈，她在报刊上发表了一封《给让·保尔·萨特的情书》，此前萨特对她并无印象，此后则差不多每隔十天他们就在一起单独吃一顿饭。一天他对她说，他本来想让人再读一遍她的"情书"，以便回味她对他的所有称赞，又怕别人笑话。于是萨冈整整花了三个小时，反复朗读录制了这个"情书"，把自己对他的感情全部放进一盘磁带里。她还在磁带上贴了块胶布做记号，以便萨特摸索着能够找到它。

相距三十岁并没有让这段关系有任何阻碍，相反，萨冈和萨特热烈地相爱，毫不避讳，几年后萨特去世，萨冈饱含深情地写道："我不愿意在这个没有萨特的地球上再过三十年。"

萨冈的深情宛如一句玩笑，你以为她在忧伤，可是她瞬间已经闪光，失去萨特没有让她痛苦，她还是那个辗转出现在各种酒会上的小妖精，虽然她已经不再年轻，但谁都不能无视她。

然而命运是无情的。

一个不愿做一般女人的女人最终没有逃过一般女人的命运，在她生命的最后十年，她破产了，并且百病缠身，腰部动了大手术。年轻时的荒唐生活一样样都伸回手来讨债。毒品、偷税，她成了法院的常客，在法庭上，她依然豪爽，只是底气已经不再充足。

她说："我有权以我愿意的方式去死。"

2004 年 9 月，六十九岁的萨冈死于肺栓塞，一个迷人的魔鬼就这样寂寞地离开世界。

新奥尔良的“吸血鬼”女王

韩松落

2008 年以来的吸血鬼文化小高潮中，《暮光之城》与《真爱如血》最值得注意，它们不但改变了吸血鬼的最主要元素——惧怕阳光和吸人血，更改变了吸血鬼文化的气息，从阴郁华丽转向明媚爽朗，而作为现代吸血鬼文化之母的安妮·赖斯，如果是生活在这样一派明媚之中，她命运的气场，大概也不会那样哀怨凄艳了吧。

她于 1941 年 10 月 4 日生于新奥尔良，十六岁时，她在理查德森上高中，一节新闻课上，比她低一级的男生斯坦·赖斯，离开了前排自己的座位，坐到了她身边，并说：“我厌倦了自己一个人坐。”斯坦后来成为校报的编辑，安妮则开始为校报撰写文章，友谊日渐滋长，两个人的朋友圈也融合在一起，但直到中学毕业，斯坦才开始和她约会。1961 年，安妮在德克萨斯的一个市民庆典上嫁给了斯坦，1966 年，他们有了女儿米雪儿。一切看似美满幸福，未来也明净笃定。

她开始写作，并在 1973 年成为职业作家，而 1976 年的长篇小说《夜访吸血鬼》使她一举成名，此后，她一共写下 25 部吸血鬼和女巫故事，每一部都是超级畅销书，《夜访吸血鬼》被改编为电影并成为影史经典，汤姆·克鲁斯和布拉德·皮特是主演。

但是，人们认为，替吸血鬼树碑立传，为她带来了厄运。1966 年，她刚写了名叫《夜访吸血鬼》的短篇故事,她的女儿米雪儿就被发现患有白血病,经历数年煎熬之后的 1972 年,米雪儿去世。而在她写《血颂》的时候,她的丈夫斯坦又得了晚期脑瘤。甚至,人们认为,在《天谴女王》中扮演吸血鬼女王阿卡莎的女明星阿丽雅在片子还没拍完的时候就因飞机失事而去世,也和触怒神灵有关。

也许这只是巧合,而生与死是人生永恒之谜。安妮·赖斯只有在小说中让自己所爱的人获得永生,《夜访吸血鬼》中那个永远不会老去的女孩克劳迪娅,分明就以米雪儿为原型,而贯穿整个“吸血鬼编年史”的莱斯特,则是斯坦的化身。他俊美无比,在三百年的时空里来去,时而成为摇滚明星,时而出现在米兰时装展上,并在最后那部《血颂》里成为圣徒,获得了永生。2004 年,她宣布封笔。

现在,她仍住在新奥尔良,在密西西比河三角洲那个潮湿阴郁颓废华丽的城市里,守着她那个阴郁而华美的世界,以及所有闭口不言的、强烈到邪异的爱与恨。

这个优雅而沉静的中年女人，你能想到她曾经是一个年轻漂亮，会说流利日语、汉语、英语、韩语，曾经制造一百多人死亡的韩国航空公司客机爆炸案的间谍吗？

她就是金贤姬，是朝韩之间所有间谍题材电影取材的灵感源泉。2010年，她再次走入人们视野，关于她的种种消息再次浮出水面……

朝鲜传奇女间谍重出江湖

飞扬

她是一名标准的朝鲜美女，出身官宦家庭，学业优异。小学时，她就曾作为童星演过电影；当她还是一名大一新生时，便开始了长达七年的“特工训练”。

二十三年前，她被指控和另一名搭档一起，亲手将炸弹安放在一架韩国客机上，导致机上115人葬身大海。她也因此被判处绞刑，但侥幸逃过一死。二十三年后，她再度成为舆论关注的焦点。身为前死刑犯的她应邀访问日本，得到了日本政府国宾级的待遇。坐政府包机，乘国宾车，坐直升机观光，下榻前首相别墅。

她就是曾经制造了1987年轰动一时的大韩航空空难事件的朝鲜前特工、现年四十八岁的金贤姬。

她制造了韩国惨痛空难

金贤姬是高干子弟，父亲为外贸事务高级官员。金贤姬自幼也受到对金日成、金正日父子至死不渝的坚定思想训练，从小功课表现杰出，高中毕业时考上朝鲜外语大学的日语系，但是未毕业就被特务机关盯上而被选为特工。起初只是立志当个外语老师的她秘密进入了训练特工的地方“东北里招待所”接受搏击、射击、爆破甚至迅速自我了结等艰苦特工训练。

1984 年，韩国取得 1988 年的奥运主办权。朝鲜决定炸毁韩国“大韩航空”班机来加以干扰。经过千挑万选，金正日特别选中了日语流利的老特务金胜一与金贤姬假扮成一对日籍观光父女实施计划。

1987 年 11 月 12 日，“蜂谷父女”从平壤顺安机场出发，他们按既定计划从巴格达登上了作为此行目标的“大韩航空 KAL858”航班。在登机二十分钟之前的当地时间 22 点 40 分，“蜂谷真一”装作听收音机，将那台乍看跟日本造“Panasonic”半导体一模一样的定时炸弹取出来，从容地将定时器的指针拨到九个小时以后，然后又小心翼翼地将“半导体”装回到塑料袋里。“真由美”在一旁看着他“操作收音机的手指的动作，有一种连呼吸都要停止了的紧迫感”。此时的金贤姬，似乎还没有意识到她已经踏上了一条不归之路。九小时后，KAL858 航班在印度洋上空爆炸，一百一十五名乘客和机组人员全部罹难。

空难发生后，国际刑警组织立刻介入调查。警察发现，“蜂谷父女”已顺利逃往巴林。国际刑警赶往巴林，进门前两人迅速服毒自尽。等警方破门而入时，金胜一已气绝，而金贤姬一息尚存，经全力抢救得以幸存。

被韩国总统庇护

时任韩国总统的卢泰愚让国际刑警引渡金贤姬回到韩国。

金贤姬开始说她自己是偷渡到日本讨生活的偷渡客，后又下定决心要在监狱自尽。不过韩国侦讯人员并没有对她使用酷刑,反而很温和地对待她,允许她看电视,到繁华的首尔市区随意逛逛……金贤姬可以熟练使用日语和汉语,包括广东话,她曾经的一个身份甚至被编造成“一个籍贯为黑龙江省五常市的中国女孩”,有一次在侦讯室,检察官用汉语询问她偷渡去日本后所使用的电视品牌为何,她一时说溜了口:“是杜鹃!”而杜鹃是当时朝鲜唯一生产的电视品牌。金贤姬终于穿帮了。长久的压抑使她完全放弃了隐藏,只能说:“我叫金贤姬,出生在平壤……韩航858班机案子是我奉命干的!”

1990年,韩国法院判处金贤姬死刑。然而,1991年的一天,狱官让金贤姬打开囚室里的电视新闻频道。韩国总统卢泰愚宣布特赦金贤姬并即日释放她。在被释放之后,金贤姬一直在韩国情报部门保护下著书和讲演。其后来出版的题为《现在,作为女人》的手记,在韩日两国都成为畅销书,后又被拍成电影。1997年12月,金贤姬与当时曾参与她的调查工作的原韩国安企部官员秘密结婚,在韩国过着“普通主妇”的生活。

但由于1987年空难遇难者家属的抗议和爆炸事件本身的复杂性,对金贤姬来说,“像普通女人一样生活”恐怕永远都只是一个梦。

日本为失踪的民众请她出山

2010年7月23日,朝鲜原特工金贤姬结束了在日本四天三晚的行程踏上了返回韩国的飞机。从踏上日本的那一刻起,她就像女明星一般被众媒体追捧,享受国宾级待遇。一路风光之后,引发日本国内颇多争议。

日本政府称,20世纪70年代末到80年代初,至少有十七名日本人被绑架到朝鲜。2002年,朝鲜曾承认绑架过十三名日本人,并于当年将五名被绑架者交还日本。但是有关其他被绑架日本人，日朝两国仍然存在争议。朝鲜官员称，其他被绑架的日本人都已死亡。但日本政府对此表示不相信。多年来，日本也一直坚持播放短波讯息，希望被绑架的日本人能够收到。在得到消息后，金贤姬开始活跃起来。她声称，自己在朝期间曾与被绑架日本人有过接触，这立即触动了对被绑架国民高度敏感的日本政府的神经，也让金贤姬顿时成为了日本政府及全国舆论关注的焦点。2009 年 4 月，应日方的要求，日本外务省高官在首尔秘密会晤了金贤姬。同年 3 月，在日韩两国政府的安排下，金贤姬在韩国釜山与被朝鲜绑架的日本人田口八重子的家属进行了会面。

田口八重子于 1978 年被绑架时只有二十二岁。金贤姬称，1981 年到 1983 年，她在朝鲜接受了特殊的特工训练，其中一部分课程就是要把她“改造成一个完美的日本人”。而教她日语的就是田口八重子。在首尔会面时，田口的儿子饭冢要求金贤姬讲述他母亲的样子。金贤姬表示自己从田口那里学习了厨艺。此后还写信给饭冢说：“你母亲教给我的料理有火锅、春卷、炸丸子，我想做给你吃。”

金贤姬此次日本之行并不容易。由于金贤姬在炸机事件中使用了假日本护照，因此她被日警方视为伪造官方文件的嫌犯。与此同时，日本移民法也禁止任何曾被判刑一年以上的外国人入境，而金贤姬曾是一名死刑犯。

而为了获得被绑架日本人的消息，日本政府“法外开恩”，对金贤姬进入日本实施了特别许可，并加以厚待。韩国媒体援引日本消息人士的话说，为了此次来日，日本政府向金贤姬支付了两千万到三千万日元的报酬，此外加上政府包机等费用，可能在金身上花了一亿日元。除了乘专机、住别墅，日本政府更用租来的直升机载金贤姬在东京上空观光。其离开鸠山别墅前往机场的交通工具,则是只有来访政府首脑才能乘坐的奔驰 S 级防弹车。这也引发外务省一些官员的不满,“即便是国宾,也没有坐直升机观光的”。

日本批评人士对于政府安排金贤姬高调访日表示不满。他们指出,事实上,自 1987 年以后,金贤姬一直住在韩国,与朝鲜再无直接联系,因此金贤姬根本不可能掌握任何有关被绑架日本人的重要信息。他们还抨击说,民主党政府是在拿绑架问题“作秀”。同时,金贤姬最近在接受媒体采访时却说:“1997 年结婚后,我其实想和社会保持一定距离,一边感怀死者和遗属的悲痛心情,一边平静地生活。”

川岛芳子连累我一生

口述/金默玉　整理/李菁

爱新觉罗·显琦(金默玉)是清末肃亲王善耆最小的女儿,像所有想摆脱出身阴影的人一样,在此后的坎坷岁月里,总是试图用劳动来洗刷掉自己身上"十七格格"的烙印,以及与善耆的第十四位女儿,原名爱新觉罗·显玗,汉名金壁辉,与曾替日本长期做间谍的川岛芳子是姐妹关系。

下面是金默玉的叙述:

没落皇族

1922年父亲去世时,我只有四岁,我的生母是在父亲去世之前死的,就这样,我四岁那年,一个月之内没了父亲和母亲。

我母亲生的三个女儿里,川岛芳子最漂亮,性格外向。我见到她时,她一直梳男头。我有时也用日语喊她:"兄长。"

跟川岛芳子结婚的人叫甘珠尔扎布,他是蒙古王公巴布扎布的二儿子。川岛芳子结婚那天挺热闹的,平时她总爱穿男人的衣服,但那一天她自己弄了身婚纱,挺漂亮的。全大连、旅顺的日本人都参加了婚礼。

川岛芳子不怎么喜欢甘珠尔扎布,再说她哪是在家待得住的人?

婚后不久她就从旅顺搬到了大连，不到一年，又离开了大连。甘珠尔扎布后来又找了一位夫人，长得也挺漂亮的。奇怪的是，甘珠尔扎布结婚时，川岛芳子又跑来参加了。甘珠尔扎布一直不能忘记她，但又驾驭不了她。

我和十六姐后来到长春读书时，川岛芳子也在那里，自己住在一幢房子里。平时我都住在学校的宿舍，偶尔去她那里玩。川岛芳子虽然没见过我几面，但特疼我，因为我最小。她有时还带着我去郊游、跳舞，还教我如何化妆和穿着打扮。我大哥知道后，特别反对我跟她来往。她那时总跟一些日本军人混在一起，名声也不好，大哥生怕我被她带坏了。

在我去日本留学的头一天，川岛芳子先离开了长春。我去车站送她，她喊我“小不点”，不知为什么，竟有点眼泪汪汪的。川岛芳子在日本的名气可大了，有一段时间报上几乎每天都有她的消息，“川岛芳子栏”天天登她的相片。我在日本上学时，有一次在报纸上看到消息说她生病住院了，我就去看她，她见了我还挺高兴的。有时我想，可能她内心深处也挺孤独的。

1941年，我回国后，川岛芳子刚好也在北京，这时她的名气似乎更大了。她在东四九条那里住，我也不知道她哪来的房子，我只去过一次，我看到她身旁尽是些不三不四的人，还有很多有名的戏子都围着她，都怕她，喊她“金司令”——我也不知道哪来的司令。川岛芳子让我跟她住在一起，她可能觉得自己老了，得有个人帮她，但我不愿意。我受的教育比她强多了，怎么也能看出来她和周围的人都不对，于是尽量躲着她。有一次把她惹生气了，她闯进我家大发脾气，让我向她道歉。我也忍不住和她吵起来，她可能没想到我会和她顶嘴，气得到处砸，甚至用军刀使劲抽打我，在大哥的劝阻下，她才坐上车扬长而去。

1945 年,抗战结束后,川岛芳子被逮捕,1948 年被国民政府秘密枪决。据说她临死前挺想见我的,但我没去。我想她自己不觉悟,周围的人又不会放过她,那样一种结果,对她来说也许是最好的了。

从格格到平民

“珍珠港事件”爆发后不久,我被迫中断了大学生活,从日本回到北京自己家的那所老宅,这是我第一次在北京长住,也是我记忆里最无聊的时期,什么事情都没有,在家里憋坏了,王府井一天能逛好几次。

我关于人生的所有梦想也因为那个动荡的年代而破灭。我曾经设想做一名四处采访的女记者,甚至去做歌唱演员,但长辈们觉得,身为一个王府里的格格,怎么能四处抛头露面呢?我喜欢骑马和打网球,为了玩起来方便,在十九岁生日那天,我剪了一个短短的男式头发。那张照片被照相馆放大了放在橱窗里,被我一个哥哥无意中看到了,他特别生气:格格的照片怎么可以随便挂在外面让人看!

1948 年,哥哥成了众多匆匆离开北平城人群里的一员,留给我的是 100 块钱、6 个孩子,外加一个老保姆和她的女儿,一家 9 口的生计都落在我一个人身上。我既没结婚,也没孩子,为了维持生计,我开始陆续变卖家中的钢琴、地毯、沙发、皮大衣、留声机等。为了谋生,我还给海军织过毛衣,三天一件,但还凑不够一家人的菜钱。

新中国成立后,我没有走,我觉得我毕竟是中国人啊。后来在香港的大哥寄来了一笔钱,我用这笔钱开了一家饭馆“益康食堂”,一度成了北京的名店。不久我与著名的花鸟画家马万里结为夫妇。

1956 年,我考进北京编译社,被分配到日文组工作。就在我觉得新生活刚刚开始时，1958 年 2 月初的一个傍晚，十几名警察突然闯进家里，宣告我被捕了。三个月后，我被押送到劳改队。六年后的一天，正在干活的我被队长叫进办公室："金默玉，经过审查，现在决定判处你有期徒刑十五年！"从这一天起，我被带到著名的秦城监狱开始服刑。我知道，这一切都是因为我无法选择的出身，以及那个阴魂不散的胞姐川岛芳子。为了不连累马万里，我主动提出了离婚。

1973 年，熬过了十五年的铁窗生涯，我终于重获自由，被安排在天津的茶淀农场，种地养鸭，后来和农场的一位老专家施有为又组织了家庭。1979 年，我给邓小平写了封信，我不是要求平反，我是想有份工作。我想我干不了体力活了，但我还可以干脑力活。不久农场来了 3 位同志核实情况，几天后，我等来的是来自北京市中级人民法院的平反通知书，我想，我终于是一个堂堂正正的公民了。

平反后，我被分配到北京文史馆做馆员。当年在日本东京女子学习院的那些同学设法找到了我，我拒绝了他们让我去日本定居的邀请，我还是那个想法，我毕竟是中国人。现在，我的兄弟姐妹中，只剩下我一个人了。我们这一辈，男的是"宪"、女的是"显"，下一代女的是"廉"、男的是"连"，现在这些后人有姓金，有姓连、廉，姓什么的都有。以前是皇上赐给 8 个字，可以用八代人，这 8 个字用完了再给 8 个，现在也没人给排了，我们家到"连"就没了。那个曾经显赫的皇族，已完完全全是这个民族彻底翻过去的一页了。

奔向中国奔向爱

本刊综合

20世纪70年代的中国,至少有一亿人听说过韩素音的名字。作为友好人士、采访作家,关于她的报道和毛泽东、周恩来等领导人的照片不时出现在官方报纸上。韩素音的一生是一部传奇。

2012年11月2日,这位世纪传奇女性于瑞士洛桑的家中去世,享年九十六岁。

祖籍广东的传奇女性

韩素音在中国有两个故乡:岭南的嘉应州(今梅州)是她的祖先三四百年前世代繁衍生息的原乡;西蜀的成都郫县是她祖先在清康熙中叶移民入川落业定居的地方。

1917年9月12日,韩素音出生于河南信阳,本名周光瑚,韩素音是“汉属英”的音译,意即她这位汉人已入籍英国。

韩素音祖籍广东五华县水寨镇,周氏仁德公第二十二世孙。周氏入蜀时是一位很穷的货郎,几经辗转后,周氏农商并举,发家致富,到第三代已跻身士大夫,成为书香人家。1885年,韩素音的父亲周炜(号映彤)出生在成都,是周氏从广东梅县入蜀后的第六代裔孙。

1903年,十七岁的周炜成为四川首批出国留洋的学生,赴比利时攻读铁路与采矿专业。周炜好学又英俊，深得比利时出身高贵的玛尔格丽特小姐的倾慕。他们虽相爱多年，但异国婚姻受到双方家庭的强烈反对。这对异国恋人坚定地冲破牢笼终成眷属。玛尔格丽特随夫到中国，在中国生活了数十年，他们共有一子三女成人，韩素音是长女。

1931 年，还没满十五岁时，韩素英（周光瑚）就开始在北京医院当打字员。1933 年，韩素英入燕京大学学习，1935 年秋，她获得奖学金，赴比利时布鲁塞尔自由大学继续深造。在比利时留学期间，韩素音逐渐对文学产生兴趣。

坎坷婚姻路

1937 年七七事变爆发，韩素音决定回国。她写道："中国，中国是我的骨肉，我的灵魂，我的气息，我的生命！"1938 年她回到中国，同年和国民党军官唐保黄结婚。抗战期间，在成都的医院中，她在院长玛丽安女士的鼓励下，开始著述处女作《目的地重庆》。这部小说在英美世界发行后激怒了丈夫唐保黄，他认为女性不该如此抛头露面。之后，韩素音随丈夫来到英国，1945 年唐回国时韩素音决定留在英国继续医科学业。1948 年，韩素音毕业返回香港从医时，唐保黄已经于 1947 年战死东北战场。

1948 年从英国返回中国后，韩素音有一段时间在香港行医。宴会上，她邂逅英国记者伊里奥・马克（Mark Eliot），两人一见钟情，但伊利奥已有妻室。为摆脱这段情感，韩素音回到重庆，不过时局动荡，她很快又回到香港。很快，朝鲜战争爆发，伊里奥・马克被派往战场并在朝鲜阵亡。韩素音的第二部作品《瑰宝》就写了这段情感经历，她用日记的方式袒露了自己与伊里奥的爱恋。这部作品奠定了韩素音在欧美文坛的地位，很快被好莱坞改编成电影《生死恋》，1956 年，电影《生死恋》获得 3 项奥斯卡奖。

1952 年韩素音嫁与出版商康柏（L. F. Comber），改名伊丽莎白·康柏。随后两人到马来西亚柔佛州，韩素音继续行医，并曾为新加坡南洋大学的创立而奔走 。两人离婚之后她又嫁与印度军队上校，曾在班加罗尔居住过一段时间。

1956 年 1 月，韩素音接受印度总督、前香港总督马尔科姆的邀请，去印度新德里度假。在印方提供参观的新项目中，有一项是参观尼印公路风光，这个项目的中方负责人陆文星是个皮肤黝黑、长相魁梧的印度人，他担任韩素音的向导。后来，陆文星成了韩素音的第三任丈夫。在韩素音眼里，这位印度上校聪明、和蔼、宽容，并且热爱中国，这完全符合韩素音对于祖国的感情。

20 世纪 50 年代至 70 年代间，陆文星还多次陪同韩素音来到中国，夫妇俩为重修中印友好关系做了许多工作。1991 年中国人民对外友好协会授予陆文星“中国人民友好使者”的称号，并向他颁发了奖章，这也是友协的最高荣誉。2003 年 1 月，与韩素音相濡以沫四十多年的陆文星在洛桑去世。

东西方文化的沟通者

韩素音跟周恩来的助手龚澎（乔冠华夫人）是燕京大学同学。借助于龚澎的介绍，韩素音得以在 1956 年 5 月访问新中国。

在中国的领导人中，周恩来邓颖超夫妇和韩素音关系最为密切，韩素音还曾担任过周总理与法国总统戴高乐之间“特使”，为中法建交做出特殊贡献。1990 年代，韩素音为周恩来写了传记《周恩来与他的世纪》，这是她在 1956 年到 1974 年之间对周恩来进行 11 次长时间的采访基础上创作的。韩素音在纽约和瑞士的家中只悬挂一个人的照片,那就是周恩来总理。

1989年,在韩素音的资助下,中国翻译协会开始举办韩素音青年翻译大赛,此项大赛目前已经成为中国翻译界影响力最大的竞赛。1994年,韩素音获中华文学基金会颁发的“理解与友谊国际文学奖”。1996年,中国人民对外友好协会授予她“中国人民友好使者”称号。1997年之前,韩素音每年来中国一两次。自1997年后,因健康原因不能远行,她没能再回国,但一直在关注着中国的情况。

个人命运与历史融而为一

韩素音1949年前的经历,后来都写进了她的自传三部曲:《伤残的树》《凋谢的花朵》和《无鸟的夏天》。这三部自传从1964年动笔,一直到1979年才得以完成。全书共分四部。每一部里包含历史、传记和自传,里面记录了几十年间的社会情况和历史事件,以及这些情况和史实对她父亲、她的家庭和她自己的影响。

除了自传三部曲和《瑰宝》,韩素音的其他作品包括《吾宅双门》《再生凤凰》《青山青》《等到早晨来临》,传记《周恩来与他的世纪》等。2012年8月韩素音自传三部曲中文简体版由世纪文景出齐,她的《瑰宝》中文版也已经出版。

英国《观察家报》曾评价韩素音的个人历史写作:“把自传与现代中国历史融合起来”的写法“造就了一部杰作”。韩素音成功地将宏大叙事与私人叙事结合起来,创造了一种独特的文体,既为20世纪的中国历史留下了一道侧影,也记下了自己的心路历程。在西方,韩素音几部自传性质的作品已成为西方读者认识中国、了解中国的经典读本。

晚年一直想回中国看看

“抓住一件事情不放，是她最明显的个性。”韩素音的堂弟周光地回忆说，“正是因为有这样的个性，她冲破很多障碍，不断来往于东西方世界。”

从1950年到1997年，韩素音每年回国，到了晚年，她一直魂牵梦萦的是能够再度回到中国，回来看看。九十多岁的韩素音曾写道：“我虽客居烟波千顷的瑞士莱蒙湖畔，又因身体原因，已十余年没有回到中国看看了，但这丝毫不能冲淡我对她的感情，因为中国是我的祖国，是我的骨肉、我的灵魂、我的生命。当年，正是这样一种浓得化不开的感情激励我，鼓舞我撰写了这样一部书，让那些对中国茫然不知或知之不多的外国读者有机会了解中国历史和中国人民。”在她最后一份遗嘱式的文字里就表明希望遗体能安放在中国。

作为一个中西合璧的混血儿，韩素英多年来一直介乎于两种文化之间。她的一生正如她在封面上说的那句名言：“我这一生将永远在两个相反的方向之间跑来跑去：离开爱，奔向爱；离开中国，奔向中国。”

柳如是之翘

米舒

柳如是，原名杨云娟，原籍浙江嘉兴，因家贫，幼年时被卖到江苏吴江盛泽镇归家院青楼，被名妓徐佛家收为养女。在徐调教下，弹唱歌舞俱佳，又天性好诗词。柳如是十四岁那年，生得娇小玲珑，秀色可餐，被吴江故相周道登看中，买入周府为侍婢，因其貌美，被年近古稀的周道登强纳为妾，柳如是心中不愿，暗中与周府仆人相恋，事发，周府人欲杀之，柳如是私放情人外逃，自己又被卖到青楼。

柳如是改名杨影怜，因出落得楚楚动人，赢来慕名者无数。她小小年纪，架子十足，凡粗鄙暴发户者，拒绝应召，一时苏州城内声名鹊起。

当时能与柳如是谈诗说文的，有复社领袖陈子龙、书法好手李待问、“云间三子”之一的宋辕文、明末文坛巨子张溥以及做过四品官的谢三宾。这其中，柳如是最倾心陈子龙。

陈子龙，风流倜傥，通经史，好诗词，是名门子弟，声望四射。但柳如是看中陈子龙，并非陈家富裕，十六岁的她花钱脱籍从良，爱玉树临风的才子。可惜，柳如是与陈子龙在南园只同居了一年多，陈子龙夫人张孺人联络陈家老人，率陈府几十人，亲自执杖大闹南园，当时士人重清议，陈子龙只得仰天长叹，柳如是心似刀割，两人从此天各一方。

春去秋来，柳如是转眼已二十一岁，是青楼当家名妓，居“秦淮八艳”之首，无数缙绅子弟围着她追，被柳如是一一回绝。曾经沧海难为水，有过与陈子龙的一段恋情，心高气傲的柳如是只盼嫁个“旷代逸才”，这时，杭州富商汪然明推荐了钱谦益。

论名声，钱谦益是明末“文坛祭酒”；论学问，钱谦益学富五车；论家境，钱府是常熟“巨富”。只是年龄悬殊，柳如是小了钱谦益三十六岁。

既然豪门纨绔子弟与一般的进士，柳如是皆看不上，那只能“乌发对白头”了。于是，两人有了书信往来。

后来柳如是赶到常熟，两人一见之下，钱谦益喜出望外。钱谦益本是诗文高手，又口才了得，自然讨得佳人欢喜。于是，柳如是便住进了钱府，钱谦益为她盖了一座叫“我闻室”的小楼。

当新官人的钱谦益年近花甲，一个多情的糟老头与一个青春靓丽的小才女在松江的船上举行了浪漫的婚礼，可惜当地人用瓦块石头直击婚船，使好不容易正式做了一回新娘的柳如是在新婚之夜过得提心吊胆。

钱谦益过意不去，为柳如是再造“绛云楼”。柳如是也为钱谦益生下一个女儿。花容月貌有了书香归宿，也心满意足了。

不久，李自成攻陷北京，崇祯自杀，其弟朱由崧在南京建立南明，钱谦益凭其江南声望，坐上礼部尚书的位子。但当时南明政权实为奸恶之徒阮大铖所把持，钱谦益为保地位，不惜与其为伍，还以柳如是之艳名笼络阮大铖，此为时人所不齿。

清军下江南，柳如是劝钱走，又劝其自尽，钱谦益皆不愿，为保住家业，胆小的钱谦益终于降清，去北京当了礼部侍郎。

柳如是不愿赴京，据《三垣笔记》载，柳如是“与一私夫乱”。后事泄,钱谦益儿子杀私夫,钱谦益归,愤而未动干戈。钱谦益至八十三岁卒,柳如是在其夫死后两月,为保家业而悬梁自尽。柳如是死后未能与钱谦益合葬,被族人逐出钱家坟地,柳如是墓在常熟虞山脚下,一座孤坟。

翘,鸟尾之长羽,引申为突出,标新立异。柳如是一生活得很翘,其词曰:“梦中本是伤心路。芙蓉泪,樱花语。满帘花片,都受人心误。”岂非其一生写照耶?

太太林惠嘉

口述/李安　撰稿/张靓蓓

林惠嘉是她家最杰出的孩子,是伊利诺伊大学博士。我们结婚时,岳父和她二姐前来,她二姐从圣荷西自家花园里摘了两朵巨大的新鲜玫瑰,还绑上松枝及别针,好让我们这对新人把它当胸花,没想到这个妹子一看那么大朵花:“要我戴树啊!”当场发飙不肯戴,还是伴娘罗曼菲机灵,正当大家乱成一团时,她跑到楼下花店去找了一束秀气的小花,才平息了新娘子的怒火。

不过晚上的婚礼派对倒是十分地浪漫别致,我们在好友郑淑丽租来的旧仓库工作室开派对,十分热闹。大家尽心地布置场地,罗曼菲和王献篪从高速公路边摘了大束野花来,电影道具、布景都成了现成的装饰,因为没冷气,便自众家友人处搜刮了一堆电风扇来,摆在房屋的四周送风。大家在客厅里跳舞,背面大片墙面成了银幕,放映我的毕业作《分界线》,还蛮特别的。

远从台南赶来的爸妈,坐在一张大红被单铺成的床前,接受我和惠嘉的磕头跪拜,跪拜完,妈妈突然掉下眼泪拉着惠嘉的手说:“惠嘉,我们李家对不起你,让你结婚结得这么寒碜,我们老远从台湾到美国一点用也没有。”

婚后我和惠嘉人隔两地,她继续念书,我在纽约剪辑毕业制作。

1984 年 5 月,我还在等毕业作冲印出来,大儿子阿猫诞生时,我这个爸爸还不知情地在纽约公园里玩棒球、丢飞盘。直到晚上回家,才知太太已经生产,第二天赶忙搭机飞去伊利诺伊看妻儿,当我傻傻地冲进医院时,大家一见我来都高兴地鼓掌。原来头天半夜惠嘉独自进医院时,医生问她要不要通知丈夫,她说:“不必。”问要不要通知友人,她也说:“不必。”她感到羊水破了,自己开着快没汽油的车子来到医院,院方还以为她是弃妇。她的个性就是很独立,自己能做的事就不愿麻烦人。本来我们说好,腹中胎儿的头部开始移位往下转时,大约是预产的前一周,我回伊利诺伊来照顾她,结果她也没告诉我。所以老二石头出生时早产,我就特别盯在一旁,她还是频频赶我走:“杵在这儿干吗?你又不能帮忙,你又不能生!”等孩子出生时,我去拉她的手,她还把我挡开,让我一点参与感都没有。

我和太太是典型的互补性格,我委婉柔和又心不在焉,不太懂得照顾自己和别人;太太性情刚直专注、独立聪明,和她所学的微生物科学理性中带细腻的性质很像。

在生活里,不论我的事业处于低潮或高峰,我们的感情一直差不多,相处上也没太大差别。当我低潮时,太太比较主动,是我迁就她的行程;在我高峰时,有时她要迁就我的行程。

在精神上,她以前比较痛快,从前她工作忙,我依赖她;我出名后,现在她有时候要出来做李太太,打搅了她的工作。

我觉得,夫妻间相处如一切事情,不是一成不变的,都需要做适度调整,甚至以变化来保持不变。以前我在外面谦卑,回家一样谦卑。现在我在外面比较神气活现,回家再谦卑,就觉得是在调整,其实只是保持不变。

前些日子我和太太到纽约法拉盛的华人区去买菜,我把菜装上车,太太到停车场对面的路边买西瓜,有位台湾来的太太对她说:“你真好命,你先生现在还有空陪你来买菜!”

“你有没有搞错啊,是我今天特别抽空陪他来买菜的!”那位太太听到我太太这么说,一时气结,半天接不上话。其实以前她就很少陪我买菜,现在也一样。

全球头号女军火商

吴成良

玛丽琳·休森(下文称休森)执掌洛克希德·马丁公司(下文称洛马公司)之初,很多人感到有点意外。这家公司由洛克希德与马丁·玛丽埃塔公司在 1995 年合并而成,拥有 11.6 万名雇员,是目前全球营收额最高的军工企业。有人担心,这位相貌姣好的女性在阳盛阴衰的军火公司能否“压得住”。

将近一年过去了,舆论的看法也变了。洛马公司正在研发 F－35 战斗机,有人开玩笑说,休森才是洛马公司最大的“秘密武器”。

小镇上走出的女掌门

休森的老家在堪萨斯州的一个小镇上,离莱利堡军事基地不远。她的父亲是美军的文职官员,母亲曾在第二次世界大战期间参加美国陆军,担任护士。休森的血管里,流淌着军人的血液。

休森九岁时,四十一岁的父亲死于心脏病突发。她母亲不得不独自抚养五个孩子。排行第三的休森早早地为母亲挑起了重担,帮母亲照顾两个妹妹。上高中时,她就去冰淇淋店打工,上大学后,她白天读书,晚上当电话交换机操作员,靠打工挣钱读完了大学。她的母亲还健在,今年九十四岁。老太太至今保存着一张休森在父亲去世那年写的便条,她请母亲早上 6 点叫醒她,因为那天她“有很多事情要做”。

在艰苦的环境中,休森变得精明强干,有很好的理财能力。她告诉哥伦比亚广播公司,小时候母亲会给她 5 美元,并递给她一张购物清单,让她去杂货店买总价值 7 美元的东西。“母亲说:‘我知道你会做出正确的选择,购买最值得购买的东西。’承担起责任让我变得更加坚强、更加聪明也更加自立。我母亲做了件最重要的事:培养孩子的领导素质。”如今,休森和丈夫有两个儿子,她也早早就开始培养儿子的独立能力。

大学毕业后,休森曾在美国劳工部工作过。1983 年,她加入了洛克希德公司。休森回忆,她当年去佐治亚州玛丽埃塔市参加面试时,看到了工厂里停放的飞机,就意识到在这里工作所要面临的挑战性,并被这家公司深深吸引:“我对其他工作机会失去了兴趣,我的心已经完全被洛克希德俘获了。”

休森在洛克希德公司以及后来的洛马公司干了三十年。在公司的五个主要部门中,她曾在四个部门接受过历练。当上 CEO 已是她在洛马公司干的第二十份工作了。她说:“当机遇降临的时候,如果你觉得值得去做,就不应该犹豫。就像我的母亲告诉我的,如果你用心了,努力了,承担了该承担的责任,那么,你可以做任何事情。”

休森的机遇也是这样来的。公司原本确定由五十一岁的总裁兼副董事长库巴希克担任 CEO,休森接的是首席运营官的职位。然而,去年 11 月,库巴希克因为与女下属发生了“不正当关系”被炒鱿鱼,休森被紧急任命为公司 CEO,成为洛马公司 101 年来首位女性掌门人。休森坦言,从没想过 CEO 的位置会落到她的头上。但当机遇降临时,她“花了几秒钟”就决定接下重担。

带领军工巨头转型

洛马公司的总部在马里兰州蒙哥马利县的贝塞斯达，曾生产出美国第一架轰炸机，其核心业务是航空、电子、信息技术、航天系统和导弹，产品包括 C-130 大力神运输机，F-16、F-22 等战斗机，控制了世界防务市场四成交易，包揽美国军用卫星的生产和发射。其“臭鼬工厂”以研制隐形飞机和侦察机闻名，其全球视景综合中心则为美军的网络战提供测试基地。在 2013 年《财富》世界 500 强排行榜上，它位列第 216 位。

然而，洛马公司目前却处在困难时期。2011 年，美国国会通过《预算控制法案》，今后十年联邦政府预算将被砍掉 1.2 万亿美元，国防预算被砍最多。此举对洛马公司影响很大。数据显示，去年其营业收入的 80% 来自美国政府，其中 61% 来自美国国防部。

摆在休森面前的挑战是，她既要遵循公司的营运方向，又要通过多元化经营，减少对美国国防部的依赖。她要在两条战线上战斗。首先是要从现有的武器项目上攫取收入，这占到公司 472 亿美元年营业收入的大头。其次，要扩大快速增长的新业务，比如无人设备、网络安全服务、能源、医疗保健、信息科技等新领域。

当然，洛马公司也确实有转型的实力：公司每年编写的计算机代码比微软公司还多，工程师们生产民用产品的实力也很惊人。不久前，洛马公司搞了一个“游戏”，让 200 名从未接触过汽车制造的航空工程师在 24 小时内造出一辆汽车。结果，工程师们用了 9 个小时就造出了一辆一加仑汽油能跑 100 英里的高性能汽车。为扩大非国防业务，休森在弗吉尼亚州的汉普顿锚地设立了一家创新中心，被称为“灯塔”。在那里，员工们都坐在一个开放式的空间里，中心内有一座高约 12.19 米的灯塔。休森希望营造一个“去洛克希德化”的环境，刺激员工跳出思维定势，思考如何将军工技术应用在社会经济和科技发展上。防务分析师唐纳利说，休森在洛克希德被看作是一股新鲜空气，“她代表着变化”。今年以来，洛马公司的利润和市场价值都在回升。

军火圈欢迎女强人

从2010年起，休森连续四年被《财富》杂志评为“50位商界最具权力女性”之一，今年名列第四。在美国前六大军工企业中，三家是女性当家，全球最大军用交通运输公司BAE总裁是五十九岁的哈德孙，中央情报局出身的诺瓦科维奇执掌了导弹制造商通用动力公司。休森认为这现象反映了职场平等的大趋势。她记得自己年轻时，经常是整间办公室里唯一的女性，现在情况已有很大变化，军工企业不再是“男孩俱乐部”，女性走上高管职位也是必然。休森说：“我们以及众多同事从事这个行业已达数十年时间。丰富的经验和经历让我们一步步迈入公司管理层。”

另一方面，休森的成功来自于为事业做出的牺牲。今年10月，休森在华盛顿的《财富》女性权力论坛上说，她的成功秘诀之一就是从不拒绝公司对她的器重和提拔。为了工作，她曾经8次举家搬迁。在职业生涯中，她的名字总是出现在艰巨任务来临之时。她的前任、现为公司执行董事长的史蒂文斯说：“我多年来一直请她承担各种各样的任务，都是差异很大、要求非常苛刻的任务。她都做得很好。”熟悉她的人都说她行事低调，但有坚韧的性格。

空闲时，休森喜欢打高尔夫球，也喜欢旅行，但她更喜欢读书，最喜欢的一本书是《眨眼》。那是一本关于如何强化判断力以及如何大胆决断的书。她喜欢一句格言：“在今日的工作中全力以赴，获得经验，机会就将随之来临。”休森把母亲视为自己的偶像。她说，母亲这一代人面对令人难以置信的逆境，却有着钢铁般的意志。她们拒绝在逆境前屈服，努力争取光明前景。她们的精神，为今天的女强人铺平了道路。

马云的女人

张瑛

我和马云是大学同学，我们毕业就拿了结婚证。马云不是个帅男人，我看重的是他能做很多帅男人做不了的事情：组建杭州第一个英语角、为外国游客担任导游赚外汇、四处接课做兼职，同时还能成为杭州十大杰出青年教师……然而，婚后很长一段时间我都处在一种惶恐中，因为他的意外状况层出不穷。

他忽然就辞职了，说要做自己的事业，然后就在杭州开了一家叫海博的翻译社。翻译社一个月的利润200块钱，但房租就得700。为了维持下去，马云背着麻袋去义乌、广州进货，贩卖鲜花、礼品、服装，做了三年的小商小贩，养了翻译社三年，这才撑了下来。后来他又做过《中国黄页》，结果被人当骗子轰……

这种情况下，他忽然跟我说想凑50万做电子商务网站。他很快就找了16个人抱成了团，其中有他的同事、学生、朋友。马云告诉大家，把所有的闲钱都凑起来，这很可能失败，但如果成功了，回报将是无法想象的。他顺便劝我，说他们如果是一支军队，我就是政委，有我在，大家才会觉得稳妥。就这么着，我也辞职了，18个人踏上了一条船——阿里巴巴。

草创时期的工作是不分日夜的，马云有了什么点子，一通电话，10

分钟后就在家开会。他满嘴的B2B、C2C、搜索、社区之类的专业术语我是听不懂的，但他们开会我会很忙。他们白天开会，我在厨房做饭；他们半夜开会，我在厨房做夜宵，我顶着政委的虚职，干着勤杂工的事。在没有盈利前，每人每月500块薪水，这点钱买菜都不够，家里的“食堂”要保证开伙，加班开会的夜宵品质必须保证。我本来当老师当得好好的，为什么就成了一个倒贴伙食费的老妈子了？

煎熬了一年多，我问他我们现在到底赚了多少钱，他伸出一根手指头给我看。“1000万？”他摇头。“1亿？”他还是摇头，告诉我：“100万。”“这么少？”“每天。现在是一天利润100万，将来，会变成一天纳税100万。”

如果说当初他说的回报是指现在的财富的话，这个回报的确很惊人。而我得到的回报是，我成了阿里巴巴中国事业部总经理。正在这个时候，家里又后院起火——我们开始管不住儿子了。

儿子，应该也算是阿里巴巴的“牺牲品”。他1992年出生，跟我们的事业同龄。那时，我们家一挤就是30多号人开会，满屋子烟雾缭绕像个毒气室，儿子关在房里不能出来。吃饭的时候跟我们一起吃工作餐，这样一来，儿子就长得越来越像他爸爸，瘦骨伶仃，像根火柴棍支起一个大脑袋。后来我们越来越忙，儿子四岁入托，一扔就是五天，周末才接回家来。

如今终于算是大功告成了，儿子也十来岁了。我们接儿子回家，儿子说：“我不回家，我回来了也是一个人无聊，还不如待在网吧里！”

马云这次真急了，当天晚上就跟我商量：“你辞职吧，我们家现在比阿里巴巴更需要你。你离开阿里巴巴，少的只是一份薪水；可你不回家，儿子将来变坏了，多少钱都拉不回来。儿子跟钱，挑一样，你要哪个？”看儿子变成这样，我也着急，但是我心里却不平衡：刚结婚的时候我本来就是打算做个贤妻良母的，结果被他“骗”进了阿里巴巴；好不容易现在功成名就了，又让我辞职回家做全职太太。他拿我当什么？一颗棋子？

我辞职以后，对儿子的游戏沉迷阻击战正式拉开，第一枪是马云打响的。那时正是暑假，他给儿子 200 块钱，让他去和同学玩电脑游戏，玩上三天三夜再回来，但回来的时候必须回答一个问题——找出一个玩游戏的好处。过了三天，儿子回来了，先猛吃了一顿又大睡了一觉，这才去汇报心得：“又累又困又饿，身上哪儿都不舒服，钱花光了，但是没想到什么好处。”“那你还玩？还玩得舍不得回家？”儿子没话说了。加上我的看管，儿子于是慢慢就淡出了网络游戏。

那时正是网络游戏圈钱的时候，盛大、网易都推出了新游戏，按照马云的作风，他是不会放过任何赚钱的机会的。但是他硬是没有去做网络游戏，他在董事会上这么说：“我不会在网络游戏上投一分钱，我不想看到我的儿子在我做的游戏里面沉迷！”

儿子从小学到初中，我没接送过他，都是自己背个书包去挤公共汽车。现在，辞职回家的我每天早上做好早饭，和儿子一起吃，再开车送他去学校。接着，我马上去农贸市场买菜，回家以后两荤一素一汤地搭配好，配上餐后水果，用一个分成三层的小食盒装着，然后去儿子的学校门口等他中午放学。

我辞职回家半年后，儿子的成绩在班上升了 17 个位置。班主任也说他不仅学习成绩提高了，就连在班上的人缘都变好了，他越来越开朗、爱笑、宽容，从以前的内向学生变成了一个阳光少年！

我改变了儿子，儿子也在改变我。周末的时候，他会挽着我一起出去逛街。路过临海路的时候，他给我推荐一家叫“四季风流”的长裙专卖店。在我印象中，自从我进了阿里巴巴，就没穿过长裙，我的衣橱里全都是白色、银灰或者黑色的职业套装，里面的裙子也都是直筒套裙，那样的裙子才符合我的身份。现在，我不必在乎这些了，我就是个居家的女人，我可以穿任何我想穿的衣服。

我的衣着风格就此改变。有空的时候，我会去阿里巴巴看以前的同事，大家看我的眼神都充满惊讶，说我现在充满了女人味，显得比以前漂亮了许多。

马云有一次跟雅虎公司CEO杨致远闲聊，杨致远问起了我，马云这么告诉他："张瑛以前是我事业上的搭档，我有今天，她没有功劳也有苦劳，我也一直把她当作生产资料。但现在我觉得，作为太太，她更适合做生活资料……"这话后来传到了我耳朵里，这话绝对不是杜撰——也只有像他这样满脑子都是事业的男人，才会把自己的太太也当作资料。不过，当生活资料的日子并不坏，在家的日子虽然平淡，但是每个收获都值得让我再三品味。

一生都与诗词“恋爱”

张国文

5 月 10 日，诗人席慕蓉和作家白先勇像两个“追星族”，出现在南开大学校园里。他们频频向一位教授鞠躬，庆祝她的九十大寿。席慕蓉说，羡慕南开的同学，可以“理直气壮、正大光明”地做叶嘉莹老师的学生。白先勇表示，叶先生是国学大师里讲诗词的“一把手”，叶先生的教诲影响了自己的一生。

“叶先生站在那里，就是一首诗。”无从考证谁发明了这句评语。多年以来，它在南开的学生中流传。

虽然叶嘉莹表示对外在的东西并不注重，但她流露出的风度和气质，深刻地影响了很多学生的审美。晚年的叶嘉莹，保持了多年未改的标志性的发型。据她的秘书、南开中文系副教授张静介绍，叶先生总是自己理发，因为她觉得自己剪得更好。

叶嘉莹并非养尊处优，而是命运多舛。但她以前极少谈起，晚年即便谈及，也听不出任何愤懑仇怨。

叶嘉莹在北京的一个四合院里长大，在上小学之前，几乎不出大门。她生活在战乱年代，经历丧母之痛，父亲又在乱世中多年失去联络。她承认自己一生都没有恋爱过，虽然自己选择了丈夫，但拥有过的是“不如意”“好心办错事”的婚姻。

她二十四岁那年出嫁后随夫南下，辗转到了台湾。在台湾“白色恐怖”的政治环境下，她和丈夫都有过牢狱之灾。后来她终于在加拿大取得终身教职，使全家人的生活安定下来，大女儿与女婿又因车祸遇难。

在台湾时，她曾借住在亲戚家的走廊里。等别人都睡了，再铺一个毯子打地铺。

她的外甥、台湾长庚大学校长包家驹，第一次知道舅妈是位教授，竟然是在她任教的加拿大英属哥伦比亚大学的办公室里。在他的印象中，舅妈只是一个在家里洗衣擦地、架着竹笼为女儿烘烤尿片、在厨房里洗菜的妇人。他筹建长庚医学院时，聘来的国文老师中就有人听过叶先生的课，他才意识到，原来舅妈有这么高的成就。

长庚医学院前院长吴德朗对包家驹说过，这辈子有两件事最重要，一个是选择了心脏内科，另一个是听了叶先生的课。

在女儿眼中，唐诗宋词是叶嘉莹的最爱，她一生都在“与诗词恋爱”，恋爱的人总是年轻的。

叶嘉莹说，诗歌是支持她“走过忧患的一种力量”。画家范曾认为，叶嘉莹的表现，正是“以逆境为园林，以群魔为法侣”。

她提出的词学“弱德之美”学说，在如今的众多研究者看来，用来描述她本人十分恰当。这种观点认为，凡被词评家们所称述为“低徊要眇”“沉郁顿挫”“幽约怨悱”的好词，其美感之品质都是属于一种“弱德之美”。这种美感，是“在强大的外势压力下所表现的不得不采取约束和收敛的一种属于隐曲之姿态的美”。其为形虽“弱”，却蕴有“德”之操守。

林玫仪问过叶先生，在她仰慕的诗人中，如果有机会，谁可以与之交往和生活。叶嘉莹觉得，杜甫“古板”，李商隐“忧郁”，辛弃疾是个理想人选。她写过极为轰动的研究辛弃疾的文章，有人称她是“辛弃疾的异代知音”。

她已九十岁了，仍有一种时不我待的紧迫感。她说，自己要做的，是打开一扇门，“把不懂诗的人接引到里面来”。否则，上对不起古人，下对不起后人。

多年在海外任教，用英语讲授中国的古典诗词，她“总不免会有一种失根的感觉”。“文革”过后，她一次回国探亲，在火车上看见一位年轻人拿着本《唐诗三百首》，高兴得不得了。在长城参观，她买到了《天安门诗抄》。这使她感慨：“中国真是一个诗歌的民族，尽管经历了那么多的劫难，还是用诗歌来表达自己。”

而现在，诗词遇到了新的挑战。北京大学教授葛晓音说，很多学生问研究古代文学到底“有什么用”，她为此感到沮丧。她认为，“叶先生以她毕生的实践回答了这个问题”。

叶嘉莹说，我们国家是富裕了，经济上也改善了很多，“一般的人心反而变得不是像原先那么单纯了”。

她虽然年事已高，仍“尽量在讲课”，甚至给幼儿讲课。她说，自己体会到里面高洁的世界，就有责任尽个人讲诗词的力量，让年轻人认识到人生、感情、心念之间有这么美好的东西。

白先勇说，叶先生用过“救赎”两个字，“她认为古诗词是我们救赎的力量”。

有些事情，叶嘉莹感慨，事过以后，无人以继，“一切努力归于徒劳”。另一方面她觉得欣慰的是，总有一些人，听了自己的课，受到了感动。

加拿大的实业家蔡章阁，只听过她一次讲演，就愿意出资为她建设研究所大楼。南开大学如今为她兴建迦陵学舍，又有很多人慷慨解囊。澳门的实业家沈秉和决定做“略带诗意”的资本家，将自己比作叶先生的“小小书童”。第一次听叶嘉莹讲课时，他对南开学生说，这可是“梅兰芳的戏”。

晚年，她改变了在温哥华终老的计划，决定回国定居。她表示自己是一个“不大计算未来”的人，只是依照本性而生活。

她的位于北京察院胡同的旧宅，那充满诗意的四合院，在十多年前没有躲过拆迁。她曾有意把它改造成一座书院，最终没有成功。如今，南开大学为她兴建的“迦陵学舍”，是她新的书院所在。

她多年来习惯站着讲课。她说，如果有一天自己无法站立，至少仍能指导学生，整理以前讲课的2000多个小时的录音。

她用诗人杜甫的诗句，提醒自己要努力做到“盖棺事则已”那一刻。她用对自己影响最大的老师顾随的话自勉：“一个人要以无生之觉悟为有生之事业，以悲观之心情过乐观之生活。”

在辅仁大学读书时，叶嘉莹尽得顾随真传。她觉得顾先生说到了诗词精微的境界，是“飞在天上去说的”。她先后记了8大本听课笔记。那些年她四海飘零，白色恐怖时被人搜家，在乱世中丢过许多物什，这些笔记奇迹般地保存下来。经过“文革”，顾随终生没有留下任何论著，她的笔记后来成了《顾随文集》的基础，成就了“师父因弟子而显于世”的人间佳话。1948年她南下结婚，以为很快就会回到北京，只带了随身衣物和这些笔记，多年里她一直随身携带，从不托运，她说：“这是宇宙之间唯一的。”

席慕蓉陪着叶嘉莹去东北寻找过叶赫那拉部族的源头。那是一片高地，历史上的城池已经消失，上面种着大片的玉米。时年七十八岁的叶嘉莹坚持上去，独自对着玉米地，默然伫立很久。她突然回过头，对席慕蓉说——这不就是那首诗吗？《诗经》里的《黍离》啊！

在席慕蓉眼里，那一刻，站在那里，美得像一首诗的叶嘉莹，和三千年前的一首诗相遇了。

陈衡哲:北大第一位女教授

史飞翔

陈衡哲是中国妇女界的骄傲:她是中国最早的一批官派女留学生,是中国现代文学史上第一位女作家,是执教北京大学的第一位女教授,是出席太平洋国际学会(连续四次)的第一位中国女学者。杨绛在其回忆文章《怀念陈衡哲》中称陈衡哲是“才子佳人兼在一身”。

陈衡哲出生于书香世家,自幼受到良好的文化熏陶。十三岁时随舅父庄思缄到广州读书自修。1911 年,陈衡哲考入蔡元培创办的上海爱国女校。1914 年,清华大学在上海招收留美学生,陈衡哲成功考取,获得了出国学习深造的机会。在美国,陈衡哲先后就读于美国瓦沙女子大学和芝加哥大学,获学士、硕士学位。

1920 年 9 月,陈衡哲学成回国。回国后的第一件事就是与任鸿隽举行婚礼。婚礼于 9 月 16 日举行,胡适做礼赞,蔡元培为证婚人。婚礼采取的是新式婚礼,仪式简单,不讲排场。婚礼上胡适戏赠对联一副:“无后为大,著书最佳。”

婚后,陈衡哲面临找工作的问题,这时胡适帮了很大的忙。胡适先是找到蔡元培,蔡元培一听是才女作家陈衡哲,当场答应,并让胡适尽快落实。接着胡适又找到史学系主任朱希祖,朱希祖也一口答应。胡适十分高兴,马上将消息告知陈衡哲。可是陈衡哲并没有胡适想象的那样高兴，她考虑了半天，向胡适提出，她想教西洋史。胡适只好再去找朱希祖。朱希祖为难地说："系里早就安排好了别的老师，不便中途辞退，这情况你是很清楚的。"胡适当然知道朱希祖的为难，也不想给他添麻烦，于是只好说："陈女士是出洋回来的，教西洋史可以更适合一点。"最后，朱希祖说："让她先教西洋近百年小史，或者教英文也行，由她挑选。可是要教西洋史，只好等到明年再商量。"胡适表示同意，于是朱希祖就给陈衡哲排好了课表。这样陈衡哲便成为北大第一位女教授，也是中国现代第一位大学女教授。

除了北大，陈衡哲后来还任教于国立东南大学和国立四川大学，专教西洋史，并在上海商务印书馆担任编辑工作，撰有学术著作《西洋史》《文艺复兴史》《文艺复兴小史》等，在中国近代学术史上有较大影响。作为中国近代史上著名的女学者、女教授、女作家，陈衡哲曾四次代表太平洋国际学会中国理事会出席国际性学术会议，发表自己的学术见解，赢得国际同行的一致肯定。

20 世纪 30 年代后期，正当陈衡哲事业辉煌之际，她却毅然辞去教职，为的是从社会生活中抽身出去，做一位全职母亲，去专心教育三个子女。据说，陈衡哲当年之所以作出这个决定，是与胡适的女儿素斐不幸染病夭折有很大关系。胡适为女儿取名"素斐"是为了纪念他与陈衡哲之间的友谊，陈衡哲笔名"素斐"。素斐染病夭折后，陈衡哲与丈夫任鸿隽专程来到胡适家安慰，并把自己的女儿书书过继给胡适做干女儿。那一刻，陈衡哲突然醒悟到："母亲是文化的基础，精微的母职是无人代替的……当家庭职业和社会职业不能得兼时，则宁舍社会而专心于家庭可也。"事实证明，陈衡哲的选择是正确的。她的两女一子都很有出息：长女以都，颇有其母遗风，获美国哈佛大学博士学位，在美国任大学教授；儿子以安获美国地理学博士学位，也在美国任大学教授；次女以书毕业于美国瓦沙女子大学，毕业后，回国照顾双亲，任教于上海外国语学院。一家两代五位教授，真的是堪称“书香门第”。

1976 年，陈衡哲因患肺炎逝世于上海广慈医院，享年八十六岁。

莫奈的女神

核子

我们不确定二十五岁的画家克劳德·莫奈遇见十八岁的模特卡米尔·唐西厄时，是不是一见钟情。可以确定的是，两人迅速热恋，卡米尔成为莫奈的情人。

那是1865年，莫奈刚刚因为两幅塞纳河口的风景小画赢得巴黎绘画界的关注，人们还不大分辨得出他和已经成名的画家马奈的区别。

"巴黎王后"，以及藏在画中的表白

莫奈急切地想在次年的官方沙龙展上拓展名声，缪斯出现得正好。其时，马奈刚画出《草地上的午餐》，在林间草坪上，画家把裸女放在衣冠楚楚的绅士旁边，像古希腊神祇错来了当代，又刺激又轰动；黄口小儿莫奈也要画一幅《草地上的午餐》，这幅画野心勃勃，要画得跟真人一样大，画幅4.5×6米，多达11个人物。画面最左边的男士是他的画家好友巴齐耶，站在巴齐耶旁边那位背对着观众的白衣女郎，便是卡米尔。《草地上的午餐》最终没能在展期前完成，但现代学者中不乏好事者，有人分析，画面右边有棵巨大的白杨，树身上刻着一箭穿心的图案，这是莫奈爱的表白。

莫奈很快画了另一幅作品参加沙龙展，这一次画面里只有女神卡米尔一人，这是艺术史上我们第一次清楚看见她的真容：这个姑娘不过二十岁，穿一条绿色和黑色相间的条纹裙子，缎面的裙子有着夸张的拖尾，垂落到地面上时堆出皱褶，她身披一件黑色毛皮的大衣，镶着宽大的毛边。这个姑娘转头回望，只露出大半个侧面，她脸色苍白，右眼角下有一颗痣，眼睛下面的阴翳令她有一种超过年龄的哀戚。

莫奈得意地说："（《绿衣女人》足以代表）这个时代的巴黎女郎。"也有报纸刊发评论，说画中女孩堪称"巴黎王后"。纷纷到来的称赞令莫奈大受鼓励，他想继续《草地上的午餐》那种尝试，在风景中画人物。他在乡间的花园里挖了一条壕沟，好把大型油画布放进去，用滑轮升降，他可以立在地面上画上半部分。这幅画是《花园里的女人》，身着白衣的女士在花园里嬉戏，阳光在她们的白裙子上落下暗影，莫奈的艺术趣味已经露出表征：他喜欢室外的光线，喜欢花园，喜欢动感的一瞬，对光影的变化非常敏感。

哀戚的女主角

卡米尔的生平资料很少，她出身贫寒，独自到巴黎闯荡，而画家与模特的关系被视为是随便的，上不得台面。莫奈的家人一知晓两人的关系就以切断经济来源为威胁，即便 1867 年卡米尔诞下长子让，情况也没有改观。1870 年这对爱人才举行了世俗婚礼，只有卡米尔的家人在场，莫奈的家人完全没有出席。

莫奈在绘画生涯上的好运也没有到来，《花园里的女人》没有入选沙龙展，是巴齐耶以 2500 法郎的高价买下来，然后每月 50 法郎分期付款给莫奈，又是他在让出生时担任教父。总之莫奈写给巴齐耶的信里几乎全在要钱。

这一时期莫奈画了许多以卡米尔和让为主角的画作，撑着阳伞的卡米尔在特鲁维尔的沙滩上左顾右盼，脸上蒙一层面纱（1870 年）；她坐在草地上阅读，依旧是白裙，在绿草地上泛着粉红色，野花几乎开到了裙子上（1872 年）；她和让从远处的树林里走过来，盛放的罂粟花成为绚烂的斑点，抖动着火苗，她和让只留下模糊的影子，就像在强烈日光下猛然抬头远望的效果（1873 年）。至此，莫奈已经体现出鲜明的风格，他捕捉光在景物上的跳跃，捕捉阴影里最细微的色彩，他的作品屡屡被沙龙拒绝，但他明确了自己的选择。

1874 年，他组织起塞尚、毕萨罗、雷诺阿等人，第一次将一种新样式的作品带给公众，其中就有那幅被视为印象派开山之作的《日出·印象》。至此，被嘲讽的“印象主义”正式登场，他们将成为艺术史的主角，他们的画作将以最高昂的价格被拍卖，不过这一切要到几十年之后才会慢慢到来。

为了迎合当时法国的日本热，莫奈画了另一幅十分少见的室内人物肖像。这一次卡米尔跟她所有的形象都不同，她穿上了大红色绣花繁复的日本和服，头戴金色假发表明戏仿者的西方身份，右手举起一把打开的折扇，依旧是转身回来，这次她露出了整个面庞，竟然还有甜美的微笑。

这幅画跟《绿衣女人》前后相差十年，同样的卡米尔，一绿一红，一冷一热，一悲一喜，背后的故事不足为外人道。

背叛不意味着爱的毁灭

此后奥什德一家走进了莫奈的生活。恩斯特·奥什德在巴黎经营百货商店，是印象派忠实的赞助者。1877 年，恩斯特经营不善导致破产，和妻子爱丽丝以及子女们搬去跟莫奈夫妇同住。两家人一起生活的决定不大寻常，而恩斯特大部分时间都住在巴黎，后为了躲债远走比利时。

1877 年 8 月，爱丽丝生下第六个孩子让·皮埃尔，有人说这其实是莫奈的私生子。让·皮埃尔长得确实跟莫奈很像，尤其是他晚年也留起大胡子之后，他喜欢人们谈论自己的身世，还为莫奈写了一本书。

是莫奈与爱丽丝的私情导致了恩斯特的逃避，还是恩斯特的抛妻弃子令莫奈与爱丽丝日久生情？他们的私情卡米尔是否知晓？这一切已经是谜，尽可以让今人发挥想象。

我们能看到的只是，在莫奈画的卡米尔肖像里，那种哀戚的表情又回来了。一幅 1877 年的作品中，卡米尔斜靠在椅子上，身着黑衣，手持一束紫罗兰，脸色苍白，与背景的色彩形成对比。这是她生前最后一幅画像。

1878 年，卡米尔诞下幼子米歇尔，身体每况愈下。1879 年 9 月 5 日，卡米尔离世，在她弥留之际，莫奈请来了神父，最终认可了他们两人婚姻的神圣性。又写信给朋友，附上一小笔款子，请他帮忙换回典当的奖章，让它陪着妻子下葬。莫奈最后为卡米尔做的一件事是为她画像，这幅非同寻常的画像以卡米尔占据整个画面，她面容瘦削，双目紧闭，微张着嘴唇，手中放着一小束白色的鲜花。最令人吃惊的是画面的色彩和笔触，睡床、被褥和其后的背景融为一体，迅猛的线条仿佛暴风雪一般，卡米尔既像是在暴风雪里安眠，又像是被暴风雪裹走了生命。灰色的不同层次在画面里展现无遗，犹如一幅大地风景，体现出他内心的绝望。“你不知道我所经历的沉醉、欢欣和痛苦，我守在一位女士灵前，她无论过去还是现在都是我最亲密的爱人。”

当年圣诞节，恩斯特没有回来跟家人一起度过。此后，莫奈和爱丽丝几经迁徙，最终定居在为他博得盛名的吉维尼。嫉妒的爱丽丝几乎毁去了关于卡米尔的一切痕迹——她跟莫奈的通信,她的照片。当然,那些画作留了下来,让这个不幸又幸运的女人不朽。

失去缪斯之后

尽管此后与爱丽丝一起生活了二十多年,但莫奈的确不像青年时那样爱画人像了,他只留下了一幅爱丽丝的画像。

他常常独自出门写生,有时候一去两三个月,但几乎每天都给爱丽丝写信。两人的关系已经公开,直到 1891 年恩斯特·奥什德病故,爱丽丝才最终同意莫奈的求婚,两人 1892 年正式结婚,结束了十多年的暧昧关系。

莫奈将所有精力投入风景绘画,他的《干草垛》《白杨树》《鲁昂大教堂》用系列画的形式捕捉光线在同一景物上的变化,取得巨大成功。

他和爱丽丝一起抚育八个孩子,两个姓莫奈,为卡米尔所生;六个姓奥什德,为爱丽丝所生。这一家人的融洽关系从侧面证明这一对继父母赢得了孩子们的尊重和爱。

莫奈特别钟爱奥什德家的几个女孩子,尤其是继女苏珊,以她为模特画了一系列撑阳伞的女孩,她在蓝天白云下裙裾飘飘的样子,跟多年前的卡米尔如出一辙。人们相信这些画与莫奈对卡米尔的怀念有关。

在两个家庭内部,还产生了新的姻缘:奥什德家的女儿布朗什嫁给了莫奈家的儿子让。晚年,莫奈正是在布朗什的照顾下,完成了他最有名的《睡莲》系列,遵照遗嘱,《睡莲》在他身后正式揭幕,轰动世界。

此后,再也没有哪个女子走入他的画作,得到永生。

第3辑

似是故人来

她不是富阳乡间的书香淡淡的明媚才女，这么多年，她只是一个著名风流才子的下堂妻！——何其不幸，孙荃遇到郁达夫，而且是在那样一个恨不得和“旧”的一切割袍断义的激进时代。她再美好，也只是被当成附在夕阳边的云脚，是渐渐沉于黑暗的腐朽的一部分。

西装与小脚之恋——郁达夫和孙荃

陶方宣

深闺万里情

1917年夏天，回国探亲的留日学生郁达夫，在老家富阳第一次见到孙荃——这是一个乡下姑娘，当她挪动着一双小脚向少年郁达夫姗姗走来时，郁达夫十分惊讶：这完全不是一个土气的乡下姑娘，她文静、秀气，静静地坐在他面前时，郁达夫能感受到她周身散发出的书卷之气。一番交谈得知，这个乡绅的后裔，从小饱读诗书，且能吟诗作文。

这样一位才女让郁达夫眼前一亮，他目光躲躲闪闪地看着她长裙下的小脚。孙荃并不太避讳，主动对他说：“你一定很遗憾我这双小脚。”郁达夫有点不好意思，连连点头说：“现在是民国世界，外面世界风云激荡，女学生都不缠足的，她们和男子一样是天足，读书学文化，然后奔走天下做大事。”孙荃不无遗憾地说:“哎呀,你这样一说我要哭了,为了这双小脚,我不知哭过多少次。这是小时候父母逼着缠的,是姑娘就要缠足,我也没办法。现在看看这双小脚,我心痛啊,那种痛不是身体上的,是心里头的痛啊,一辈子就被这双小脚给害了。”郁达夫看着孙荃,满心眼里只有同情。孙荃却说:“我其实对缠足深恶痛绝,我还写过一篇《戒缠足文》,我拿来给你看。”孙荃一扭一扭走到厢房,拿出了那篇《戒缠足文》递给郁达夫。郁达夫被孙荃并不软弱且自强自立的精神所打动,两人很快订下百年之好。

郁达夫回到日本后,与富阳乡间才女孙荃书来信往诗词唱和,他在日记中说:“孙潜娣(孙荃又名潜娣)氏手书,文字清简,已能压倒前清老秀才矣。”同时他还将孙荃的一首诗署上自己的名字拿去发表,竟然无人识破。那首诗是:风动帘珠夜明月,阶前衰草可怜生。幽兰不共群芳去,识我深闺万里情。

七年之痒

1920 年 6 月,郁达夫与孙荃结婚,孩子一个个出生,两个人夫唱妇随感情深厚。郁达夫工作繁忙,孙荃每每做好饭菜,总要等郁达夫回来两个人一同吃。有一天郁达夫到半夜才回家,进门一看,孩子们都睡了,孙荃一人守着饭菜在等他。郁达夫说:“你真傻啊,我不回家,你就不能先吃呀? 你这样下去,非把胃搞坏不可。”孙荃热着饭菜,说:“也奇了,你不回来,我想不起来吃饭,不和你同桌吃饭,我一个人也吃不下饭。”孙荃做得一手好菜,郁达夫常常将创造社的一帮人请到家里来吃饭,也让孙荃露一手。

出得厅堂、入得厨房的孙荃在结婚七八年后,却迎来了不幸:这一年的夏天,一个叫王映霞的女人出现在了郁达夫的身边。王映霞第一次烫着卷发穿着旗袍出现在孙荃家中时，孙荃心里凉透了，她当时第一个念头就是：不必与王映霞争，也不必和郁达夫吵，她只想静静地离开……

藿香一样的女子

1927年6月5日，郁达夫与王映霞在上海订婚时，孙荃正在北平某产房里痛苦地呻吟着。订婚那天，郁达夫喜气洋洋，身上穿的那件羊皮袍子，正是孙荃从北平寄来的。产后，孙荃憔悴瘦弱，像大病了一场，连性情也变了，郁达夫回到北平见到她，发现她好像变了一个人。

孙荃很快就搬离北平，回到富阳郁家老宅。无论是在福建当官还是到国外谋生，郁达夫对孙荃母子始终关心备至，经常给他们寄东西：奶粉、毛线、围巾、衣料等。当然，更多的还是寄钱，寄学习用品。孙荃照收不误，也不回信，她除了照顾好身边的几个孩子，就是从容淡定地过自己的日子，对郁达夫与王映霞的花花草草一概不管不问。一有时间就去寺庙里烧香、食素。自从搬离北平后她就开始食素，她把食素当成一个女人决绝的行动——当然，她并非对生活绝望，只是更加淡泊。富阳许多上了年纪的老人都记得孙荃，她永远一身蓝竹布旗袍或青衣，浆洗得干干净净。郁家门前有几棵高大茂密的藿香树，孙荃喜欢在初夏明月之夜，搬一张小凳子坐在藿香树下。平常人们不大能看到孙荃，只有当夜晚来临月光如水时，孙荃才会在藿香树下出现。藿香树有清凉的薄荷一样的香气，树下没有蚊子。孙荃就坐在树下给围坐在她身旁的几个孩子说故事、读诗词。孩子们睡去了，她就默诵一阵佛经，再伸手摘下几片藿香叶子插在发髻上。很多年里，孙荃身上总有一丝若有若无的藿香气息。

谁说包办的婚姻不幸福

叶细细

有时想,包办婚姻也没什么不好,这样剩男剩女估计就不存在了。

民国时期的包办婚姻,并不是都如鲁迅徐志摩那样,需要反抗的。革命人士李大钊的婚姻就不是如此。

李大钊结婚真早,十岁那年,就由家人操持完婚了。新娘是大他六岁的乡下少女赵纫兰。她缠着小脚,不识字,嫁到李家后,唯一的希望就是能把这个家打理好,让大钊的前途似锦。

赵纫兰虽不识字,却晓得读书的重要性。李大钊的祖父去世后,家里经济十分困窘,大钊的所有生活费用都靠赵纫兰东挪西借典当支持。就这样,挨到李大钊在天津读完书。

这期间,李大钊对政治发生浓厚的兴趣。毕业后没有谋职养家,而是去北京谋求出国的机会。本来纫兰苦熬这些年已是不易,得知丈夫要出国心内虽是不舍,还是问他需要用多少钱,她想办法。

李大钊去日本留学,一走三年。这期间,赵韧兰的日子过得十分艰难,照顾年幼的孩子,为生活奔波。晚上,她想起李大钊就会彻夜难眠。好在大钊终于回来,在北京谋职。每回与她在乡下见面,都很匆忙,赵纫兰因日思夜念,竟生了场大病。这才让在北京忙碌的李大钊回来陪伴她两个多月。病好后,他们开始商量把家迁到北京。毕竟李大钊的事业在北京。

到北京后，为了让妻子更适应，李大钊这个留学回来的学者，竟给家里搞了个大炕，与农村家里的一模一样，这样在冬天，赵纫兰就可以坐在暖炕上做活了。

李大钊虽是留学归来的人，却一点也没嫌弃过赵纫兰，待她十分好。每回客人来，他必然会领她见客，帮她整理衣服和头发。

他们安稳的日子没过多久，李大钊参加革命活动，远赴苏联。赵纫兰就在北京等他，她不想回乡下，她知道他的事业在北京，不管他什么时候回来，她都希望他能有个温暖的家。

一个月后，大钊从苏联回来，赵纫兰又激动又欣喜。“三一八”惨案，李大钊被通缉，她又度过一阵担惊受怕的日子。一年后，他们一家人被捕。

在法庭上，她与他见面。李大钊只说：“这是我的妻子，他们什么也不懂，一切都与他们没关系。”她见他饱受折磨的样子，痛哭得差点晕倒。

这是他们最后一次见面。她与孩子被释放回家的那天，她得知他被处以绞刑。

这年，李大钊三十八岁，他们结婚满二十八年。她哭昏过去，恨不得也随他去了。只是在她渐渐清醒后，她知道自己还不能就此去了。他的灵柩未安葬，几个年幼的孩子需要她。但是她却不能在北京再待下去了。她怕在这里日日想到他。她以为回到乡下这一切就会好起来，却不然。她依然想念他，想念到身体一天不如一天。

足足等待六年，她才在北京大学的帮助下，以示威游行的形式，将李大钊的灵柩安葬。这次安葬又是一场血腥镇压，但她没有任何惧怕。

完成这件内心最重要的事情,她的体力也耗尽了。一个月后,她就离开了这个世界,与他相伴在九泉之下,永远不再分开。

李大钊曾经说:"两性相爱,是人生最重要的部分,应该保持它的自由、神圣、崇高。不可强制它,侮辱它,屈抑它,使它在人间社会丧失了优美的价值。"

因为他的善待,无怨无悔的付出,让他们短暂的生命,享受到最长久的爱恋。

此恨绵绵

王鹤

“清流笛韵微添醉，翠阁花香勤著书。”这是 1961 年赵清阁四十七岁生日时，老舍为她贺寿而题赠的一副嵌名联，她一直挂在床头的镜框里。

遇到老舍那年，她二十四岁，据曾与她两度同事的胡绍轩回忆：“（她）穿着京沪一带流行的时髦短装，短头发，态度潇洒，落落大方，健谈。她给我的第一个印象是：有男性的健美，又有女性的温柔……”她是画家，也是当时活跃的女作家、编剧、编辑。1938 年夏，老舍请她参加《王老虎》的改编，成功合作后，二人又合作《桃李春风》，此剧好评如潮。也许正是那时他们情愫暗生。

赵清阁与老舍在重庆曾毗邻而居。1942 年 10 月，与老舍分离数年的胡絜青突然携子女辗转抵渝，但是二十天后，方到北碚与老舍团聚，赵清阁则搬离北碚。这二十天里，几个当事人该多么艰难、煎熬，焦虑、愁郁、委屈、矛盾，想都想得出来。梁实秋《忆老舍》说：“那时候他的夫人已自北平赶来四川，但是他的生活更陷于苦闷。”梁实秋是知情人，说得欲言又止。

新中国成立前夕，周恩来指示阳翰笙请老舍回国。由谁给老舍写信呢？阳翰笙找到了最合适的人选——赵清阁。1949 年底老舍回国，次年春，胡絜青带着孩子由北碚返京，阖家团聚。

赵清阁1954年根据川剧《柳荫记》等改写的小说《梁山伯与祝英台》，这是奉命之作，看得出她下笔的小心谨慎，有旧文人渴望汇入新社会的热切与忐忑。梁祝的离散，是当事人被环境所困、感情虽至浓至深却不能如愿以偿的悲剧。写到“断肠人送断肠人”时，赵清阁定会加倍黯然吧。

赵清阁眉宇清朗。杜宣赞美她“高标动人”，许广平说她“学生气很浓，缄默文静”。她还有豪纵善饮的一面，郭沫若曾为她写过一首五绝：“豪气千盅酒，锦心一《弹花》。缙云存古寺，曾与共甘茶。”

赵清阁与阳翰笙、茅盾、郭沫若、冰心、傅抱石等师友交往都深，她写有不少追忆文章，留下诸多有价值的史料。《新文学史料》的主编牛汉回忆，“赵清阁向我展示老舍1948年从美国写给她的一封信（原件）：我在马尼拉买好房子，为了重逢，我们到那儿定居吧”。这类尺牍当然更宜于小心珍藏。赵清阁编选的《沧海往事：中国现代著名作家书信集锦》，收录了老舍上世纪五六十年代写给她的四折短札，多数谈工作、健康近况，内容都比较风清云朗。其一写于1955年4月25日她生日前，老舍说她：“你总是为别人想，连通信的一点权益也愿牺牲。这就是你，自己甘于吃亏，绝不拖拉别人！”他称她“珊”，自署“克”，那是赵清阁根据勃朗特《呼啸山庄》改编的话剧《此恨绵绵》中主角安苡珊和安克夫的简称。后来的几封，老舍称她清弟、清阁，自称“舍”，浓密细致地嘘寒问暖，殷切之意，透出字里行间。

赵清阁终身未婚，1999年辞世。女人用情，往往太深太专，心无旁骛，至“一意孤行”。据说，她去世前烧掉了老舍给她的数十封书信。也罢，往事窖藏在心，最宜独斟自品，其中冷暖、浓淡、甘苦，唯有本人最能会意。旁人的言说，无论态度多么庄重，语调多么惋惜，终究都是隔靴搔痒了。

忧愁,你刻写在天花板的缝隙里,你刻写在我喜欢的眼睛里,你并非就是悲苦,因为最穷困的嘴唇也会把你显露……

吴宓:徘徊于两极

徐虹

日记就是一个人生活的残骸。魂魄已经出窍,活力归于僵化与黯淡。《吴宓日记》不然。它是一面知微见著的镜子,照出人性深层的优点和弱点。

《吴宓日记》起自1910年,止于1974年,前后历经半个世纪。其中前十册记录了他1910年至1948年的优裕、华丽、纷繁的生活——留美,与陈寅恪及汤用彤并称为"哈佛三杰";创办并主编《学衡》;钱锺书考入清华大学外文系成为他的得意门生,师生诗词唱和,等等。《吴宓日记·续编》后十册记录了他1949年至1974年的历程,不过他在文字中调子逐渐沧桑、沉郁,显得凄苦而无助,似乎被阴霾压得喘不过气来。

吴宓是一个严谨的学术大师,但他的婚恋生活令人不敢恭维。当年他著名的"三角恋"闹得众人皆知,令其生活变形、心灵不安,反反复复,持续多年。简言之:1921年8月,留美归来的吴宓与陈心一结为伉俪,但同时爱上陈心一的闺密毛彦文。情感断断续续,心绪时好时坏。陈寅恪对他看得透彻,说他本性浪漫,不过为旧礼教道德所"拘系",感情不得抒发,积久而濒于破裂。"犹壶水受热而沸腾,揭盖以出汽,比之任壶炸裂,殊为胜过。"

他终于离婚，但仍不得要领，用情于枝枝蔓蔓。内心复杂，断亦不能断，续亦不能续。如，他 1930 年 4 月日记中即对婚姻充满感伤，因写道："以往赏心乐事，都不曾知。及与心一结为伉俪，鲜结伴出游。只自幽居伤感。今已离婚，而旧事不可磨灭。即使有合意之人而再结婚，相偕来游，亦必为他人侧目指数，内心亦多伤悲，终难有快乐欢愉之一日。"

他苦追毛彦文多年，所作所为超乎常规、离经叛道，如，将给毛的情诗公开刊于报章，被其父指斥为"无情无礼无法无天"。其间又多愁善感，患得患失，反复无常。如，他在日记中，曾怀疑毛"曾被弃遗，情苗已枯"，甚至说"盖女子之嫁，多为经济之有人供给。苟性欲不强，必致失望"云云。

他与毛彦文的交往，日记中屡有"甚怒，甚悲，甚伤"之叹，也多次惹得毛彦文对其厌弃、怒极。然他对毛彦文的态度，最终得出结论："必由于一时气愤，或有意试探。其心固未尝绝我，甚且爱我也。"并回信说"确知女士痛苦，向我发抒，正是不自知的爱我之表示"，云云。其人偏执、天真，思虑多而无决断。令人哭笑不得！

当他的锲而不舍终于打动美人心，他又居然一改初衷，生活中出现了一个名叫贤的女性。他在日记中说贤"通嗜文学，趋重理想，性情和婉，对人坦挚，盖未有如贤者。使宓无彦，则必以贤为情侣而图谐婚配"。最终毛彦文一气之下别嫁他人，令他痛心疾首，却最终不知究竟是己负了人，还是人负了己。

他似乎一直活在诗世界而非俗世界。他曾在《吴宓诗话》之《诗人重精神而略形迹》一文中说："视敌为友，惟诗人能之……重精神而略形迹，故能无种界、无国界、无党界。良史执笔，对于本族本国本党犹多回护。诗人则但取其可爱可敬、可泣可歌，初不问其人其事对我之关系何若。”他评价莎氏戏剧:“莎士比亚生平未尝久在学校,而所著剧本,综贯天人,穷极物态,至理名言,层出叠见,阴阳消长之理,推考尤真……”他在书中世事洞明,然在现实生活中却迷失了。

善而拙,是他的本性,他在现实生活中踉踉跄跄、尚未准备好的时候,政治风潮又来了。吴宓在1966年日子显然越发不好过。他感慨年夜饭的冷清。他常遇一群儿童,被骂“吴宓老狗,我要砸碎你的脑壳”。他被抄家,因“宁肯杀头,也不批孔”而被打成“反革命”。他七十六岁时被架上高台示众,头晕眼花,被推下来跌断左腿,之后又遭断水断饭的折磨。

他在1966年一章日记中说:“下午2～6点,古典文学与现代文学教研组合并运动座谈会。某某二同志监临,命再作交代。而耿振华、田子贞、李维品、朱学兰、周显忠、范太前等发言,集矢于宓。”吴宓虎落平阳,继而完全跌入深渊——一个离经叛道的人也有获得尊重的基本权利,但是历史没有给他这些。1977年,吴宓生活已完全不能自理,终回到陕西老家成为一个没有人知道名字的普通农人,消逝而远去。

蒋经国一生苦追不上的女人

叶细细

蒋介石之子蒋经国一生也有苦追不上的女人，这样的女人该是何等姿色，有何过人之处呢？

据说这个女人名叫顾正秋，颇有些姿色，是唱京剧的青衣，扮相俏丽，也会昆曲，嗓音华丽，有“小梅兰芳”之称。

顾正秋平日少言，也不喜交友，更不闻政治，却万没想到，她之一生，会与政治如此纠结。

时间要退回到 20 世纪 40 年代末，顾正秋率领自己的剧团去台北的永乐戏院公演，准备演出完毕回上海。不料剧团刚抵台北上海就失守，全团 60 余人被困于永乐戏院，没办法只好一场戏接一场戏地演下去，持续四年半的时间，演了 84 出戏。

也是在这四年半的时间里，该发生的事情都发生了。

蒋经国成了永乐戏院的常客，他无比迷恋戏台上那个演绝代佳人的顾正秋，有时他会想象她就是白蛇，就是林黛玉，就是虞姬。美人总该配英雄的，而蒋经国觉得自己就是她的霸王。

蒋经国用尽心思追求顾正秋，顾正秋只是礼貌地应酬。那时，追求顾正秋的男人不知多少，有的甚至给她送一套日式豪宅，顾正秋的心思却在另一个人身上，那人是年轻有为的财政厅长任显群。

两个有权势的男人之争，结果任显群获得美人芳心，他与顾正秋很快结婚了。

顾正秋没有想到，婚姻会是他们灾难的开始。

失恋的蒋经国一怒之下，派人将任显群抓了起来，理由是任显群的叔叔是匪而他不报，他也就成了谍匪。任显群屈打成招，这一判就是五年。

看着新婚丈夫蒙冤入狱，顾正秋有苦没处诉。那时正是顾正秋事业的巅峰时期，但为了躲避这场横祸，她脱下华丽的戏服，不再唱戏，生活近乎幽居。戏是不唱了，她没有如外人预料那样，去国外，甚或离开任显群。她固守在台北，等任显群被释放的那天。那些日子，顾正秋几乎不见人，只在每个去监狱看任显群的日子，早早奔往，为他送饭。

后来的事实证明了顾正秋并不是个爱慕荣华的人。当年任显群与她结婚时，有权有势，可在他沦落到什么都没有时，她依然不离不弃。

任显群从狱中出来后，怕再生事端，索性与顾正秋一起逃到金山农场，顾正秋不再唱戏，任显群也不再从政。

金山农场是一个与世隔绝的地方，没有电话、电灯，住在茅屋里，任显群与顾正秋一起种草莓，做出口的草莓酱，那时他们的生活是简单的，与政治绝缘，没电影可看，也不听戏。

而顾正秋这个京剧名伶，头发蓬松，粗布旗袍，粗布长裤。在她摘草莓的那一刻，没有人想到，她会是几年前永乐戏院那个一笑倾城的美人，那时，她是达官贵人追求的对象，她唱的每一句戏文都惊艳绝伦。

人生真是无可预料，如果那年蒋经国没有爱上顾正秋，她会不会过的是另一种日子？也许她还在戏台上演着绝美的佳人，与任显群住在洋房里，有美丽的假日可度。但这种可能永远不会是事实。顾正秋的后半生，连人都很少见。

蒋英忆丈夫钱学森

佚名

蒋英和钱学森 1947 年结婚，在一起相处了六十二年，但他们的相识、相恋却有点奇特。

相恋

1923 年的一天，在北洋政府教育部任职的钱钧夫正在等待好朋友带着家人来做客。蒋百里，赫赫有名的军事家，因为对政治的失望，当时正在北京创办一个文学社。这次聚会他和夫人带来了五个漂亮的女儿，这让钱学森的妈妈很羡慕，并认了排行老三的蒋英做干女儿。

两家正式摆了一桌酒席，蒋英被接到钱家，并有了一个新名字——钱学英。四岁的蒋英在钱家只待了几个月，就闹着回家，因为十二岁的干哥哥钱学森不跟她玩。虽然他有很多玩意儿，口风琴、球，但他不会跟小妹妹玩，只是看着蒋英，逗她。

1929 年，钱学森在北平上完中学考上了上海交通大学，毕业后前往美国留学，在美国著名的麻省理工学院学习航空工程，一年后去美国加州理工学院攻读航空理论博士学位。

也就在钱学森去美国留学的第二年，蒋英陪父亲到欧洲考察，并留在德国，在著名的冯·斯东凡尔德贵族学校学习。1937 年，蒋英考进柏林音乐大学声乐系，并在一次匈牙利举行的国际歌唱比赛中获奖。

对蒋家这位漂亮而又有出息的女儿，钱学森的父母一直很在意，因为当年他们有约定，如果蒋英做不了他们的干女儿，大了就嫁给钱学森。

1947 年，在上海的钱钧夫给远在美国的钱学森写信，要他回来看看。他已经十二年没见到自己的儿子了，并且他还有一桩心事要了。

那年秋天钱学森回到上海，那时他已是麻省理工学院最年轻的终身教授，意气风发，很多家的父母都想把女儿介绍给他。知道蒋家和钱家私交甚密，有人甚至来托蒋英介绍。在蒋英为钱学森安排的一场相亲会上，一位富家女当面向钱学森表达喜爱之情，但钱学森当场拒绝了，因为在这次酒席上，他被儿时的玩伴蒋英深深吸引了。

几天后，钱学森应邀在母校上海交通大学举行一次学术讲座，蒋英一个人去听了。讲座结束后，钱学森突然提出送蒋英回家。

蒋英未置可否，却对他说："我这里有很好的唱片，给你挑一张顶好的、我喜欢的唱片给你放好不好？"钱学森说："不好不好，不用了不用了！"一下子，他们都静默了。

过了一会儿，钱学森对蒋英说："你跟我去美国好吗？"蒋英一听，觉着很吃惊，但是心里也有一些预感，便连声说："不行，我有男朋友了。"

钱学森并没有失望，而是毫不犹豫地说："我也有女朋友，但从这儿就开始，你的男朋友不算，我的女朋友也不算，我们开始交朋友。"

新婚

一个是年轻有为的留美博士，在航空理论领域崭露头角的科学家;一个是中国乐坛冉冉升起的歌唱明星,他们的结合让很多人羡慕,但却遭到蒋英姐姐的反对。据说在美国,别人给钱学森介绍了一个女朋友。有一天,钱学森去接女朋友参加一个聚会,等了很久,大家才看到钱学森一个人急匆匆地赶来,一问才知道,他在路上把女朋友给丢了。但蒋英没听姐姐的话,她佩服钱学森,认为有学问的人就是好人。六个星期后蒋英与钱学森在上海和平饭店举行了婚礼。

婚礼后不久,钱学森先回美国,一个多月后,蒋英独自到了波士顿和钱学森会合,在异国他乡开始了他们的新婚生活。

他们愉快地在一起吃早饭,钱学森泡了一杯茶,喝完,突然站起来向蒋英告别,说:“我走啦,晚上再回来,你一个人慢慢熟悉吧。”蒋英当时就很惊讶,这叫结婚啊?她第一天来呀!

人生地不熟的蒋英独自等待着钱学森回家,直到晚上五六点钟,夜色降临,钱学森才回来,还很客气地问蒋英吃什么饭。蒋英不会做饭,于是,他们就到外面吃了一顿快餐。然而一回到住所,钱学森就向蒋英说“回见,回见”,不等她反应过来,就拿了一杯茶到小书房里,门一关不见人了。一直到晚上 12 点他才出来。

就这样,从结婚的第一年第一天到以后这六十几年,钱学森天天晚上都是吃完晚饭,自己倒一杯茶,躲到小书房里去看书,从来没有跟蒋英聊天,更没有邀请朋友来玩。

1949 年,蒋英跟随丈夫来到美国西部美丽的城市帕萨迪纳市,著名的加州理工学院就在这里,钱学森曾在这里攻读航空理论博士学位,而这次他是应聘加州理工学院正教授,并出任学院的喷气推进实验室主任,他那喜欢交际的恩师冯·卡门也在那里。在美籍华人作家张纯如撰写的钱学森传记中,这样描述当时的蒋英:她见多识广、美丽大方,加上一副好歌喉,加州理工学院优秀的男性全对她着迷不已,他们甚至说，我们全都爱上了钱太太！

归国

有了蒋英的陪伴，钱学森也变得很乐观，学术上也迎来了高峰。他先后提出火箭旅客飞机概念和关于核火箭的设想，震惊了科学界。而那时的美国，正在掀起一场反共风潮，成就显著的钱学森也遭到怀疑。1950 年春天，钱学森决定回国，因为他的祖国正在发生着巨变。

启程回国前，钱学森特意前往华盛顿的五角大楼，当面向美国海军部次长金贝尔说明回国的理由，钱学森的决定让金贝尔异常惊慌。对于美国军方来说，钱学森知道得太多了。

不久，钱学森在海关的行李被扣押。随即，美国联邦特工拘捕了钱学森，关押了十五天后才将他释放，并告知他不能离开美国，同时规定，钱学森的活动只限于居住地 30 公里范围内，并要按时去移民局签到。

在被软禁期间，钱学森的住所被监视，电话也被监听。钱学森消失在公众视野里，和蒋英过着平淡的生活。有时，他们会带着孩子去附近兜风，会一起到菜市场买菜。对于妻子蒋英来说，这是丈夫在家待的时间最长的时期。他们一起买菜、洗菜、切菜，最后由钱学森掌勺。

寂寞地等待五年后，在中国政府的帮助和斡旋下，钱学森一家踏上了回国的旅程。火箭专家回到红色中国成为当时轰动美国的消息，受尽屈辱的钱学森对美国记者说："我回去将竭尽全力和中国人民一道，让中国人过上有尊严的生活。"

“燕双飞”

回到国内，钱学森就带着蒋英和孩子去上海看望父亲，这是一家三代的第一次聚会，每个人的脸上都带着笑容。但是，蒋英却不知道，自己的丈夫将要参加一项最高机密的工作。

钱学森自第一天开始到最后，从来没有对蒋英谈过一句他的工作，蒋英从来不知道他在做什么事。他从外边回来，穿着大靴子，穿着大皮袄，蒋英只知道他是到西北去了。作为中国导弹研制的技术领导人，近三十年里，钱学森肩负了很大的压力，那时，他经常神秘失踪很长一段时间，家里的事情全靠蒋英。

1991 年，钱学森获得“国家杰出贡献科学家”的荣誉称号，这是一个巨大的荣誉，在盛大的颁奖仪式上，钱学森表达了对妻子的感谢。

作为和钱学森相伴六十二年的妻子，蒋英的内心有一个愧疚：“他很懂美食，可惜他没这个条件，一辈子没吃过美食，至少是很少。我很可怜他，因为我不会做美食。”

少年时候，蒋英和钱学森曾在两家的聚会上合唱过一首《燕双飞》，这似乎预兆了他们以后相伴的人生：一起经历荣耀，一起经历苦难，在温馨中慢慢老去、默默离开……

有些爱永不褪色

汤小小

十九岁那一年,因被占领波兰的德国纳粹分子怀疑是“抵抗战士”,他被关进了奥斯威辛集中营。

在这里,他认识了一个犹太女孩。女孩有大大的眼睛,乌黑的头发,父母和两个哥哥被赶进二号集中营的毒气室里,被残忍地杀死。而她,被赶进仓库做繁重的体力劳动。

在那样艰难又危险的条件下,第一次见面,她居然冲着他友善地笑了一下。

正是这一笑,拉近了危难中两个人的距离,从友谊到爱情的过渡,那么自然,又那么炽烈。

有了她,他再也不想在这个“死亡工厂”待下去,他要带着她逃离,在自由的角落,快快乐乐地在一起。

他从在制服仓库劳动的狱友那里秘密得到了一套纳粹军官服装和一本通行证,一个绝妙的计划立即在他脑海里酝酿。由于担心警卫认识通行证的真正主人,他把证件上的名字做了巧妙的修改。

一切都准备妥当,他才轻描淡写地对她说:明天会有个军官找你问话,而那个军官就是我。

第二天,他穿上那套制服,走进她正在劳作的地方,和警卫打过招呼后,用手指了指她,她站起来,低着头,紧跟着他的脚步,快速走了出来。

他们一直走到大门口,他把通行证交到警卫的手里,等待检阅。

这个过程是如此漫长,生与死,天堂与地狱,全捏在那个拿着通行证的警卫手里。他们紧张得呼吸都要停滞。

仿佛过了一个世纪,警卫挥挥手,示意他们可以出去了。

一直走出很远,他们的心还咚咚跳个不停,感觉随时都会有一颗子弹从身后射过来,毫不费力地结束他们的生命。

好在一切顺利。他们终于成功逃出了黑暗无边的集中营。

等待他们的,却是更艰难的考验。他们需要在丛林和树林里穿行,还要蹚过一条又一条的河,河水太深时,他就会体贴地把她抱起来。

即使有他照顾着,她还是日渐虚脱,几乎看不到生还的希望,她怕连累了他,推着他离开,大声嚷着不要管她。

他说:我会和你一起走下去!

经过了九个晚上的摸黑前行,他们终于抵达了距离克拉科夫市不远的家里。

失散四年的儿子还好好地活着,母亲激动得涕泪长流,但是,她是虔诚的天主教徒,她不同意自己的儿子和一个犹太女子结婚。

他不想让母亲伤心,更何况,战乱不断的大环境下,他们随时可能再次被德军抓走。为了减少被抓的概率,他决定和她分开一段时间,等战争结束了再结婚。

他把她隐藏在老家附近的一家农场里,而他,则躲进了克拉科夫市里。

临别的前一晚,他们坐在梨花树下紧紧相拥,她把头枕在他的腿上,默默流泪。这是多么宁静的画面,而这样的宁静,是他们一直渴望的。

他捧起她的脸,像捧着一颗熠熠发光的钻石。他发誓,战争一结束,立即回到她身边,再也不让她受任何的委屈。

离开她的日子,他夜夜都在思念中度过,想着她的音容笑貌,他的心就软成天上的云,再多的苦都不觉得。

思念中,终于等到前苏联红军赶走德国纳粹军队的好消息,他欣喜若狂,一刻钟都等不及了,连夜赶了四十里的雪路。一想到马上就要见到她,他忘却了冷,忘却了疲惫,终于在凌晨时分回到了她藏身的农场。

可是,她却不在,四天前,她就离开了农场。

三个星期前,农场就解放了,她望眼欲穿,一直苦苦地等着他回来接她,实现娶她为妻的承诺。

在无助的等待中,她一颗滚烫的心渐渐冷却,她以为他已经因为战争而死去,或者,已经将她忘记,再也不愿兑现曾经的誓言。

无论是哪一种,她都没有再等下去的必要。

于是,带着满心的悲伤,她登上了开往波兰首都华沙的火车。

时间是一把无情的剑,毫不留情地斩断了两个痴心相爱的人之间所有的讯息。她嫁给了别人,而他,在经历过一段艰难的寻找后,终于心灰意冷,另娶她人。

虽然已经各有家庭,但思念,像疯长的野草,一刻也不曾停歇。

在丈夫去世七年后,她依然乐此不疲地对别人讲她和他的故事。

那一次,当她对家中波兰籍的女佣讲起他们的故事时,女佣大吃一惊,说:我知道这个故事,我曾经在波兰电视台看过一个小伙子带着犹太女友逃出奥斯威辛集中营的故事。

像一颗炸弹在心里轰然炸响，她这才知道，原来他一直没有忘记她，原来他曾经费尽波折地找过她！

自己爱的人，也一直惦记着你，这是一件多么幸福的事！这一次，她再也不要错过！

经过一番波折，她终于知道了他的电话号码，电话接通的那一刻，她的声音回复到三十九年前的青春明亮，她说：我是你的小齐布尔斯卡！

电话那头，他放声大哭。

被时间无情捉弄了三十九年之后，已是暮年的他们终于再次见面。他手捧三十九朵鲜艳的玫瑰，每一朵，都代表他思念她一年。

可是，他们却不能相守，因为他已有妻子儿女，他要对他们负起应尽的责任。

她流泪，却没有阻拦他离开的脚步。她爱他，所以不希望他面对两难的选择，毕竟，时间已经改变了一些东西。

只要他幸福，她别无所求。

他说：那是一种伟大的爱情，我爱她！战后我时常梦见她，醒来后便止不住哭泣。虽然命运如此，但如果历史重演的话我依然会那么做。

他叫别莱茨基，她叫齐布尔斯卡。他们是唯一从奥斯威辛集中营的大门逃出来的“犯人”，为了爱情。

爱她至死的浪漫

采薇

1936年6月18日,高尔基死在一个女人的怀里,她是高尔基的秘书兼情人穆拉,同时也是斯大林安插在高尔基身边的契卡(秘密警察)。半个多世纪后,穆拉也死去,留下的秘密材料表明,高尔基死前吃了一颗含毒的糖。

“如铁红颜”迷倒“痛苦海燕”

1919年,五十一岁的马克西姆·高尔基住在彼得格勒,此时的他已经写出名篇《海燕》等,作为无产阶级现实主义文学的奠基人,享有了世界声誉。然而,当时的高尔基正处于痛苦之中。十月革命胜利之后,许多知识分子和平民都遭受迫害,高尔基本人也开始受到监控。此外,他的健康状态也不佳,他的第一任妻子因为怕受牵连跟他离婚,第二任妻子和他的感情也接近崩溃。

有一天,朋友说替他找秘书的事有了结果,朋友带来一名叫玛丽娅·安德烈耶夫娜,昵称为穆拉的女人。穆拉会多国语言,她的丈夫刚被迫害致死,她对知识分子满含同情。高尔基仔细打量穆拉,二十七岁的她,美得如一幅画,气韵深沉如一首诗,于是他将她留下。

穆拉既智慧又勤劳,性格沉稳,相处不到两个月,高尔基就不可遏止地爱上了穆拉。但高尔基不懂浪漫,他压抑着不去惊扰她的内心。

1920 年 9 月,他的朋友,英国著名作家赫伯特·威尔斯来到彼得格勒,帮助高尔基从契卡手里捞人。威尔斯同样喜欢上了穆拉。高尔基有些着急,生怕穆拉被他打动。于是高尔基跟妻子捷克特莉娜说,他们该结束名存实亡的夫妻关系了。捷克特莉娜同意了。再次进餐时,高尔基当着威尔斯的面,请求穆拉坐到女主人的那个位置上去。穆拉没有表现出太大的震惊,她镇定地走到那个位置上,无言坐下。高尔基进而跟穆拉求婚,但穆拉却委婉拒绝,她认为谈婚论嫁为时过早。

就这样,穆拉成了高尔基的情人。从未为女人写过小说的高尔基,决定写一本史诗般的巨著献给穆拉,他将书名定为《克里姆·萨姆金的一生》,在书中充满对与穆拉执手偕老的憧憬。

八年梦醒惊闻红颜是卧底

很快,穆拉表示想念她留在家乡爱沙尼亚的孩子,要回家去探望他们。由于当时苏维埃共和国跟爱沙尼亚不通往来,她从芬兰湾偷越边境。

1920 年 1 月,突然传来穆拉被边防军抓获的消息。高尔基亲自前往莫斯科营救,甚至找到包括列宁在内的许多领导人。得到的答复是:如果他不离开俄国,穆拉就得不到释放。1921 年,高尔基带上被释放的穆拉以及大家庭,前往意大利的索兰托定居。

在异乡,穆拉显得比在国内轻松快活许多。她甚至回爱沙尼亚接回两个儿子,让他们和高尔基朝夕相处。1925 年,穆拉对高尔基的态度突然发生变化,她将两个儿子送回爱沙尼亚,自己也在那里停留了相当长一段时间,其间她给高尔基写信,说要跟他分手。高尔基千呼万唤才将穆拉拉回,但此后他们的关系始终不能恢复到从前。

1928 年夏天,穆拉又消失了,高尔基决定前往爱沙尼亚去找她和孩子们。但是当高尔基按照信封上的地址找到穆拉的家时,那里没有穆拉,也没有孩子。高尔基还弄清楚一个惊人的事实:孩子们的父亲罗卡特并没有死,他现在定居于英国。更大的打击是,等高尔基从爱沙尼亚赶回时,他的许多手稿、档案以及跟各国名人往来的书信,全都失踪了。他的前妻告诉他,穆拉回来过。

种种迹象表明,这是有关部门为控制他而精心策划的布局,穆拉极有可能是契卡。高尔基感到切齿之冷,他一病不起。此时列宁已经去世,斯大林执政,他想建立能控制全国作家的作协,于是多次派人探视高尔基,并动员他回国当作协主席。高尔基回到国内,可是他很快发现这一切不过又是一场思想大清洗的前奏。斯大林还要高尔基为他写一本歌功颂德的传记,高尔基的周围布满了特工,但他拖延不写。

1935 年,在斯大林的授意下,契卡们让高尔基的儿子死于非命。遭此重创,高尔基的精神状况急转直下。1936 年 6 月 1 日,他到墓地探视儿子,回来便开始咳嗽发烧。

爱她至死的浪漫

6 月 3 日,高尔基迷糊中听到有人呼唤自己,是穆拉正在他床前忏悔。原来,出生于爱沙尼亚的穆拉,很早就被培养当特工,十月革命后,她跟丈夫罗卡特潜入苏维埃共和国活动,但被契卡抓获。契卡看她有倾国倾城之貌,又会多国语言,便以罗卡特的性命为要挟,要她去色诱高尔基,掌控其一切动态。

穆拉不想两个孩子同时失去双亲,于是答应了。接近高尔基后,她一切按计划行事。但长期相处,她看清并感动于高尔基对她的深情，她更震撼于他的伟大人格，她爱上他了。这让她很痛苦，因为契卡仍在跟她联系。

1924年，列宁去世，契卡终于释放她的丈夫。穆拉认为离开高尔基的时机到了，她假装回爱沙尼亚，并给高尔基发出了分手信，但在反复纠缠中，她跟高尔基走到1928年。此间，穆拉因提供的情报越来越没有价值，已经被契卡怀疑。1928年夏，当高尔基到爱沙尼亚找她时，身在英国的穆拉知道事情再也瞒不住了，也知道一旦她彻底从高尔基身边抽离，契卡可能采取极端手段。于是她飞回意大利，将高尔基不利于苏联政府的书稿和信件全都带走，从此隐匿。为此付出的代价是，契卡潜入英国让罗卡特死于非命。穆拉从此隐姓埋名，在孤寂的日子里，整理出高尔基长篇巨著《克里姆·萨姆金的一生》的前两卷。

1936年6月初，隐藏在英国的穆拉，从国际间谍嘴里得知高尔基遭遇丧子打击而病倒，再也无法保持沉默。她想向他解释一切，于是又回到他身边。但同一时间，斯大林愤怒于高尔基对他的蔑视，想借这次病危不留痕迹地将他除掉。契卡们见穆拉不请自来，马上想出毒计。6月3日，特工头目给她几颗糖果："要么你把它吃下，但高尔基还是要死。要么你让高尔基吃下，你可以活。"穆拉没想过可以活着离开，可为了拯救高尔基，她接下那些糖果，好拖延时间。

6月8日，斯大林亲临高尔基病床前，表示慰问。6月13日和17日，斯大林又接连两次来探视，高尔基精神一天比一天好转。斯大林离开后，穆拉再次被训话，说这是领导人最后一次来探望了。穆拉认为如果不制造点事端，引起关注，高尔基马上就会被无声无息地杀死。当时高尔基身边有两个值夜班的年轻医生，穆拉于是将糖果倒在卧室里的一个盘子里，想诱惑他们将糖果吃掉。但她万万没想到，主治医生雅戈达也是个契卡，18日凌晨2时左右，他趁她支撑不住睡去，哄骗半夜醒来的高尔基将糖吃下。高尔基马上心力衰竭,穆拉大哭着抱住他。2 时 30 分左右,高尔基停止呼吸。

穆拉后来成功逃离前苏联,隐居英国。多年之后,俄国作家尼娜·别尔别洛娃推出穆拉的传记《如铁红颜》。这位作家说道:"这段爱情看起来什么都有,唯独没有浪漫。可是,对于高尔基,爱伊至死就是最大的浪漫。对于穆拉,成功活下来,也是一种浪漫。"

她将他的情书带进坟墓

吕云

初遇:泰勒对伯顿的第一印象并不好

理查德·伯顿是矿工的儿子,在英国长大。他从来没有接受过演员的专业训练,却成为好莱坞最能胜任古典角色的演员,也曾是好莱坞片酬最高的演员,代表作有《哈姆雷特》《埃及艳后》《仲夏夜之梦》等。伯顿多次获得英国电影最高奖——BAFTA(英国电影与电视艺术学院奖)、金球奖等奖项,也曾 7 次获得奥斯卡提名(其中六次是最佳男演员提名),最终却未能戴上影帝桂冠。

伯顿是家里十三个孩子中的第十二个,两岁时母亲因难产去世,他是姐姐和姐夫一手养大的。少年时代,伯顿不仅展现出在橄榄球、板球和乒乓球上的运动天赋,还展现出英语语言文学方面的天赋。

20 世纪四五十年代,伯顿开始在英国的舞台崭露头角。在片场,他总是随身带着一个大包,包里塞满了书,有小说、字典、《莎士比亚全集》、历史书、传记等,还喜欢玩字谜游戏。他有着超常的记忆力,只要是莎翁的著作,随便起个头,他便可以接着一字不差地背上几分钟。伯顿对于语言的热爱到了痴迷的程度。他曾说过这样一句话:“语言而非爱情是我生命中最重要的事。没有其他任何东西可以取代。”他说这句话时，深爱他的痴情女子泰勒就站在他身边，眼泪汪汪。

1949 年，伯顿与女演员西比尔·威廉姆斯结婚，婚后育有两个女儿。

1952 年，伯顿转至好莱坞发展。在一个派对上，二十七岁的伯顿和二十岁的泰勒首次相遇，其时，泰勒已怀了第二任丈夫威尔丁的孩子。多年后，伯顿坦承他第一次看见泰勒就为这个“尤物”所惊艳，“我想不出什么词来形容这个如此凹凸玲珑的尤物”。他甚至用“丰饶、慷慨”这样文绉绉的词来形容泰勒。但泰勒对伯顿的第一印象并不好：“他显得很自我。我记得他一直不停地在说话，我就冷冷地打量着他。”

热恋：“我们一定会白头到老”

1963 年，三十八岁的伯顿和三十一岁的泰勒首次合作，分别出演《埃及艳后》的男女主角，随即发生婚外情，这成为当时最轰动的桃色新闻之一。

在片场见到泰勒，伯顿劈头就问：“有没有人告诉过你，你是一个非常漂亮的女孩？”泰勒后来回忆道：“我告诉自己，哦，天哪，这就是那个情圣、伟大的威尔士知识分子、风趣幽默的代名词，一开口却说出这句话。”他们首次搭戏，伯顿显得很紧张，浑身发抖，老忘词，泰勒不得不安抚他，为他提示台词。很快，两人就爱得形影不离。伯顿在日记中毫不避讳地写道：“伊丽莎白是世界上最完美、最让人狂野的情人。”伯顿的妻子西比尔看出伯顿此次不是逢场作戏，一气之下离家出走，到了瑞士。

伯顿狂热地爱着泰勒，他曾对外界说：“伊丽莎白一直对自己会不会变成瘸子忧心忡忡,因为她的腿经常毫无知觉。有一天，她问我，假如她从此只能在轮椅上度过残生,我还会不会爱她? 我告诉她,我根本不关心你的腿怎样,不在意你的胸部下垂得有多厉害或者牙齿变得又黑又黄。无论如何,我太爱这个女人了。”

1964 年 3 月 15 日,伯顿不顾家人的反对,和刚离婚不到十天的泰勒走到一起。找到了真爱的泰勒无比乐观地说:“我太高兴了。我们一定会白头到老。”然而,她过于乐观了。

聚散:我们就像来自不同星球的人

伯顿出生于 1925 年 11 月 10 日,是感情炽烈的天蝎座男子。泰勒出生于 1932 年 2 月 27 日,是情感丰沛的双鱼座女子。天蝎与双鱼之间存在致命的吸引力,号称天生一对。事实也证明,泰勒和伯顿是好莱坞最激情澎湃、最变幻无常的一对情侣。他们十分相爱,但是却因各自太强的个性而无法平静地生活。

两人合作了 11 部经典电影,整整纠缠了二十多年。两人在十年后离异,但是,仅仅十六个月后再度复合,在非洲的博茨瓦纳秘密结婚。

在一封第一次闹分手后写下的情书中,伯顿承认他没能成为一位完美的丈夫,但他相信,爱能战胜一切,“你肯定知道我有多爱你。你肯定也知道我对你有多糟糕。但是最根本、最残酷、最自私、最具有杀伤力并且不可改变的事实是,我们完完全全地误解了彼此。我们两人就像来自不同星球的人,交流不在同一波段。我爱你,我会永远爱你。请你尽可能快地回到我身边。”

然而,两人复婚后,不到一年却又再度分手。“我们爱得太激烈,最终我们两个都筋疲力尽了。”伯顿这样形容他和泰勒之间的关系。

怀念:他们从未真正忘记对方

伯顿和泰勒离婚之后各自又结过两次婚,但他们从未真正忘记对方。伯顿的弟弟曾说过:“伊丽莎白是理查德生命的一部分,理查德没办法离开她。理查德携他最后一任妻子萨莉与伊丽莎白和她那时的未婚夫见面时,还在桌子底下紧紧握着伊丽莎白的手。”

“我们的爱实在太猛烈了,以至把对方都灼得体无完肤。”分手多年后,伯顿依然如此告白。

而在伯顿去世后,已经古稀之年的泰勒仍然深深怀念着他,她说:“理查德从各个角度完美地诠释了‘高贵’这个词的真正含义……他是最和善、最有趣、最温柔的父亲。我的孩子都很崇拜他。”

有趣的是,人人都说泰勒是世界上最美的女人,伯顿却表达了不同意见,他说,尽管泰勒拥有“迷人的眼睛”,但是把她称作世界上最美丽的女人“绝对是胡说”。伯顿指出泰勒的不完美之处:她有个双下巴,胸部过于丰满,而且,还腿短。

1968 年,伯顿的兄长伊弗因与伯顿长时间喝酒后滑倒而跌断脖子,此后一直瘫痪,直到 1973 年去世。伯顿一向敬重这位比自己年长十九岁的大哥,他为这次意外深深自责,之后开始酗酒,在伊弗去世后更甚,每天要喝三瓶伏特加烈酒。

伯顿是个失眠症患者,还是个抽烟狂,一天平均抽 3 ~ 5 包烟,不良嗜好严重损害了他的健康。

1984 年,五十九岁的伯顿在位于瑞士的家中死于脑溢血。在此之前,他的肝脏和肾脏都出了问题,饱受病痛折磨。

她将他的最后一封情书视作宝贝

二十七年后，同样饱受病痛折磨的泰勒终于追随一生中的真爱而去。在泰勒的随葬品中，有来自伯顿的最后一封情书，是 1984 年 8 月 2 日伯顿逝世前三天所写。当泰勒参加完伯顿的葬礼后回到家时，她发现了这封信。这也是伯顿写给她的 40 封情书中，唯一一封她没有在自传中披露的信。据称，在信中，理查德表达了希望复合的愿望，他说与泰勒共处的时光是他一生中最快乐的时光，而伊丽莎白在的地方就是家，他想要回家。多年以来，她一直将这封信视作最珍贵的宝贝，并将它置于床边。

伯顿和泰勒热烈相爱时曾讨论过死后葬在一起。不过，伯顿的遗孀萨莉破坏了他们的这一梦想。她买下了伯顿旁边的墓地，并立上一块横跨两块墓地的大墓碑，显示了自己的主权。

如果没有薇拉，我们今天不可能读到《洛丽塔》。

薇拉必须在场

望月

为爱出逃

1923年春天的一个夜晚，德国柏林侨民募捐假面晚会正如火如荼地进行。和作家纳博科夫搭档的是一个戴着黑色狼面具的女孩。女孩一边跳舞，一边娓娓评述着他的作品。

这个神秘女孩是大名鼎鼎的出版商谢伊·斯洛尼姆的女儿薇拉。一次，薇拉无意中看到纳博科夫的样稿，立刻被他犀利的文笔所吸引。在募捐晚会名单上看到纳博科夫的名字时，她便极力说服父亲带她参加。

纳博科夫被她深深迷住。三个星期后，他专门发表了一首诗，纪念与她相识的那一晚。他还调查到她的姓名和地址，大胆地给她写信。再次见面时，纳博科夫却失望了。他发现，薇拉有极强的控制欲。

就在纳博科夫决定摆脱这段情感时，薇拉提着行李出现在他的住处。没等纳博科夫开口，她就掏出一把枪，说如果他不接受她，她就没了去处。原来，薇拉为爱出逃，和父亲闹翻了。

纳博科夫接受了薇拉。婚后，薇拉当起纳博科夫的秘书和经纪人。她不停地给他敲出书稿，代他和别人通信，把纳博科夫不愿意来往的人挡回去；她与出版社谈合同，说服出版商做出让步，提高稿费，而他只需要签上自己的名字或写上“同意”二字。后来，她还当起了丈夫的编辑，参与修改文章，还建议丈夫把《叶夫盖尼·奥涅金》译成英文。

为了防止“坏人”靠近纳博科夫，薇拉对丈夫实施了严格的“管理”，监督他的日常生活。看着朋友相继离去，纳博科夫痛苦不堪。为了宣泄不满，他把小说中的妻子们描绘成只会把美好事物扼杀在萌芽中的恶魔。

决斗情敌

1940 年 2 月，薇拉前往柏林处理一起官司。脱离了妻子的视线，纳博科夫像一匹脱缰的野马，写作之余不断参加各种聚会。

没多久，一个叫伊琳娜的女孩闯进纳博科夫的视线。一头金发的伊琳娜充满激情，言语中带着幽默，更让纳博科夫惊讶的是，她对他的作品有独特的鉴赏力。

伊琳娜的出现，让纳博科夫多情的细胞又活跃起来。他不停地给伊琳娜写信，倾诉着对她的思念。纳博科夫还和盘托出被妻子监管的“不幸”。伊琳娜的回信让他备感欣慰：她可以代替薇拉担负起照顾他的责任，还可以给他自由的生活。没过多久，两人的关系有了实质性的进展。

纳博科夫向薇拉承认了自己的新恋情。薇拉伤心不已，找到伊琳娜，要和她像骑士一样进行决斗。伊琳娜接受了战书，答应如果她在较量中失败，就不再纠缠纳博科夫，而如果薇拉战败，必须在一个月内和纳博科夫离婚。

决斗的日子选在6月12日，地点定在象征浪漫爱情的埃菲尔铁塔。

这天，薇拉给纳博科夫留下了一封信和离婚协议书：如果她晚上六点之前还没回来，就不用等她，他可以拿着离婚协议书办理离婚手续。

在埃菲尔铁塔下，薇拉和伊琳娜开始了唇枪舌剑。薇拉指责伊琳娜鸠占鹊巢，而伊琳娜指责薇拉让纳博科夫失去自由。两人举起了手枪。就在这时，纳博科夫出现了。

薇拉把枪瞄准纳博科夫，旋即开枪。伊琳娜尖叫起来，纳博科夫却完好无损。原来，薇拉的子弹不是真的，她并不想杀死伊琳娜，更不会对丈夫下手，只是想告诉纳博科夫，如果真的到了不可挽回的地步，她会成全他。伊琳娜震撼了，选择了悄然离开。

完美拼合

日子恢复了平静，薇拉开始带着纳博科夫和出版商谈判，出席各种宴会。《洛丽塔》的出版改变了他们的生活。

《洛丽塔》完成后，纳博科夫几次以“这是一个肮脏的精灵”为由要焚烧掉书稿。薇拉抢回书稿，瞒着纳博科夫联系了出版商。美国《纽约客》杂志和维京出版社等以这是一本“黄书”为由拒绝。一连串的打击，激起了薇拉的斗志。她把样书送到英国文学泰斗格里厄姆·格林手里。格里厄姆在《周日泰晤士报》上将《洛丽塔》评为法国1955年三本最佳小说之一。

“不是薇拉的执着，读者不可能看到这部惊世骇俗的著作。”媒体开始改变对薇拉的看法，认为她是上天赐给纳博科夫的最好妻子和秘书。纳博科夫这才发现,在妻子霸道管理的背后,藏着深深的爱。

凭借着《洛丽塔》,纳博科夫迅速走红。在薇拉的帮助下,他相继完成了《苍白的火》《艾达》。1967年夏天,一位美国读者发现纳博科夫和妻子在意大利度假。纳博科夫情绪高昂,正顺着一条山中小径往下走,拿着捕蝶网。纳博科夫这个痴迷的蝴蝶专家发现了他苦苦求索的一种稀有蝴蝶,马上转身回去找妻子一起来,因为他觉得"薇拉必须在场"。

1975年,一场大病袭击了纳博科夫。在最后的岁月里,他决定以妻子为原型创作一部小说,书名定为《劳拉的原型》。经过两年间断的写作,他终于完成初稿。临终前,纳博科夫改变主意,嘱咐薇拉毁掉一切手稿。然而薇拉下不了手,悄悄地将这部作品锁进瑞士银行的保险箱。

1977年的一个早晨,薇拉像往常一样叫纳博科夫吃早饭,发现丈夫已经离她而去。她伤心地对儿子说:"我们去租一架飞机掉下来吧。"

1991年4月,薇拉追随纳博科夫而去。她留下遗嘱,要把骨灰加入到纳博科夫的骨灰中。纳博科夫墓碑上的字变成了"弗拉基米尔·纳博科夫和薇拉·纳博科夫"。至此,死亡把他们圆满地拼合,实现了纳博科夫的遗愿:薇拉必须在场。

猫王还没有横行的时代，卡拉斯就是无法攀越的阿尔卑斯山脉。希腊诸神将阿芙箩黛缇的美貌，海妖塞壬的魔力嗓音都赐予了她。她因扮演《茶花女》中的薇奥莉塔而成就了歌剧女王的称号，又因卷入20世纪最惹人注目的三角恋情而成为了现实中的悲剧明星。

声名就像没有边际的海洋，深不可测却又暗藏凶险。谁会是永远的明星呢？

她的一生就是一场活生生的希腊悲剧，她就是玛利亚·卡拉斯。

为歌而生　为爱而死

桑吉纳言　双弦

卡拉斯的一生，除了唱歌，就是寻爱。

为歌唱而生

缺乏爱或许是卡拉斯内心孤独的源头。她出生于纽约一个希腊移民的家庭。从小伴随她成长的就是贫穷和流浪。一次次的搬迁，一次次的逃亡，使得这个本就孤独的孩子变得越发坚强而沉默。卡拉斯的母亲一直不喜欢她，发现了她的音乐天赋后，卡拉斯彻底成了母亲经营的一项投资。有投资自然要索取回报，在我们所知道的众多卡拉斯的早期录音里，大部分都是这位一心向往财富、名望的母亲严厉督促的结果。这种压榨式的演出录音和试演安排，使卡拉斯在十三岁时就被迫离开了学校。

她彻底成了一个为歌唱而生的人。年少时的阴影使得成名多年后的她都无法摆脱这种来自母亲和工作的压迫感。

如果我是歌喉，他便是灵魂

尽管卡拉斯曾这样评价她的丈夫梅内吉尼："没有他在场，我没法唱歌。如果我是歌喉，他便是灵魂。"但这更像是一位雇主在评价一个经纪人。1949年，二十六岁的卡拉斯用歌声征服了世界的同时，也顺便征服了比她大三十岁的意大利工业大亨梅内吉尼。他是卡拉斯的忠实粉丝，像爱歌剧一样忠诚地爱着卡拉斯。于是卡拉斯慌忙地投向了她一生唯一的婚姻。

这次结婚与其说是爱情的结晶不如说是一次冲动的游戏。从小缺乏父爱的卡拉斯一直希望在歌唱外能寻找到属于一个普通女人的生活，而年长她许多的梅内吉尼从某种意义上来说满足了她深埋心底的恋父情结。

长期徜徉于生意场的梅内吉尼是个天生的经纪人，办事效率极高，他似乎天生就知道如何去成就一个人、一个明星。而这一切都是当时还是小歌手的卡拉斯所需要的。

他四处为她签下演出合同，让她的歌声从一个歌剧院飘到另一个歌剧院，他们旅行演出从一个城市到另一个城市。在梅内吉尼的精心安排下她一步步地向顶峰迈进，随着名声的高涨她的演出酬劳也越来越高。在20世纪50年代，她美丽的身影吸引了众多媒体的目光，她的玉照经常出现在各大时尚杂志的封面上，风头甚至盖过了电影明星伊丽莎白·泰勒。在她声名全盛的时代，伊夫·圣洛朗、可可·夏奈尔等著名设计师都曾争相向她献出自己的最新设计。而来自世界各地的演出预约也让她应接不暇。为了维持神话女高音的形象，梅内吉尼甚至不让卡拉斯生孩子。

在这场婚姻里，卡拉斯攀上了她事业的巅峰却没有找到属于普通女人的爱情。她仍是从前那个孤独的玛利亚，只会唱歌的玛利亚。

有一种诱惑叫爱情

卡拉斯三十五岁生日那天，早、中、晚三次演出都收到一大束红玫瑰，花中附着用希腊文写的美好祝愿，署名一次比一次简单，最后干脆匿名。送玫瑰的男人是希腊船王奥纳西斯。他用纯金、宝石和世界名画打造了一艘名叫“克丽斯蒂娜”的游艇，各国政要名人都以被邀请上“克丽斯蒂娜”号为荣。

突如其来的爱情就像一个巨大的海上旋涡，轻而易举吞没了卡拉斯。卡拉斯全然不顾梅内吉尼的央求和警告，毅然登上了奥纳西斯的“克丽斯蒂娜”号。然而，这只是一次有预谋的爱情游戏。在米兰，陷入了记者重围的船王奥纳西斯如此宣布这段感情：“当然，像玛利亚·卡拉斯那样一位有名望的女人爱上了我，怎能不使我感到荣幸呢？”

尽管奥纳西斯曾许诺和卡拉斯结婚，但他没有兑现诺言。对这个拥有许多轮船和无数财富的男人来说，歌神卡拉斯是一种兴奋剂。

因爱而死

陷入爱情后，卡拉斯断然减少了录音和演出次数，她的嗓音变得越来越糟。一次演出中，她居然跑调了，高音唱不准、破音、倒嗓、失声的窘况频频发生；她辛苦建立的名声，像多米诺骨牌一样倒了下去。她却淡然地说：“我不能同时为两个主人服务，我所要的只是同奥纳西斯在一起，做他的妻子、女人和情妇。”

然而，这样的梦想注定是要破灭的。

当奥纳西斯与妻子蒂娜离婚时，卡拉斯曾喜出望外。但紧接着的是和地中海一样深的沮丧。四十三岁那年，卡拉斯发现自己怀孕了。她想用这个孩子抓住船王，船王却警告她，如果她不顾一切生下这个孩子，就意味着他们关系的终结。卡拉斯陷入了疑虑、恐惧和混乱。最后，她舍弃了孩子。

也是这一年，奥纳西斯结识了杰奎琳·肯尼迪。为了迎接新的女王，他告诉卡拉斯，她不能再待在“克丽斯蒂娜”号上了。卡拉斯被船王请下了船。

1968 年 10 月，奥纳西斯和杰奎琳·肯尼迪正式结婚。卡拉斯视为生命的汹涌爱情，被船王任命的新一任女王一抬手就击败了。这件事彻底摧垮了她的心灵和肉体，她的嗓子倒了。

灰飞烟灭的爱情

然而一向精明的奥纳西斯最终还是没有算清那名声与婚姻的账目，婚后不过几个星期，他就出现在卡拉斯的巴黎寓所门前。在前妻自杀和儿子意外死亡之后，奥纳西斯变得非常脆弱。而和杰奎琳的婚姻注定是钩心斗角，貌合神离的，杰奎琳冷漠如女神，挥金如土。这时他又想起卡拉斯。

这是船王和女神生命里最后依偎的温暖时光，他们不再争吵，也不再提起过去的时光，大部分时间以沉默交流感情。当卡拉斯要离开时，奥纳西斯艰难地对她说：“我爱你，虽然我做得不是很好，但我尽了最大的努力。”

1975 年 3 月，奥纳西斯在巴黎病逝时，抱着卡拉斯最后送给他的一件礼物：一条红色开司米毛毯。最后一次，卡拉斯终于让奥纳西斯紧紧抓住了自己。

船王死后,1978 年,卡拉斯在巴黎的公寓中孤独地死去,她的骨灰被希腊人撒入爱琴海。尽管她的爱情,早在这之前就已灰飞烟灭,但对一个女人来说,灰飞烟灭的爱情,也是爱情。

海明威最恨她

双弦

最伟大的战地记者

玛莎·盖尔霍恩的身体里荡漾着比海明威还要多的冒险精神和不安分的血液，她像男人一样出现在战场上：从 1930 年开始，她报道过西班牙内战、第二次世界大战、越南战争等八次著名的战争。伦敦《每日电讯报》称她为“世界上最伟大的战地记者”。

1940 年，玛莎接到《考利叶周刊》的邀请，去中国报道抗日战争，喜欢冒险的玛莎很乐意接受这份工作。海明威极力阻止，但玛莎不愿意为任何人放弃自己想做的事。

当时到中国采访战事的西方记者多如牛毛，但海明威夫妇却受到了不同的礼遇。蒋介石和周恩来先后会见了他们并接受采访，但这并不是因为海明威的名气，而是因为玛莎是罗斯福夫妇的私交好友以及她著名战地记者的身份。中国之行，海明威成了玛莎的陪衬。

玛莎说：“战争在哪里，我就去哪里。”海明威对她的吸引也不如战争，她离炮火比离海明威更近。她去世后，新闻界设立了以她的名字命名的新闻奖。

甩掉海明威

要想知道玛莎到底有多“魔鬼”，就不能不八卦一下海明威的前妻们。

海明威和第一任妻子哈德莉还没离婚时，就把后来的第二任妻子保利娜接来同住。柔弱的哈德莉曾经在日记里苦涩地写道：“三份早餐，三件浴衣，三辆自行车。”而第二任妻子保利娜最后的结局是不惜向父亲借巨款整容，想留住海明威的心，但海明威却冰冷地回答：“你对一个男人越好，他越想快点摆脱你。”

在酒吧与玛莎相遇，海明威终于棋逢对手。1940 年，三十二岁的玛莎成为四十岁海明威的第三任妻子。这段婚姻一开始就不被大家看好，因为玛莎不可能像他的前妻一样女仆般地生活在海明威的名字之下。

果然，婚后的玛莎依然我行我素，希望按照自己的方式与其他男人交往。易怒的海明威像被抢走情人的剑客一样不断与“情敌”决斗，他把玛莎视为私有财产。1941 年的中国之行，更加大了他们婚姻的裂痕。显然，一向刚愎自用的海明威对沾老婆光、扮演老婆配角的事情耿耿于怀。

回到古巴，两人关系恶化，战争升级。为了不让海明威出去酗酒，她撞烂了他昂贵的林肯轿车；还趁海明威外出，将他豢养在家的一群四处乱窜的凶猛雄猫统统阉割了。海明威则像乡下孩子一样报复玛莎：睡觉时把她弄醒、没事大叫大嚷、嘲笑她的作品、恐吓并厮打她……

1945 年，忍无可忍的玛莎放弃了在古巴所有的财产，甩掉海明威，远走非洲。

人生不是任何人的注脚

第一次尝到被女人抛弃滋味的海明威异常愤怒，甚至写过一首极其淫秽的诗来谩骂玛莎，无论哪个女人和他上床，他都要反复给对方念这首《致玛莎·盖尔霍恩的阴道》。可怜的海明威，从一代大师沦为怨夫。海明威一面谩骂玛莎，一面却继续留在他们共同生活过的"观景庄"写作，舍不得离开。

但玛莎云淡风轻，回避这段感情。每每接受采访，她都只附加一个条件，不要提海明威的名字，因为这个名字，让她失去了自我。她说："我的人生不是任何人的注脚。"

俘虏了格里高利·派克的女人俘获了她的幸福了吗?

俘虏了格里高利·派克的女人

法拉奇

二十三岁的维罗尼卡·帕萨尼是《法兰西星期日画刊》的一名记者,一直和妈妈生活在巴黎,她有两个十分明确的抱负:成为一名有名的重要记者,嫁给格里高利·派克。

毫无疑问,只要坚定不移,她能够成为一名重要记者,因为她聪明、大胆,写作能力也不错。嫁给格里高利·派克的可能性则不那么有把握,这首先是因为,这个姑娘并不太漂亮,第二个原因是,她没有机会去吸引像格里高利·派克这样一个傲慢的人,最后一点是,派克已经同一个女人结婚整整十五年了。然而,维罗尼卡并不举手投降。她等着派克前来欧洲。当她知道派克在罗马时,她登上火车,来到罗马电影城,派克正在那里拍摄《罗马假日》。她提出对他进行采访,但格里高利不想见她,她只好回到巴黎,期待着派克到巴黎来。一年后,维罗尼卡遇上好运。格里高利十分温顺,维罗尼卡完成了那次有名的采访,但一直没有把它写出来。实际上,他们会面之后,她的整整一生不再是写文章,而是跑遍世界各地,追随她的这个偶像。

格里高利前往伦敦,维罗尼卡也去伦敦;格里高利前往孟买,维罗尼卡也去孟买;格里高利前往马德里,维罗尼卡也去马德里。为了支付昂贵的旅行费用，维罗尼卡卖掉了并不很值钱的家产，当她再也没有什么可卖的时候，格里高利·派克向葛丽泰提出了离婚请求，并将维罗尼卡带到好莱坞，等待这场艰难的爱情最后能够合法化。

这一决定极不谨慎，好莱坞以极大的反感对待维罗尼卡，如此敌视地对待一个违背规则的姑娘是从来不曾有过的。人们称她"嘿，那个家伙"，人们邀请格里高利参加活动时把她撇到一边，人们以恶毒的语言评论她。《内幕新闻》甚至写道，她是如此征服他的，即她不是请他提供消息，而是要求到他的卫生间去冲个澡——维罗尼卡对他说："我穷到家了，连冲个澡的地方都没有。"

后来，我有机会认识了她。那是在瓦伦蒂娜·科尔泰塞家里，她请我们同马里萨·帕一起吃饭。

我们就要上桌时，一个姑娘来了，她中等身材，非常瘦，瘦得不可思议，脸很长很窄，她迟疑不决，好像每迈一步就感到马上要晕过去。

让我吃惊的是，她将她那细而瘦的脖子伸起来显示胜利和挑衅的动作以及她那强装的微笑。在她身上好像存在某种东西，这是一种胜利和命运结合在一起的东西。她并不是个幸福的女人。她很少谈她自己和她的丈夫，好像是把自己包裹在可怕的怀疑之中。后来，不知为什么，她带我到她家，去认识安东尼，即她这次婚姻所生的儿子。

派克夫妇住在苏密特山的一个不太大的别墅里，距玛丽·毕克馥和弗雷德·阿斯泰尔的豪华别墅不太远。派克夫妇不得不离开格里高利原来那个漂亮别墅，法官将它判给了他的前妻葛丽泰。我并没有问维罗尼卡，所有这些是她对我说的。在此后的那段路上，她一直没有说话。她开着的汽车很旧，很难看，这是格里高利·派克拥有的唯一一辆车。另外那辆非常豪华，法官命令派克将那辆车和别墅一起留给葛丽泰。

“唉，就是这样！”维罗尼卡苦笑着说了这么一句，她猜到了我在想些什么。来到门前时，她愤怒地紧急刹住车。花园里有个健壮的金发年轻小伙，穿一条牛仔裤，身上的花格衫上有些污点，正在磨一把打猎用的砍刀。这是格里高利·派克的大儿子。

“你好，约翰。”维罗尼卡同他打招呼，轻轻摸了一下他的头发。小伙子的眼连抬都没有抬一下，嘟哝了一句什么，继续磨他的那把砍刀，只是在维罗尼卡走过去之后，才转过身来。我觉得，从他那双蓝色的眼里可以看出敌视的目光。维罗尼卡感觉到了这种目光，她停下脚步，转过身来。

“约翰，你要吃饭吗？”她以和缓的口气问他。小伙子没有回答，不耐烦地耸耸肩。维罗尼卡咬着嘴唇，从我身边走开，以免让我再看到更坏的情况。她的丈夫在制片厂，这样她就可以带我看她的这个家，看刻着“格雷戈和维罗尼卡”的银制烟灰缸，看他们旅行时带回的各种纪念品以及那间放着带顶罩的粉红色双人床的卧室。最后，她打开儿童房的门，安东尼正在这间房内的摇篮中睡觉。她将他轻轻抱起来。他很胖，没穿衣服，像美国的所有孩子一样，皮肤晒得红红的。她把他抱在心口，眼中放出亮光。“只要有他，”维罗尼卡说，“一切将会更好。在好莱坞，人们很看重孩子。”

如果这“更好”意味着这么多的忧愁和这么多的悲哀，谁能知道此前曾是多么“不好”啊。

被婚姻谋杀

多尔贝

世界知名物理学家史蒂芬·霍金日前在新书《伟大计划》中表示，他不再相信上帝是宇宙的造物主，放弃此前一直坚持的神造论与科学并不矛盾的看法。这番言论再次引起了科学界的热议。霍金最著名的著作莫过于《时间简史》，他曾写道："我即使被关在果壳之中，仍然自以为无限空间之王。"然而，这个伟大的科学家在面对婚姻这个二人空间时，多少显得有些束手无策，甚至惶恐不安，他的第二次婚姻充满了阴谋和谜团。2006年，霍金与第二任妻子离婚，据说他在被亲人谋杀的阴影下生活了十一年。

扭曲的黑手：天才科学家常神秘受伤

2006年的一天，霍金一直在摇头，在他的面前，摞了半尺高的剪报，每一份都用不同的语气报道着伊莱恩——他五十三岁的第二任妻子如何在十一年的婚姻生活里从心理和生理上虐待他。他陷在轮椅里，脑袋靠在右肩上。报纸一页页被翻开，他的眼睛里，暗弱的光芒在一点点艰难地凝结。

2000年就有人发现，霍金常常因一些不明原因的外伤就诊，先是胳膊和手腕骨折，再过几天，医生则会被他乌青的眼圈和脸上深深的伤口吓一跳。同事们询问原因,他的回应总是沉默。只有一次,他小声解释,是从轮椅上摔了下来。一年后,在夏天最热的一天,有护士跑来报警,说霍金教授在他豪宅的花园里因为严重的晒伤已陷入昏迷。她说:“很明显,有人在成心折磨他。”

“是的,我看到霍金夫人故意把他的手腕卡到轮椅的轮子里,造成骨折;她在他想方便的时候拒绝帮助,眼睁睁看着他把自己弄湿——作为与教授最亲近的人,她最能明白这会给他带来什么样的羞辱。”

“让人恐慌的是,伤害霍金的行为一直在持续,而且没有人知道将持续多久,后果将是什么。”凶手究竟是谁?他的第一任妻子简在自己的回忆录中表示她的担心,她似乎对这段婚姻的结束很是感伤。她初次见到霍金时,刚刚患上渐冻症的霍金二十二岁,她才二十岁。1964年,他们结了婚,一直相安无事,直到那个叫伊莱恩的护士来到他们家。1990年,他们离了婚,再后来,那护士成了他的妻子。

新婚后不久,就有消息传出,做霍家护理的新人仪式令人瞠目——新的看护到岗后,都无一例外地被新夫人叫到卧室,在那里,脱掉衣服的夫人当众与丈夫亲热,只为向新的看护证明一件事——他们的关系不是有名无实。

惊人的证词:温顺的私人看护竟是恶毒“天使”

当年的结婚仿佛是一场阴谋。

伊莱恩与霍金的接近源于她的前夫梅森。1985年,霍金因严重的肺部感染不得已被切开气管,再也不能说话,24小时需要专人照顾。能干的机械师梅森为他设计了世界上第一个电子发声系列,他的妻子——护士伊莱恩也因此成为霍金教授的私人护理。人们说:“那时的她温顺至极,却早打定了接近教授的主意。”

搬进霍家后，伊莱恩很快离开了共同生活十五年的丈夫和两个年幼的儿子。伊莱恩掌权后，她做的第一件事是以节省开支为由将大部分护士换成了护工，另一个原因她没说出来："她不喜欢让与她掌握同样技巧水准的人护理她的丈夫。她要抓紧一切机会向他表白，她才是值得依赖的人。"

1990年，霍金申请与陪伴了他十五年的简离婚。他与伊莱恩的婚礼在1995年正式举行，简和霍金的三个孩子无一出席。

然而，恐慌渐渐临近。2004年2月，霍金因肺炎住院，并再次被发现手腕骨折，嘴唇破裂，脸上有被击打的瘀伤。接受询问时，他反而质问警方，认为这是对他私人生活的侵犯。但是几天后，他的家人发现，教授赖以生存的呼吸机甚至在某晚被做了手脚。他的前妻和孩子做了无数努力，仍旧打不开缺口。没有人知道下一步会发生什么"意外"。

"我们每天都像生活在噩梦里。是的，我看到霍金夫人故意把他的手腕卡到轮椅的轮子里，眼睁睁看着他把自己弄湿。我始终记得夫人替教授刮脸时，他无力而痛苦地躲闪，但显然没有用，一道刀口马上出现在他脸上，很深，足有三英寸。"2004年4月24日，剑桥郡警方查问了10名曾护理过霍金的护士，其中一位录下了这份证词。

"一次我要出去前，他特意让我走到他电脑边，就为了让我看到他打出来的一行字——我不想单独与她在一起。"说这话的护士坚持不透露姓名，但以上帝的名义起誓，那个"她"，指的就是伊莱恩。

"她是个非常强壮的女人，强壮得可以直接抱起他，再粗暴地摔到轮椅上。如果有人尝试过来帮忙，马上就会被她吼回去——滚开！"这个护士冒着被起诉的危险，只因为"良心不安"，"在很多场合，教授都一再坚持拥有更多的看护，避免哪怕一点点与夫人单独在一起的机会。”她至今仍为自己看到的一幕而心酸：一声巨响，霍金的轮椅在楼梯尽头轰然倒地，却仍挡不住她满口“笨蛋、傻瓜”的咒骂声。

天才的尊严：不愿承认饱受家庭暴力凌辱

早在 2006 年 1 月，伊莱恩就在秘密寻找新宅，她的目标是莫顿因马什郡——像明信片一样美的豪宅区，那里英国名流云集。大家还以为她在为行动不便的霍金先生寻找共住的别墅，有人好意提醒，这种有着四间卧室的独幢别墅楼梯太陡，实在不适合她丈夫的轮椅。伊莱恩直接回应，她与丈夫只是偶尔才同住，至于这房子，只是买给自己的。

也许这更能证明霍金悲哀的婚姻并非谣传，虽然他的太太一直声称嫁给他与钱无关，但还是有好事者帮她算了笔账：这对夫妇坐落在剑桥的豪宅，买于 1992 年——他们结婚之前——写的却是双方的名字。此外，霍金的个人财产估算起来也很可观。在过去的几年里，他的《时间简史》一书在全球的版权收入至少在 400 万英镑以上，这还不包括教授其他学术书的版税。

2004 年 1 月，剑桥郡警方对霍金受虐传闻进行调查。霍金对受虐待之事从来不肯透露半点儿口风，还与夫人伊莱恩一样，威胁身边人不准向警方吐露实情。由于霍金本人不配合，刚启动的调查被迫终止。但霍金的子女们认为，绝顶聪明的霍金必定有“难言之隐”。而这一次婚姻的解体，也许就是矛盾爆发的结果。

纵然有很多的不解，人们给霍金的更多的是理解。这位“在世的最伟大的科学家”，可与爱因斯坦、牛顿相比肩的伟人，当然有着异于常人的高傲心态,你怎么能期待他能低头承认自己连基本生活都不能自理,并且在十一年里一直饱受家庭暴力的凌辱？朋友们相信,这都是因为,他是个“骄傲且固执的人”。不过到目前为止,霍金教授没给过任何解释,因此真相显得扑朔迷离。

给伟人做妻子

卢岚

1910年10月27日，列夫·托尔斯泰给妻子留下一封信，在雪夜中静悄悄地乘了一辆马车，由医生和女儿陪同，秘密离家出走了。途中，这位八十二岁的老人病倒在火车站。他的妻子索菲亚很快就跟了来，可是丈夫却拒而不见。

这件事让索菲亚颜面尽失，也让人对他们的夫妻关系有诸多猜测。托尔斯泰死后，她更被外界说成是行为尖刻、性格乖戾的人，甚至有人说托尔斯泰的死是索菲亚的责任。面对这些传言，索菲亚一直保持沉默。2010年，索菲亚的回忆录《我的人生》第一次出版，她的故事终于全面展现在世人面前——

作为御医的女儿，索菲亚从小在克里姆林宫长大，生活在上流社会，结婚后跟随丈夫去乡间，很快就发现生活并不尽如人意。

刚结婚时，十八岁的索菲亚爱好文学艺术，对精神生活和艺术有强烈的渴望。面对已经成名的丈夫，她不无迷茫："托尔斯泰一切都胜过我……我希望尽量从知识上靠近他，把自己提高到他的高度，至少距离不太远，以便了解他。"

然而孩子接二连三地来了。原本，第二个孩子出生后，她就不想再生育了，但最终，她生了13个孩子，加上数次流产，直到四十三岁还继续怀孕，导致她患上了严重的坐骨神经痛。13个孩子她养活了8个，经历过5次失子之痛。随着家庭成员增多，开支也越来越庞大，而这个贵族之家并没有人们想象的那么富有，要靠版税来支撑，不时以马铃薯待客。文豪丈夫把心思全部都投进了文学创作，对孩子们的抚养、教育、健康状况并不太关心，所有家务和庄园事务都由索菲亚一力承担。她每天从早到晚为家务和庄园事务忙个不停，管教越来越多的孩子，组织马夫、厨子、仆人等20多个下人的工作、生活，平息他们之间的不满和争执，为丈夫缝制衣服，因为他永远不穿外边制作的衣裤。

婚前对未来生活的憧憬，就这样在家事的烦扰和折腾中被砸了个粉碎。有一回，她一边听一位来客弹舒伯特的钢琴曲，一边望向窗外的落日，竟流下眼泪。琴声使她暂时放下了手上的活计——原本她相信，婚后凭自己的热忱和勇气，可以在诗歌、音乐、绘画上做些什么，至少可以有些社交生活，走访朋友，见识土耳其的海岸……然而现实却是，她的思绪还没有走得太远，就听到仆人来请她给娃娃喂奶，孩子送到手上，发现尿布又湿了。她不得不从天边那个辉煌的落日世界，回到现实生活中来。

托尔斯泰看上去是那样忙碌，索菲亚仍然渴望走进丈夫的世界。每天晚上，她都会去取丈夫白天写下的草稿，抄写清楚后再送回去。有些句子托尔斯泰只写开头一两个字母，索菲亚就知道整个句子的意思，给他完整地补写到原稿纸上。次日早晨他再次增删修改，往往又增加了数页纸，午饭后她再取过来，重新誊抄一次。高尔基在托尔斯泰的书稿中发现，某些描述只有女性才清楚，即使不是出自索菲亚之手，也是托尔斯泰从她那里知道的。

尽管忙于家事的索菲亚对人冷淡，对托尔斯泰的好朋友高尔基也不例外，但高尔基能够理解她、同情她。索菲亚逝世后，高尔基还写文章为她辩护，称外界的评论是在给索菲亚“抹黑”。

晚年的托尔斯泰对穷苦民众和被压迫者表示强烈同情，指责和否定所有富人，这种指责也蔓延到了索菲亚身上。他可以连续几天为庄园里的一位寡妇收割草料，带着两个女儿一起去翻草、晒草、搬运，却在索菲亚临盆之时，为家庭开支与她发生争吵，不管妻子的哀求，说走就走，直至次日凌晨4时才悄悄回家，躲到别的房间去。

有一年，托尔斯泰病倒，一连数月在死亡边缘徘徊。当局准备等他一去世就取走他的手稿，密探已在他家周围窥伺。索菲亚一边照料丈夫、安顿孩子们，一边设法将手稿转移，还要对付不速之客，平息医生间为争夺治疗功劳而发生的争吵。周围人无不惊叹于她的能干，然而托尔斯泰说：“太聪明是可憎的。”

索菲亚逝世前说：“我跟列夫·托尔斯泰共同生活了四十八年，但我不知道他是一个怎样的人。”她只知道，一个伟大的艺术家，只有当他在创作的时候才是伟大的，一旦离开了笔杆，就与常人无异。“当我意识到我在服侍伟人的时候，我就有力量承受一切。”

晚年的索菲亚带着世人的误解，将屋子里所有的书籍和物品进行了大盘点，详细地做了厚厚一大册记录。现在，在托尔斯泰故居的睡房里，当年的衣服、手杖、药物等还在原来的位置上，连他出走前熄灭的洋烛都保留着。所有这些，都是这位伟大的女人“承受一切”的成果。

比翼难双飞

桂严

天井深深深几许。在那一片神奇的山水间，有很多老宅子，高墙重门窄窗，构成了绿烟云霭间的黑白世界。宅子里唯有天井是亮敞的，有了它，高墙深院便有了呼吸，老宅子才能活。

民国时期徽州女子的天空，也就天井那么一小块，天井有多大，她们的天空也就有多大。长年累月的，她们只能在深深的天井里，度过一方阴云，又一方晴空。

想离开高高的叠嶂，只有高高地飞翔。

一

苏雪林十来岁的时候，就以才女著称乡里。此时，有一个商家慕名而来，与她家订了姻亲。这个商家名叫张余三，看名字就知是苦寒人家出身，如今挣了一笔大家业，自身的国文底子薄了点，对才学仕宦之家甚是仰慕。为了能配得上苏家才女，一向舍不得花银子的他，咬咬牙，把儿子张宝龄送到美国麻省理工学院读机械工程。

苏雪林在法国里昂的时候，有一回突发奇想：如果张宝龄改到法国来读工科，他们就能结婚、学业两不误。于是她写了一情意绵绵的信，还羞答答地引用了《金缕衣》中的一句："花开堪折直须折，莫待无花空折枝。”

张宝龄一口回绝了：“法国的工程不及美国之万一，他对烂羊头的博士头衔毫无兴趣，况且我又没学过法文，从头学起太浪费时间。”

工科男虽然不解风情，但他的回复句句在理，苏雪林如果稍稍作一些理性的思考，就不会恼羞成怒，骂他冷血，还疑神疑鬼地托父亲了解张宝龄是否另结新欢了。好在得到的答案很肯定：张宝龄为了躲避女生的追求，在口袋里藏着她的照片，随时拿给女孩子看，说自己有未婚妻。男人能做到这个地步，离圣人不远了。

苏雪林还是有怨气，这怨气是因为没有遂她的意。她还担心会被迫中断学业，回乡结婚。她的弟弟得了怪病，母亲也日渐衰弱，凡此种种，都有可能成为逼迫她完婚的理由，影响到她的学业，那是她万万不肯的。好不容易飞出国门，怎能折翅而归？

时隔不久，张宝龄病中来信，透出倦游思乡之情，流露了一丝对温馨生活的向往。苏雪林故态复萌，写信请他来法国，诱导他逗留一两年，等她毕业一同回国，并向他描绘莱蒙湖畔“鸳鸯双双不羡仙”的情景。

她一厢情愿地以为，婚礼可以在浪漫之都举行了。她兴奋莫名，开始着手准备婚礼服。她在好友潘玉良、罗振英跟前炫耀，女友们纷纷赞她找了个青年才俊。不幸的是，在朋友的一片祝福声中，她收到姗姗来迟的来信，他第二次拒绝了她，拒绝得理直气壮，还颇有几分不耐烦：“我早就说过，对旅游没有一丝一毫的兴趣，到欧洲干什么？至于结婚，此刻我也不急，你想在法国继续留学，我再等你几年，亦无不可。”

这次的回信无疑是一盆冰水浇到火炭上，泼呲呲熄灭了她的满腔热忱，还卷起一道恶毒的浓烟。苏雪林那个恨啊：他把她的尊严与高傲，全践踏在脚底了，他让她在女友面前变得像结婚狂一样可笑。

苏雪林咬碎银牙，告诉父亲未婚夫两次无情相拒，让她颜面扫地，她痛下决心，强烈要求退婚。苏父一改往日的宽和，厉声斥责她，说就是她给轧死在电车下，也要将她埋进张家的坟场。

最终是母亲的病危，迫使她放下在法国的一切，成为一个二十九岁的岭下村史无前例的老新娘。

二

婚姻是一种以时间为自变量的反比例函数，他们的婚姻从一开始设计的系数就弄错了。

公正地说，张宝龄是个不错的男人，对苏雪林也是有情有义的。新婚后，新女婿常常在老岳母的病榻前尽孝，陪她说笑解闷，去上海后又寄来糕点水果。看男人爱不爱你，应当看他对你的亲人好不好，而不是单对你甜言蜜语。可惜，男人与女人，通常是两个星球上的人，而工科男与文艺女之间，那就更远了，怕是远到银河系之外。

苏雪林看不清这一点。她与张宝龄在上海没过多久，张宝龄就接受了东吴大学的聘任，苏雪林也追随而来，并在东吴大学的后面物色到一块地——葑门12号。张宝龄运用他的工科知识，亲手设计他们的家。他要把他们的新家造成一艘船的模样，从此，他们的婚姻要扬帆起航了。苏雪林看到设计图，十分兴奋，她天真地想，要在屋前屋后挖一方池塘，种上荷花，栽上杨柳，养一些小野鱼，朝夕生活在花丛碧波之中，就可比曦皇上人了。冥想之中，她情不自禁搂住他的脖子，狂热地吻他的额、他的颈。谁也不曾想到，那个书呆子涨红脸，一掌推开她，呵斥道：“你疯了吗？快放开我，成何体统！”

这是夜深人静的卧房里啊，这个不解风情的男人！愣怔了半晌，苏雪林黯然神伤。

有一天晚上，窗外的月色十分迷人，花影迷离，月华似水，晚风轻轻鼓荡着碎花窗帘。苏雪林望着望着，有些心迷神醉。忘形之中她把张宝龄从一大堆图纸中拖出来，拉到窗前，偏着头温柔地靠上他的肩："亲爱的，你看，今晚的月亮真圆啊！"

张宝龄生硬地推开她的小脑袋："圆什么圆，又没有我用圆规画得圆。真是的，我还有工作要做呢。"撇下目瞪口呆的浪漫女诗人，工科男重新伏在图纸上钻研，全然忘却房间里还有他的美娇娘。

这样的场景有点像滑稽剧，在他们婚后的日子里经常上演。

他们的情感就这样拉开了龃龉的序曲。住入新楼房，他们开始无休无止地争吵，现在看起来无非是一些俗务，比如，她不满他的木讷，不懂书画，不解风情，婚后全然没有闺房之乐。他不满她的邋遢，乱堆乱放，家里成了杂货铺子；他埋怨她的大方，挣的一点工资寄给她的嫂与姐了……

他们三天一小吵五天一大闹，一地鸡毛。其实都不是大事，家里乱请用人就是了，花钱的事儿两人商量着办就是了，但一山不容二虎，两人针锋相对，就只有两败俱伤。

此后，苏雪林转战南北，先后到沪江大学、安徽大学、武汉大学、台湾师范大学、台南成功大学任教，两人聚少离多，结婚三十六载，两人共处不到四年。

直到渐入老境，两人方尽释前嫌，两鬓霜花的他们一个在北京，一个在台南，隔着千重山万重水，各自反思。上世纪 50 年代末，张宝龄患病住在北京，有一回侄媳妇为他织毛衣，线不够，发现他箱子里有一条颜色相同的围巾，想拆开来用。张宝龄不同意，说是要留作纪念，还淌着泪叹息："我过去对你二婶太过分了，现在追悔莫及。"那时候两岸音迅隔绝，这句发自内心的忏悔，二十多年后才传到苏雪林的耳中，此时，张宝龄早已作古。时光冲淡了曾经的嫌隙与怨气，她心平气和地回顾他们的婚姻，诚恳地说："但我这些原因，叫张宝龄孤栖一世，不能享受他理想中的家庭幸福，也实觉对不住他！"

爱上一个“睡美人”

李子迟

袁震原名袁震之，是湖北省光化县人，比吴晗大两岁，出生在一个小知识分子家庭。她自幼聪慧好学，思想比较超前。1921年，袁震和堂姐袁溥之考入湖北女子师范学校，在董必武等革命先驱的影响下，接受了进步思想。翌年，袁震为湖北女子参政协会起草了《成立宣言》，为此她和姐姐被学校开除；后在董必武的领导下，赶走反动校长，她们才又恢复学籍。1925年，她以优异成绩考入国立武汉大学中文系，因交不起学费，只得到女子师范充当职员，学校当局又说她是“危险人物”而将她解聘。

此时，袁溥之被捕入狱。袁震在武汉待不下去了，便于1930年来到北平，考入清华大学史学系。二十三岁的袁震，很快成为清华屈指可数的才女。她长得也很漂亮，身材修长高挑，皮肤白皙，很多男同学都在追求她。

才貌双全的袁震，在一次回家看望患肺结核的父亲时被传染，也患上了肺结核；读到四年级的时候，被迫停学。因家中无人照顾，学校就允许袁震住在学校宿舍里，生活起居由她的室友蒋恩钿照料。

袁震对文学、史学都有研究。她卧病在床的时候，还经常向吴晗任编委的校刊投稿。吴晗很欣赏袁震写的文章，也十分想结识这位多少有点传奇色彩的同系女同学。在一个没有课的下午，蒋恩钿将吴晗带到她们的宿舍，吴晗第一次见到了病榻上的袁震。二十七岁的袁震虽是一位病人，但她优雅的气质、从容的谈吐，给吴晗留下了深刻的印象。后来，吴晗和同学们一起给袁震起了一个“睡美人”的雅号。

从此，吴晗隔三差五就来看一看病中的袁震。吴晗研究明史，袁震研究宋史，两人经常在一起切磋学问。在与袁震相处的过程中，吴晗对她的出众才华钦佩不已，却也因她生病而感到怜惜。他暗暗把袁震当作红颜知己，每当自己写成一篇新的论文，总会迫不及待地送给袁震看，让她提意见。他越来越频繁地出现在袁震的眼前，而且往往一坐就是几个小时。

1934 年夏，二十五岁的吴晗以优异的成绩毕业，留在清华大学任教。

此年下半年，袁震的室友蒋恩钿毕业要去绥远教书，觉得应该找一个人来照顾袁震，于是，她找到了吴晗。吴晗听了蒋恩钿的来意，不假思索就答应了下来。而无法离开病床的袁震，也只能接受好友们的安排。从此，吴晗一有时间就会到袁震的宿舍来。袁震得到了吴晗无微不至的照顾，渐渐地，两人日久生情。

同年，袁震堂姐袁溥之出狱后也来到北平照顾妹妹，她们在校外租了房子住。由于袁震几乎没有收入来源，所以日常生活费用都由吴晗承担。吴晗每个星期都去看望袁震，给她送去药和生活费，并跟她谈学术、文艺、时事，以及对理想的探求等问题。

但此时的袁震祸不单行，她又得了骨结核，被一副石膏壳固定在病床上，生活不能自理。对这个失学失业、病魔缠身而又一贫如洗的袁震，吴晗并没有避之不及，他仍然一往情深地来看望她。他还帮袁溥之找了一份工作，每月的工资够维持她们姐妹的生活开支。

吴晗每次来就站在袁震的病榻前，两人一谈就是一两个小时。袁震参加革命较早，初步接受了马克思主义；加上她博闻强记，思路开阔，观点都很清晰，尤其在史学领域，往往能提出独到的见解，这一切都令吴晗佩服之至。

那段时间，吴晗坦率地向袁震表示了爱慕之意，但袁震坚决拒绝了。尽管她内心也很爱吴晗，不过她知道自己得的是不治之症，她实在不愿意再连累为人忠厚的吴晗，更不愿拖累这位才华出众的年轻人。所以，她只有把自己的爱情深埋在心底。她郑重其事地告诉吴晗说："我已经无药可救，请吴先生好自为之吧。"可吴晗对她仍一心一意，一如既往地倾心眷恋和照顾着卧病在床的她。

因为对明史的专门研究，吴晗成为清华大学里年轻的学术明星。而他与袁震恋爱的消息，也开始在清华园里传播开。同学对他俩议论纷纷，都说吴晗有些傻，找了这么一位病怏怏的"睡美人"。但吴晗并没有把这些闲言碎语放在心上。

吴晗的母亲在家乡听说儿子在北平有了女友后，高兴之余到处宣扬。可不久又听说那个女孩患了肺病，且瘫痪在床，她老人家可急坏了：这还了得！吴晗可是家里的长子，全家就靠着他呢！母亲立即托人写信到北平，坚决反对吴晗和袁震继续交往。吴晗回信婉言奉禀，极力称赞袁震的人品学识。

母亲心急如焚地从浙江义乌赶到北平，非要见见袁震不可。吴晗只得编了一个谎言，声称袁震的健康大有起色，刚刚动身到外地疗养去了。母亲听说袁震可以动身到外地，以为那女孩的健康状况应该不像传闻说的那么严重，就在城里玩了几天后回乡下去了。

正在吴晗和袁震热恋之时，抗日战争爆发了，北京各大院校外迁。1937 年 9 月，不到三十岁的吴晗，应云南大学之聘要到昆明去。他很想带着袁震同去，可病弱的袁震还躺在北京的病床上。吴晗心里很不是滋味，临行前，他深沉地说："我这一去虽关山万里，但绝不会忘怀你，也绝不会别情它移！你要充满信心，战胜病魔。一旦你能下地行走，我就来接你到昆明去。"

吴晗到昆明后，月月给袁震寄钱，两地书信不绝，彼此安慰鼓励，增加了在逆境中共同奋斗的勇气。袁震在积极治疗和吴晗炽热的爱情鼓舞下，对生活充满了信心，病情开始好转。

1939年夏天，即吴晗与袁震相识后的第五年，袁震终于能从病床上下地行走了。吴晗关山万里，把袁震接到了昆明。

那时，吴晗的母亲和弟妹，为躲避日寇，早已从家乡来到昆明，与吴晗住在一起。当他们见到端庄大方、彬彬有礼的未婚儿媳，却面色苍白、风吹就倒的样子，不免大吃一惊：这样的姑娘，怎能同儿子结婚呢？不过，母亲心地善良，她一边好言劝慰袁震，一边劝告儿子要理性地对待自己的终身大事。

在其他事情上，吴晗对母亲的话都是言听计从，百般孝顺她老人家。而唯独这件事，他非常固执。母亲见自己的规劝不起作用，就找最关心吴晗婚事的大妹去劝，要她警告哥哥，说："你若娶了她，要断子绝孙呐！"

在一个星期天，妹妹把母亲的话转达给了他。吴晗听后说："我并不是因为袁震生病，我同情她，才跟她好的。我和她是清华的老同学，在史学研究上有共同语言、共同的一些情感，是志同道合的朋友，这个是生死不渝的。她在这最危险的时候，最困难的时候，我不能够抛弃她，那样她受不了。两个人要好，不仅在顺利时要好，更重要的是在患难中要好。不管袁震愿不愿结婚，我都要照顾她。否则，那就是不义的人。难道你愿意自己的哥哥做不义的人吗？"

吴晗的一番话把妹妹感动了，她觉得哥哥在爱情问题上很高尚，于是就反过来帮他做母亲的工作。

在吴晗一家人的精心护理下，袁震的病情得到控制，她的脸色也慢慢红润起来。吴晗和袁震终于能像普通恋人那样，在夕阳的余辉里，漫步于小径之上了。

1939 年 10 月的一天上午，吴晗对母亲谎称陪袁震进城看病，他俩来到昆明城里一家旅馆，约了几位好友，在一间简朴的小屋里举行了一个极为简单的婚礼仪式。这一年，吴晗三十岁，袁震三十二岁。一对患难情侣，终成佳偶。

亲密爱人

何帆

1921年12月26日，凯恩斯先生收到一位俄罗斯舞女的来信。信很短，只有一句话：

“亲爱的凯恩斯先生：如蒙赏光，请于明天下午五点半到寒舍喝下午茶如何？”

这位舞女叫莉迪娅。在这之前，凯恩斯只看过她的几场演出，两人一起吃过一次午饭而已。但年盛气傲的凯恩斯先生突然陷入了从未有过的苦恼。他发现自己已经爱上了莉迪娅。他跟一位朋友说，莉迪娅“在每个方面都是完美的”。刚刚和莉迪娅喝完下午茶，凯恩斯就拉着朋友，紧张地诉说：“我该如何是好？我已深感恐惧。”那位朋友说：“千万不要娶她，不管她有多么迷人。她会很快退出舞台，变成个花钱如流水的太太。最好只把她当作情妇。”

无论怎么来看，凯恩斯先生这场迟到的恋爱都好像注定要变成一个美丽的错误。凯恩斯出身于知识贵族之家，从伊顿公学到剑桥大学，一路接受的是上流阶层的教育。当时，凯恩斯三十八岁，但早已因写出《合约的经济后果》而成为蜚声海外的著名公知了。而且，凯恩斯和他那个时代的很多年轻人一样，是一个同性恋。除了几次短暂而不成功的恋爱，凯恩斯对女人几乎毫无经验，更何况是像莉迪娅这样的女人。

莉迪娅比凯恩斯小八岁。她出身于俄罗斯的一个清寒家庭，从小就开始学习芭蕾舞，在圣彼得堡的帝国芭蕾学校接受了严格的训练。但她是个独立而不安分的女孩，孤身一人离开祖国，到伦敦跳舞。之后的生活更加漂泊，她去过美国、到过巴黎，一度还想去西班牙或意大利闯荡。她曾经和天才的芭蕾舞演员尼金斯基同台演出，毕加索为她画过好几幅画像，《彼得·潘》的作者、苏格兰作家巴利为她写过剧本。她有过好几个情人，其中包括著名作曲家斯特拉文斯基。当凯恩斯最初见到莉迪娅的时候，莉迪娅还是"罗敷自有夫"，她已经跟剧团的一位年轻经理结婚了。

爱情是盲目的。凯恩斯先生的理性似乎被燃烧的激情烧成了灰烬。凯恩斯迅速地掉进了情网。和莉迪娅见面不到两周，凯恩斯就成了她的情人。不到七周，凯恩斯就把莉迪娅搬到了自己住的房子旁边，离他的住所只隔了三个门牌号。

凯恩斯住在伦敦的郊区布鲁姆斯伯利。布鲁姆斯伯利不仅仅是一个地名，而且是一个特立独行的精英小群体的象征。从1905年到二战期间，一批年轻的剑桥大学毕业生聚居在这里，他们中有文学家、艺术家，也有像凯恩斯这样的学者。写《到灯塔去》的女作家弗吉尼亚·沃尔芙和她的画家姐姐Vanessa Bell，写《印度之行》和《没有风景的房间》的福斯特，历史学家和传记作家斯特拉奇都是布鲁姆斯伯利的成员。布鲁姆斯伯利成员之间的关系亲密得超过了一般的朋友，他们之间有着很自由而散漫的爱情关系。这个小圈子的成员个个自视甚高、桀骜不驯，号称"无限的才华、无限的傲慢、无限的激情"。当凯恩斯把一个和他们完全不一样的陌生女子带进来之后，布鲁姆斯伯利成员打心底里不能接受这个外来的物种。

凯恩斯的好友斯特拉奇说,莉迪娅是个“半傻子”。Clive Bell 嘲笑她,说 Woolworth(一家大型商场)是莉迪娅的“精神家园”。布鲁姆斯伯利的女才子们更是掩饰不住自己的敌意。弗吉尼亚·沃尔芙恶毒地写道:

“莉迪娅的灵魂是一只松鼠。她坐在那里,用前爪不停地两边擦鼻子。可怜的小东西,掉进了布鲁姆斯伯利的陷阱里。她在这里唯一能做的事情也只有用心默诵莎士比亚了。看到她坐下来读《李尔王》,这才是真正的悲剧。”

没有一个布鲁姆斯伯利成员觉得凯恩斯和莉迪娅的爱情能天长地久。他们觉得凯恩斯娶莉迪娅,就是对组织的背叛。但 1925 年,等莉迪娅解除了婚约之后,两个人真的结婚了。在这之后的二十多年婚姻生活里,凯恩斯和莉迪娅相亲相爱,生活得非常幸福、满足。

凯恩斯在莉迪娅的身上,发现了一种常人难以察觉的光芒。他喜欢莉迪娅的天真烂漫、生机勃勃、聪明睿智。莉迪娅在公共场合也喜欢吸引众人的注意,有时候会故意高声说话,但凯恩斯饶有兴致地看着他的爱人,觉得这一切非常有趣。莉迪娅的英语说得不熟练,但凯恩斯说,她的魅力之一就是“能用最会意而到位的方式使用英语单词”(the most knowing and judicious use of English words)。沃尔芙等布鲁姆斯伯利成员刻意追求的就是那种无拘无束的波希米亚风格,但莉迪娅才是天生的真正的波希米亚风格。难怪布鲁姆斯伯利成员如此痛恨莉迪娅。

凯恩斯和父母的关系很好,每周都会去看看父母。莉迪娅和凯恩斯的父母关系处得非常好。凯恩斯内心里是渴望别人的赞扬的,他的文章在报纸上一发表,莉迪娅就找来津津有味地阅读。她对凯恩斯说:“读你的东西让我感到自己更加高大。”她甚至把凯恩斯的《货币论》和《通论》都读了。她对《通论》的评价是："像巴赫一样优美。"尽管布鲁姆斯伯利成员对莉迪娅刻薄挖苦，甚至曾经让莉迪娅绝望到了要离开凯恩斯的地步，但她知道凯恩斯离不开他的朋友们，她从来没有对凯恩斯说过抱怨布鲁姆斯伯利成员们的话。凯恩斯的同性恋倾向非常严重，他一生都对年轻的漂亮男孩充满渴慕，但和莉迪娅结婚之后，他没有做出过出轨的事情，为的是守住这份珍贵的感情。他们的性爱生活也充满了情趣。在两个人的通信中，莉迪娅会悄悄地说起凯恩斯"细长而敏感的手指"、"狡猾的嘴唇"、两人在床上的"波动"。凯恩斯和莉迪娅，两个看似完全不一样的人，找到了他们之间的默契。凯恩斯有一次问莉迪娅："亲爱的，你在想什么呀？"莉迪娅说："我什么也没想。"凯恩斯哈哈笑起来："我要是也能这样就好了。"

1937年凯恩斯得了一次严重的心脏病，身体每况愈下。莉迪娅成了他的专职护士，一直照顾着凯恩斯的健康。面对两次世界大战造成的满目疮痍，凯恩斯心急如焚，他不愿意看到自己珍惜的西方文明从此灰飞烟灭。过度劳累的工作损害了他的健康，1946年复活节那一天，凯恩斯不幸去世。莉迪娅的心都碎了，她说："现在我没有了他，只剩下孤孤单单一个人。光芒都已消失。我悲伤，我哭泣。"

凯恩斯去世之后，莉迪娅过上了隐居的生活。她拒绝见记者，不写回忆录，不谈凯恩斯，也不关心芭蕾舞。她只在乡下莳花弄草，头上顶着篮子去买菜，几乎一丝不挂地在院子里晒太阳。有一次，一群访客执意要见她。莉迪娅看了看一屋子的人，开始用俄语自说自话。有人提醒她，来的人中没有一个人懂俄语。莉迪娅漠然地看着窗外，轻声说："我懂。"

CIA 女谍爱上卡斯特罗

任秋凌

现年七十四岁的玛利塔·洛伦茨曾是前古巴领导人菲德尔·卡斯特罗的情人。1959 年,洛伦茨与卡斯特罗坠入爱河,当时她只有二十岁。1960 年,洛伦茨被美国中央情报局招募,命令她使用毒药刺杀卡斯特罗。不过,这场刺杀阴谋最终以失败告终。

坠入爱河

洛伦茨现居纽约,至今仍记得第一次见到卡斯特罗时的情形。她回忆说:“他比其他人高一些。我问他是谁,他笑着回答说:‘我是古巴总司令菲德尔·卡斯特罗。’”短短一年后,洛伦茨便成为了卡斯特罗的情人,人也住到哈瓦那。她的出现引起了美国中央情报局的注意。1960 年,洛伦茨被中情局招募,命令她使用毒药刺杀卡斯特罗。当时,她将毒药藏在面霜中。不过,这场刺杀阴谋最终以失败告终。

洛伦茨是一位德裔美国游轮船长的女儿。在如此短的时间内,她如何从卡斯特罗的情人变成企图暗杀他的刺客?在回答这个问题前,我们应首先了解洛伦茨。她的故事要从 1959 年 2 月 28 日讲起,当时洛伦茨父亲的游轮“柏林夫人号”停靠在哈瓦那港口。洛伦茨也在“柏林夫人号”上工作。下锚后,一艘小艇朝着他们开过来,艇上的人身穿军装，其中一人就是卡斯特罗。在接受美国历史频道纪录片《解密中情局》摄制组的采访时，洛伦茨回忆说："他当时三十三岁，长有一双闪闪发光的眼睛。我和他一下子坠入了爱河。"

中情局让她下毒

洛伦茨回到了纽约。这个时候，卡斯特罗频繁给她打电话并发出邀请，希望她去古巴。几天后，洛伦茨的身影出现在哈瓦那希尔顿酒店第 74 层卡斯特罗的屋顶公寓。两个月后，洛伦茨发现自己怀孕了。不幸的是，这种幸福没有持续多久。待产期间，她突然晕倒，过了几个小时才醒过来。此时，她发现自己得了重病，孩子也没有了。为了接受更好的治疗，她回到了纽约。也正是这个时候，中情局找到了她，告诉她一切都是卡斯特罗的安排，是卡斯特罗让她流产。

洛伦茨在接受采访时表示："当时，我的心都碎了。"在这种情况下，洛伦茨选择相信中情局的话。中情局对她说，卡斯特罗不仅是美国的一个威胁，同时也是极端危险的人物，他们对我说："我们希望你把他除掉。"1960 年 1 月，洛伦茨前往迈阿密，与中情局的双面间谍弗拉克·斯图吉斯见面。当时，斯图吉斯交给她一瓶毒丸。

中情局让洛伦茨完成的任务很简单：把毒药下到卡斯特罗喝的东西里面，而后马上逃走。为了防止毒丸被古巴海关发现，洛伦茨将毒丸藏在一瓶冷霜里面。事实证明，这是一个错误的决定。回到卡斯特罗位于哈瓦那的公寓后，她尝试将毒丸倒进一瓶水里，但此时的毒丸已经被面霜粘住，根本倒不出来。她回忆说："我试着将毒丸弄出来，但根本弄不出来。我的整个人慌了。我决定将它们倒进马桶，但还是不行。很快，菲德尔进来了。"

她没有开枪

卡斯特罗听到了风声,洛伦茨陷入恐惧之中。她回忆说:“他从皮套中掏出枪。我当时认为他会朝我开枪,但他把枪交给我,问我:‘你是来杀我的吗?’随后,他抽了一口雪茄,闭上了眼睛。他把自己的命交到我手上,因为他知道我根本下不去手。他仍然爱着我,我也爱着他。”

卡斯特罗猜得没错,洛伦茨并没有开枪,而是倒在他的怀里。洛伦茨担心继续和卡斯特罗待在一起会让中情局起杀心,于是回到了迈阿密,从此再也没见过卡斯特罗。后来,洛伦茨说:“每次从飞机上看到古巴,我的心就会乱。我知道自己回不去了。我曾是一名刺客,但我连虫子都没杀过。”

鸳鸯大盗

马·克·皮兹克　彼得·休伯/文　LING/译

2014年5月23日，是邦妮·派克和克莱德·巴罗离开人世八十周年的日子。

他们死的过程如此血腥，就如同他们生的过程。

第一颗子弹先穿过汽车车窗，然后是克莱德的左耳上方，最终抵达他的头骨，仅这一枪已经足以致命。邦妮与克莱德的遭遇相同，只是她痛苦的尖叫声维持得更长一些。弗兰克·汉默和他的五位同伙，并没有因此而停止开火，在连续15秒的枪林弹雨后，警察打开布满窟窿的车门，车厢内静悄悄的，两具年轻的身体被子弹打得变了形，邦妮的右手还握着一份吃了一半的三明治，这场景，看上去并不像阿瑟·潘的影片"邦妮和克莱德"结局所表现的那样浪漫。官方的验尸报告称：两具尸体共有43处枪眼。

这就是美国犯罪史上极具传奇色彩的鸳鸯大盗生命最后的片段：北路易桑娜州154号高速公路上，汉默小分队在两个贫瘠的小镇吉布斯兰和塞尔斯之间布下罗网，这已经是他们两年来追踪阻击巴罗和派克屡次失手后的又一次计划，也是最后一次。FBI专员库斯·琼斯事后发送给联邦安全调查局总部的电报言简意赅："克莱德·巴罗和他的同伙邦妮·派克已身亡。逃犯代号：1121。"

那一天是1934年5月23日，邦妮和克莱德的最后一次行动，在此之前，他们抢劫了无数小钱庄、杂货铺和加油站，14人死于他们枪下，其中9位是警察。自此之后，人们省略了他们的姓，只记住了他们的名。实质上，这名字在他们存活于世的时候就已具有非凡的影响力，无数报纸和出版物，还有百老汇的舞台剧，以及好莱坞警匪片，但凡取用"邦妮克""莱德"作为宣传推广的主题，一定可以保证吸引力。这个现象直到今天还维续着它的余温，2012年的拍卖会上，邦妮与克莱德的遗物以及他们使用过的两把手枪竞价高达上百万美元，有讽刺意味的是，这笔钱远远超过他们在世时抢劫他人财富的总额。

第一对现实中的明星

1930年代的美国，所有的人都极度兴奋地追踪着关于他们的报道。从德克萨斯到奥克拉哈玛，从安坎萨斯到密苏里，从艾荷华、明尼苏达到路易斯安娜，纸媒的写手们发挥着超人的想象力，编造一出又一出惊险迭出的狂徒末路余生的故事，并配上极度模糊且质感粗糙的黑白照片，图文并茂地记录着这对年轻的爱侣是如何一次又一次成功逃脱了警方的追捕，在媒体渲染下，他们成为了当时的新偶像，也成为20世纪第一对"真人秀"主角。

在一篇又一篇极度失实的追踪报道后面，隐藏着的是两个在经济大萧条时代出生的贫贱灵魂，生存方式于他们而言选择并不多。

克莱德，一个农夫的儿子，随家人从德克萨斯农场迁徙到达拉斯，十几口人的大家庭仅靠父亲所经营的一个小加油站为生。因为频繁的偷窃抢劫，少年时期的他就已经多次造访过警局。

邦妮，来自一个德国移民家庭，自小失去父亲，母亲靠缝纫维持着日常开支，女孩在小餐厅做女招待的同时，写着诗歌幻想成为明星，而她和克莱德亡命天涯的故事成全了她的梦想，尽管这个梦想在她有生之年得以实现，但实在有悖初衷。

他们 1930 年相遇的时候，她十六岁，他十九岁，后人都说是一见钟情。相识两个月后，克莱德因为偷窃被捕入狱，邦妮在探监时间将枪支偷偷带入监狱，成功协助了克莱德越狱。逃亡路上，克莱德依靠抢劫杂货铺为生，因为没有将偷盗而来的汽车车牌及时换掉，被人举报后他又再次入狱，之后克莱德以此为戒，在今后的盗窃生涯中，总是第一时间换掉窃获汽车的牌照，以免后患。

性感和酷?

1932 年，克莱德在大赦中获得保释。他被假释前，在德克萨斯州最臭名昭著的亨茨维尔监狱服刑，狱中互虐现象非常普遍，一位年长的犯人对他进行了长达一年之久的性侵，狱警看守们袖手旁观，为了给自己主持公道，他极其残忍地将强奸犯活活打死。之后为了给假释找到好的理由，他剁掉了两个自己的脚趾，事实证明，他的苦肉计是成功的。这次创伤，使得他由一个街头小偷小摸的混混蜕变成一个冷漠的罪犯："没有人会救你，你必须残忍而得以存活。"

克莱德和邦妮的再度重逢，引发他们对美好生活的幻想，可是在经济上毫无来源，除了召集老伙伴东山再起，似乎也没有别的出路，在那个动荡的年代，持枪抢劫是最快获取财富的途径。在抢劫一个小杂货店时，同伴失手走火，店主身亡，并且在逃亡过程中杀死了两个警察，一切都在无法掌控中延展着它的剧情。后来的银行系列劫案、闯军火库盗武器、劫持警察等等惊世之举，终于引来媒体的关注，追捕他们的过程成为所有报纸的头版头条。

而他们总能侥幸逃过追捕，其一，这和克莱德对于汽车狂热的喜好有直接关系，他总是偷窃性能优先的福特 V8 系列，因为在当时只有这个车型可以每小时 144 公里的速度行驶，而警察局因经济大萧条国家资金短缺，座驾几乎是半废品，他们对于V8的马力只能哀叹；其二，这与媒体所制造的传奇声誉有着直接关系，民间不少人将他们的行径看作“英雄之举”，协助他们藏匿出逃。英国历史学家爱瑞克·霍布斯保曼对这一社会现象，在他的著作《犯罪团伙：强盗是社会的反抗者》中作了解说：1930年到1933年的美国，整个社会的动乱具有特殊性，经历了1920年代末的经济大萧条，社会中、下层成为资本掠夺的无辜牺牲品，民众同情采取犯罪手段自救的群体，把暴力行为看作是反抗特权阶层和压迫者的英雄行径。而邦妮和克莱德正好综合了人们对于三个传奇角色的想象：杰斯·詹姆斯对抗非正义势力的以暴制暴、罗宾汉的劫富济贫、罗密欧与朱丽叶的浪漫爱情悲剧。

乱世末路

1934年1月，克莱德和邦妮成功解救了在西人监狱服刑的莱蒙·汉弥尔顿以及另外四位同伙。这场轰动一时的越狱大案，终于惊动了美国政界高层，在FBI协助下，整个德克萨斯州的警力都在全力以赴追捕这对鸳鸯大盗，悬赏金也吸引了民间猎手的热情，其中一位来自美国中部的退休农场主弗兰克·汉墨有着尤其显赫的名声，53个逃犯已在他的枪下魂灵西去，这对鸳鸯大盗于他也是志在必得。

经过周密的部署调查，克莱德同伙的父亲泄露了他们的行踪，就在154号高速公路，上演了文章开篇的一幕。而这一幕也揭开了美国警方惩治极端犯罪团伙的大戏：同年6月22日，国家一号公敌约翰·迪灵被射杀；1934年，俊俏男孩弗罗德和娃娃脸尼尔森在和警察交火中死亡；1935年1月，女匪首马·巴克也成为FBI的枪下亡魂。

154号高速公路，克莱德和邦妮命亡的路段，每年都有人将鲜花摆放在纪念碑的周围。

第4辑
世家有遗韵

慈禧赐"英"姓后,这个家族开启了五世"吃洋饭"的传奇……

英氏家族的遗传密码

本刊综合

自曾祖父英敛之创办了《大公报》和辅仁大学开始,英家人就"吃起了洋饭"。英达的爷爷英千里十二岁就赴欧求学,回台湾后余光中、马英九都做过他的学生;父亲英若诚外号"英大学问",从小在教会学校念书,在人艺任职后,1986年担任文化部副部长;以英达为核心的"英氏三兄弟"(英达、英壮、英宁)已经到了"天下谁人不识君"的境界;身为家族第五代领头人的英巴图,从美国留学回来后,在母亲宋丹丹的鼓励下开始闯荡娱乐圈;英达与现任妻子梁欢所生之子英如镝,更是加盟了北美冰球联赛的波士顿熊队。吃了五世"洋饭"的英家可谓人才济济……

第一代　英敛之

创办《大公报》和北京辅仁大学

无论从哪个时代看去,英达的曾祖文英华(英敛之)都是一个传奇。而这个传奇的开篇,竟然香艳无比且是为英氏家族带来了无限可能的第一块基石。

和许多爱情故事的开头一样,男主角一穷二白,而这个男主角穷得很不成体统,甚至连姓都没有。然而青年文韬武略,成为了清朝皇族爱新觉罗·淑仲的家庭教师。书香浸润,师生眉目传情,情愫顿生。不久两人私定终身以至结婚。婚后,青年参加戊戌变法,变法失败被通缉,流亡边陲。1902 年,慈禧下令赦免,并赐“英”姓,从此英家有了正经姓氏。英华还是不买慈禧的账,非要光绪亲政不可,所以创办百年《大公报》,起首就骂慈禧,造就了《大公报》的“敢言”信条。

毫无疑问,英氏家族的所有光荣与梦想,都源于英华。他只活了五十八岁,却干了 3 件大事:一是创办《大公报》;二是创办北京辅仁大学;三是创办香山孤儿院。

第二代　英千里(英骥良)

语言天才　与钱钟书比肩

英骥良两岁识字,十二岁被送到英国剑桥读书,二十四岁自伦敦大学毕业海归。当年,蒋介石要找两位最棒的英文翻译官,一位是钱钟书,另一位就是北京辅仁大学秘书长兼西语系教授英骥良。

抗战爆发后,像周作人留守北大一样,英骥良留守辅仁。两人都私底下保护抗日分子和热血学生,但周作人公开投敌,英骥良却暗中加入了国民党,两度被日伪政权逮捕,最后被判十五年重刑。幸亏后来英骥良只被关了一年多就熬到抗战胜利。此后,英骥良历任北京教育局长、教育部社会教育司司长、中华教育电影制片厂厂长。1949 年,英骥良随国民党蒋介石一起撤退台湾,出任台湾大学外文系主任和台湾辅仁大学副校长,1969 年肝病不治,客死他乡。

英茵

根据麦家同名小说改编的电影《风声》2009 年热映,周迅扮演的顾晓梦以身殉国，其原型之一就是英骥良的妹妹英茵。英茵毕业于北平女子高等师范学校，1936 年进入明星影片公司，相继在影片《生死同心》《清明时节》《压岁钱》《十字街头》《社会之花》中饰演重要角色，并主演了影片《梦里乾坤》。1941 年，英茵的“男友”平祖仁被日本宪兵队逮捕并枪杀。英茵于 1942 年吞吃大量鸦片和烈酒自杀，死后与平祖仁合葬。抗战胜利后，内幕才得以知晓，原来英茵和“男友”都是抗日情报人员，她乔装成舞女，诱惑日伪赴约，一共杀死了 9 名日本人和汉奸。她当时的自杀所造成的轰动性不次于阮玲玉。

第三代　英若诚

文化部副部长　多部名剧主演

英若诚，英骥良三子，他的一生也近于传奇：蹲过三年大牢，做过文化部副部长，北京人民艺术剧院黄金时代的台柱之一，也是翻译阿瑟·米勒等人戏剧作品的翻译家。先后主演了《骆驼祥子》《茶馆》《推销员之死》等经典名剧。英若诚之妻吴世良也是一位表演艺术家和翻译家。因为其出色的英语水平，吴世良女士还担任过曹禺先生的秘书并为周总理做过翻译。

英若聪，著名建筑学家，曾在清华大学建筑系任教。他是新中国成立后的第一批研究生，当时是梁思成的助教，教师团支部的书记。他是演员英壮的父亲。

英若识，毕业于中央美术学院版画系，后一直在吉林艺术学院任教。作品多次入选全国美展和全国版画展并出国展出，被收入《中国版画家新作选》《中国版画 50 年》《中国版画年鉴》等。曾作为中国艺术家代表赴日本参加学术活动，并应法国“国际艺术城”邀请，在巴黎成功地举办了个人画展。他是编剧英宁的父亲。

第四代 “英氏三杰”

娱乐圈大腕

英达是一个幽默的人,娱乐圈多栖,因导演情景喜剧《我爱我家》为人熟知。他先后执导的《我爱我家》《候车大厅》《闲人马大姐》等国内情景喜剧,都可用“著名”来下定义。而同样“著名”的还有他与宋丹丹的那一段婚姻,看客们可以在宋丹丹的自传《幸福深处》及各种有关英达或宋丹丹的采访中八卦一下。

二次婚姻结束的一个月后,英达就与比自己小八岁、长期与自己有着良好合作关系的梁欢结婚了。梁欢一直低调,作为编剧,梁欢的才气也在《我爱我家》和《东北一家人》里得到印证。

同样有幽默感的英壮,后来成了中国喜剧舞台上的标志性人物,几年来,英壮先后导演和主演了《候车大厅》《候车室的故事》等不少情景喜剧。很多人不知道的是,英壮其实不是英达的亲弟弟,他是英若诚四弟的儿子、英达的堂弟。

而英氏家族中这一代另一个颇有名气的人物是英宁,他是英若诚五弟之子。在几部由英达、英壮执导的电视剧中,英宁担任了制片人。

第五代 英巴图

作为名人的儿子,巴图面对媒体采访,诙谐机智的反应实在让人发笑。有记者问巴图片酬多少,他像所有大明星一样,挺严肃地一皱眉头:“这个要保密吧。”沉思了一会儿接上一句:“我怕说出来太丢人了,我是要当腕儿的人啊……”

几乎所有大明星最初都反对子女入演艺圈,可宋丹丹的态度却是努力促成,虽然儿子学的并非表演专业。巴图也愿意接受母亲的安排,半玩笑半认真地说:“我也挺想干这行的,是个不错的谋生手段,比我小时候当保安的理想职业好多了。”

而现在英达最感兴趣的话题,莫过于谈儿子英如镝。英如镝三岁开始接触冰球,2007 年初,英如镝所在的北京“虎仔队”夺得了同年龄段的冰球世锦赛冠军,并被 NHL(北美冰球大联盟)联赛的波士顿熊队相中,加盟该球队的少年队。

为了培养英如镝,英达奉上了大把的时间和金钱,无数次往返于中国和美国之间。因为他的心里有个梦想,要把英如镝培养成下一个姚明。

或许,属于英氏家族的另一段传奇,正要开始……

托马斯·提登是诺贝尔家族协会第4任主席，也是国王卡尔十六世的小学同学。每年有很多人想打“诺贝尔”这个商标的主意，提登和家族协会需要与他们不厌其烦地进行交涉。

诺贝尔家族的百年故事

文/朱又可　翻译/陈迈平　听译/徐昕

阿尔弗雷德·诺贝尔设立遗嘱时很多人反对，瑞典国王奥斯卡二世的理由是：把奖项给瑞典以外的人是“不爱国”。诺贝尔家族经历了各种战争、革命后，家道衰落，唯有他们坚守的全世界的“诺贝尔奖”留了下来。

上面吃着和下面聚着

每年的12月14日，斯德哥尔摩市政厅地下餐厅，诺贝尔家族一年一度聚餐的地方。

家族聚餐和诺贝尔颁奖晚宴同一时间，12月10日晚；同一地点，市政厅。晚宴在一楼蓝厅。家庭成员因此分列入席，一部分人在楼上，一部分人在楼下。

诺贝尔家族每年都能获得固定的座位数，参加颁奖典礼和晚宴。颁奖典礼的名额是8个，晚宴是22个。家族协会成立五十年来，每次都会把这些名额分配给家族成员，方法是民主选举，老人和未去过的优先,“谁都可以申请”。

现年六十七岁的托马斯·提登在厄勒布鲁大学做教育学教授,他第一次参加诺贝尔颁奖典礼和晚宴是 1982 年。在 2006 年担任诺贝尔家族协会主席之前,他不是每年都参加。

1960 年代,诺贝尔家族协会成立前,诺贝尔颁奖并非隆重和盛大的公众事件,诺贝尔基金会会给家族成员打一圈电话,问他们为什么不去参加颁奖典礼。后来有了电视,典礼才成了非常盛大的活动,他们才乐于参加。

诺贝尔家族晚宴在市政厅地下餐厅举行,这个做法有十五年了。每次都是 50 个人,先在一个小房间喝酒,然后到一个大间吃晚餐——和楼上的宴会不一样,这里吃的是圣诞自助餐。

提登作为家族协会主席,现在每年都坐在蓝厅参加晚宴。2012 年参加圣诞聚餐的有 53 个人,从婴儿到 85 岁的都有。吃到晚上十点半的时候,大约有十一二个人会上到金色大厅,和参加完诺贝尔晚宴的人群一起跳舞,有一个专门的通道可以通到那里。十二点半舞会结束后,很多年轻人会去参加夜间聚会——斯德哥尔摩的四所大学,会组织“后半场聚会”。他们乘坐公共汽车去,大家跳舞、吃东西,喝酒。2012 年的夜间聚会,是在瑞典皇家理工学院。

财产烟消云散,除了诺贝尔奖

诺贝尔家族现在有 340 个成员,他们都是伊曼纽尔·诺贝尔的后代,伊曼纽尔·诺贝尔有很多孩子,只有 3 个活了下来:罗伯特、路德维克和阿尔弗雷德。最小的兄弟伊米尔曾有一个炸药工厂,他被炸死了,没有孩子。

老大罗伯特有两个孩子,老二路德维克有七个孩子,而老三阿尔弗雷德——大家都知道的诺贝尔奖金的设立者——没有结婚,也没有子嗣,所以诺贝尔家族传下来的是9个分支。

托马斯·提登是三兄弟中老二路德维克的第四代后裔。

三兄弟资产最大的是路德维克。路德维克1888年去世,那时他的企业正处在上升阶段。1900年,路德维克这一支实际上领导着诺贝尔企业。企业进行了重组,资产甚至超过了挪威、瑞典、丹麦三国的国内生产总值。

俄国革命后,苏联没收了诺贝尔家族在那里的全部财产,实行国有化,诺贝尔家族从此衰落。路德维克家族1918年从阿塞拜疆逃出来,那里有诺贝尔家族的油田。他们逃出来时带的最重要的东西是珠宝,还有油画。托马斯·提登从他祖辈那里继承着一些俄罗斯的高大香炉、银器和一点首饰。

家族衰落后,这个家族的人开始从事不同的职业,一部分在工商企业界,一部分是医生、教授……他们分布在斯德哥尔摩、赫尔辛基、加拿大的多伦多。两年前有人在上海的一家公司工作,刚刚回瑞典了。

诺贝尔家族在俄国革命中被没收的财产,直到苏联解体,俄罗斯政府也没给予他们任何补偿。

1996年,诺贝尔整个家族参观了圣彼得堡,拜访了祖先的墓地,当时圣彼得堡市的副市长帮他们照顾孩子,这个副市长很会照顾小孩,他叫普京。

“多亏诺贝尔奖,这成了瑞典的资源。而其他的财产都烟消云散了。”提登说。

“诺贝尔”怎么能随便用

诺贝尔家族的先祖伊曼纽尔的故居，就在 1923 年建成的斯德哥尔摩市政厅广场附近。市政厅外墙上的诺贝尔奖浮雕有五种图形，分别代表“文学、医学、物理学、化学与和平”五项诺贝尔奖，而“经济学奖”不在其中。

1969 年第一次设立诺贝尔经济学奖，曾引来各方面的批评，包括来自家族成员。诺贝尔基金会要想变更诺贝尔奖评奖，就一定要征求诺贝尔家族协会的意见。提登认为在介绍诺贝尔奖的时候，应该更加明确一点，“经济学奖”不是来自阿尔弗雷德·诺贝尔的奖金，而是瑞典国家银行为纪念诺贝尔而颁发的奖金。

其他五项奖都是从诺贝尔基金会出钱——阿尔弗雷德的钱，和这些年赚进来的钱一道，支付诺贝尔奖的奖金，以及学院为决定这些奖项所进行的工作的费用。至于其他围绕诺贝尔基金会的活动费用，则来自他们的传媒公司，用的是他们自己的钱。

提登是诺贝尔家族协会的第 4 任主席。协会每五年召集一次家族会议，十五岁以上的后裔都具有选举权。

保护“诺贝尔”的名字很重要。因为不断有人提出要设立新的奖项，想要利用“诺贝尔”这个全世界最有名的商标。这样的建议也可能来自家族成员。但是诺贝尔家族协会用不同的方法来维护诺贝尔品牌。

有些人也在合法地使用诺贝尔这个品牌。比如有个家族里的人，他把自己的律师事务所起名叫“彼得·诺贝尔律师事务所”，“这是完全合法的，他自己拥有这个名字。”提登说。

提登发现有人在马尔默开了一家“诺贝尔比萨店”。家族协会对这种比萨店的挂名做法是“不理他”,“你理他他就出名了”。

家族协会做的最重要的工作是“促进”。他们会组织很多家族会议。诺贝尔家族协会通过电子邮件与340个成员联系。家族后裔的九个分支,每个分支有一个代表。作为主席,托马斯·提登发通知给这九个代表,他们再发给他们下面的人。家族协会有自己的档案馆,还试图把一部分转到国家档案馆的工商企业历史中心去。

诺贝尔档案馆有20个,分布在各地,莫斯科、圣彼得堡、巴库、斯德哥尔摩、赫尔辛基等。2012年9月,40个诺贝尔家族成员在卡尔斯库格市聚会,那里有一个诺贝尔博物馆。阿尔弗雷德曾在那里建有一个工厂,他最后几年住在那里。

诺贝尔家族协会和诺贝尔基金会有非常好的合作,他们定期去诺贝尔基金会,倾听他们的主管对工作的想法。但家族没有人参与基金会工作。现在在诺贝尔基金会的人,一部分是工商企业界代表,其余来自各学院。

“政府没有介入对诺贝尔遗嘱的执行,诺贝尔基金会也没有。这完全是由几个学院决定的。”提登说。

梁启超和他的儿女们

吴荔明

他的父爱很细很密

大姨梁思顺(令娴)1893年生于广东新会老家，她是公公梁启超的长女，是公公的第一个孩子。那时梁启超才二十岁。

李蕙仙婆生下大姨后，又生下长子，但不久就夭亡，这样一直到八年后才又生下二舅梁思成。公公不仅把她看作女儿，同时也视为最好的朋友，公公给她以特殊的爱。这爱体现在公公给她的几百封信中。

“大宝贝”这是公公对大姨的爱称，每封信中的称呼都是“宝贝思顺”或“我的宝贝”，早期的信都是“示娴儿”或“娴儿读”。

1927年，公公去世的前两年，他的肾病已十分严重，经常尿血，在病痛的折磨中他思念海外的儿女，而他更加思念思顺。他在一封信中对大姨写道：

我平常想你还自可，每到病发时便特别想得厉害，觉得像是若顺儿在旁边，我向她撒一撒娇，苦痛便减少许多。

大姨自幼受到良好的家教，公公不仅亲自教她写字读书，还教她写诗词，并且为她写了好多诗词。因此她有深厚的古文根底。公公给她的书房起名“艺蘅馆”。她抄写了很多诗词,编成《艺蘅馆词选》并作了自序。这篇自序和词选曾被传诵一时,1981 年还由广东人民出版社重新出版。

公公对二舅这个长子寄予了厚望。他曾给当时身在国外将要结婚的二舅写信说,你们若在教堂行礼,思成的名字便用我的全名,用外国习惯叫作“思成梁启超”,表示你以长子资格继承我全部的人格和名誉。

二舅 1901 年出生于日本,出生时,两腿是畸形撇开,两脚尖相对。公公请了一位外科医生给他治疗。医生建议把他双脚扳正,用绷带扎紧,然后再放入一个小木盒子里,一个月后二舅的腿果然治好了。1915 年夏,二舅进入北京清华学校读书,各科成绩都取得优异成绩;在音乐方面他会四种乐器,又是清华学校乐队的队长;绘画方面更是出色,是清华年报的美编;又酷爱体育,是全校运动会跳高第一名。

1923 年 5 月 7 日,二舅骑摩托车带着三舅思永去参加北京学生举行的“国耻日”纪念活动。正出南长街,被北洋政府的次长金永炎的汽车撞倒。这次车祸影响了二舅一生的健康,他的左腿比右腿短了一点点,落下了残疾,使他走起路来微跛。更严重的是,他的脊椎受到了损伤。

1919 年,林徽因初次结识了梁思成。公公梁启超和林徽因的父亲林长民是挚友,想成儿女亲家,使两家更加亲密。但梁启超明确地告诉当时才十八岁的梁思成和十五岁的徽因:尽管两位父亲都赞成这门亲事,但最后还是得由他们自己做决定。而这个决定又经过了四年才做出。1927 年,梁思成和林徽因分别从美国毕业之后,远在国内的公公梁启超决定在国内给他们举行特别庄重的中国式订婚仪式。后去信给二舅建议他俩在加拿大举行婚礼,由在当时担任外交官的二姨夫帮助斟酌。婚后的蜜月和回国的各项事情,公公梁启超都有非常周密的考虑,并订出了详细的计划。

关心儿女们的学业

三舅梁思永 1904 年诞生于澳门,他是王桂荃婆的长子,是公公梁启超的次子。三舅在事业上很执着,在美国哈佛大学研究院攻读考古学和人类学时,曾经参加印第安人古代遗址的发掘,并对东亚考古做过特别的研究。留学期间他很想了解国内的情况,想回国实习并收集一些中国野外的资料,写信回国征求他的父亲梁启超的意见。公公梁启超非常支持他,回信中,回答了有关业务的统计资料,并安排他在清华学校国学研究院担任助教。三舅在国内工作了一年,整理了清华所藏的著名考古学家李济之于 1926 年发掘的山西夏县西阴村史前遗址出土的部分陶片,并写成了英文的专刊。作为一个才二十多岁的年轻学生,在国内的一年工作中能作出这么多的成果,研究所的同仁对他很赞赏,认为他的前程无量,并希望他将来毕业后仍到清华工作。

妈妈思庄在九个兄弟姐妹中排行第五。1924 年 7 月李蕙仙婆去世,公公在丧妻之后首先想到的是孩子们怎么办?那时思庄才十六岁。正好大姨夫周希哲被政府派往加拿大任总领事,于是公公就叫大姨把思庄带往加拿大读书。妈妈由于初到加拿大英文有些困难,一次考试时在班上得了第十六名,这大大伤害了她的自尊心,为此她极不痛快。公公得知后写信鼓励她:“庄庄:成绩如此,我很满足了。因为你原是提高一年,和那按级递升的洋孩子们竞争,能在三十七人中考到第十六,真亏你了。好乖乖不必着急,只需用相当努力便好了。”妈妈经过努力英文很快就过了关,成绩一跃成为班上前几名,很多加拿大的孩子还要请教她,她终于如公公所预言的那样,竞争过了那些洋孩子们。

1930 年妈妈获得了麦基尔大学文学学士学位,次年到美国专攻图书馆学并最终获得了美国哥伦比亚大学图书馆学学士学位,真正实现了公公的意愿。

给最小的几个孩子开小灶

1924 年以后,五舅思达、五姨思懿、六姨思宁渐渐长大了。比他们大的哥哥姐姐们都先后出国留学,只有他们年龄小的孩子在身边,全家住在天津。但公公从日本回来后一直很忙,初期忙于政治活动,后又远行欧洲考察,所以在天津的时间不多,对子女直接教诲的时间不多。为了提高充实他们几人的国学、史学基本知识,公公决定让他们几个从 1927 年下半年起,休学一年补课,特聘请了他在清华大学国学研究院的学生谢国桢先生来做家庭教师,在家里办起了补课学习组。课室就设在老房子——原来梁启超所用的楼下的“饮冰室”书斋里。

据五舅回忆,补课的课程为:国学方面从《论语》《左传》开始,到《古文观止》,一些名家的名作和唐诗的一些诗篇由老师选定重点诵读或背诵。每周或半月写一篇短文。有时老师出题,有时可以自选题目。作文要用小楷毛笔抄正交卷。史学方面每天要临摹隶书碑帖拓片,写大楷二三张。

公公非常重视对子女的教育,他的教育原则是褒多于贬,以鼓励为主。而他给的奖品都是他亲手写的字(对联、诗词等)。八舅梁思礼是我最小的舅舅，也是公公子女中至今唯一健在的。他小名老 Baby，公公在信中叫他“老白鼻”。公公格外疼爱他，当然也是因为他是“老来子”。八舅后来成为中国第一代火箭系统控制专家，并和二舅思成、三舅思永一样都是中国的院士。

黄兴家族：有志者，不做官

刘卓然

百年家族，黄氏一门丰功伟绩一语见豹：“孔氏理想，黄氏执行。”黄兴立家训“笃实”“无我”，教育后人德与身齐。后人枝繁叶茂，人丁兴旺，虽有居高位声名显赫者，但均没有在从政之路上一路前行，走得太远。

家财散尽，只为革命应急之需

黄兴家境富裕，父亲黄萧村曾任地方都总，家中除一大庄园外，还拥有三百石谷田。1874 年10 月25 日，“仁”字辈的黄仁牧降生在浏阳河畔，他就是日后叱咤风云的民主革命党人——黄兴(黄克强)。

黄兴少年聪慧好学，初师从家父，研修国学，后从清末传胪肖举人、周翰林。黄兴思想深刻，人品高尚，知识渊博，书法与诗词造诣颇深。此外，黄兴“少从浏阳李永球学乌家拳术”，只手能举百钧；少年时的习武还形成黄兴另一特色——爱好体育，这对他的后人产生了深远的影响。

1903 年11 月4 日，农历九月十六，黄兴在湖南长沙保甲局的彭家巷子里，摆了两桌酒席。身材敦实、短发蓄须、西装革履的黄兴与20多位年轻人借着喝生日酒的名义，在觥筹交错下，宣告成立一个以推翻专制统治为目的的革命组织——华兴会,黄兴被公推为会长。

从华兴会成立到辛亥革命成功,八年时间,黄兴变卖家产,家财散尽。华兴会成立初期,需要联络新军、会党,组织起义,但无经费来源,于是黄兴劝说继母和妻子,卖掉老家凉塘“祖遗田地”。

后来,黄兴密谋于慈禧七十寿辰时发动起义。但因走漏风声,11 月某天傍晚,黄兴在长沙圣公会黄吉亭牧师掩护下,乔装辗转日本,这时他已被湖南巡抚衙门通缉。

父子齐上阵

黄花岗起义中,黄兴父子齐上阵。十八岁的儿子黄一欧以日本人身份为掩护,将四大行李箱的武器护送至同盟会香港统筹处。

黄兴汉阳鏖战之时,黄一欧在从浙江攻打上海江南制造局战斗中,任护军先锋队副司令员。在南京前线,黄一欧收到了父亲的一封来信,上面只写了八个大字——努力杀贼,一欧爱儿。

胡适看到此信曾发出感慨:“当年曾见将军之家书,字迹娟逸似大苏。书中之言竟何如?‘努力杀贼,一欧爱儿’八个大字,读之使人慷慨奋为而爱国。呜呼将军。何可多得!”

1914 年 7 月初,黄兴离日赴美。在美国,黄兴生活窘迫依靠卖字画为生,长子黄一欧收到他的信件竟是用废旧报纸写成。两年后,黄兴病逝上海。他的灵柩从长江进入湘江,最终国葬于岳麓山上。

黄兴逝世后,长子一欧、次子一中、三子一美、长女振华、幼女德华为其守灵,四子黄一球尚在襁褓之中。两月后,五子黄一寰(黄乃)降生,随母亲从上海返回长沙,参加父亲的国葬。一美、一球为黄兴二夫人徐宗汉所生。

五位儿子名字有一个特点,分别是欧、中、美、球、寰,女儿的名字都有一个“华”字。这种起名方式打破了传统家族的传统方式，预示着一直革新与全球视野。

与政治渐行渐远

在黄兴的第二代后人中，几个子女无一例外全部去国外留学。长子黄一欧留学美国哥伦比亚大学，长女振华留学麻省理工学院，次子黄一中留学东京帝国大学，黄一美留学法国，黄一球留学德国和美国。父亲去世后，尚未成年的黄乃和黄德华仍在长沙跟奶奶居住，后黄乃去了日本留学，德华则去了美国。

黄兴的子女后来虽有涉足政坛，但最终都与政治渐行渐远。

长子黄一欧从日本回国后被国民政府任命长沙市政务所经理（相当于市长），为政期间励精图治。但黄一欧对蒋政权心有成见，他认为，革命不是一个人而是一代人的功绩，蒋介石排除异己，这是黄一欧最看不惯的地方。后来被调任天津特别市政府参事特一区主任，黄一欧一到任就大加革除，并与友人周震鳞创办《坦途》一报，反对蒋介石。抗战后，又到南京任立法院立法委员一职。

厌倦了官场斗争和派系倾轧的黄一欧，1943 年离开国民政府回到湖南老家。程潜主政湖南，又是黄一球的岳父。一欧向程潜提出为湖南的解放“走不得，打不得，只和得”的九字建议。国民党败撤台湾，先后三次派人送船票邀请黄一欧一家赴台，但黄一欧都拒绝了。中华人民共和国成立后，他先后任湖南省人民政府参事、湖南省政协副主席、全国政协委员。

二子黄一中从东京帝国大学毕业后，回国担任国民政府铁道部参事、内务部统计司司长，建国后担任苏州市民革副主委等职。

黄一球是程潜的女婿，留学德国学的是航空机械，学成归来在中华航公司任机械工程师,1964年在台湾去世。黄一美十八岁大学毕业留学法国,在国民党撤退到台湾的时候,在国民党特务的一次暗杀活动中被误伤,1951年在上海逝世。黄振华去了台湾,续任“立法委员”,1989年回到大陆,三年后病逝苏州。

在黄兴的所有的儿女中,小儿子黄乃(黄一寰)幼年受到共产主义学说影响。留日期间,主修的专业就是研究马列主义。后来他接触了中共地下党组织,参加了世界语活动,反对日本侵华。1936年,黄乃被日本政府逮捕,后兄长黄一欧专程赶赴日本,联络旧友,将他成功营救。

1937年9月,在南京参加“九一八事变六周年纪念”活动后不久,黄乃决定去延安。那时,国共两党合作抗日,延安是很多进步青年心中的神圣之地。在国民政府任职的黄一中,为弟弟饯行。在延安,黄乃加入野坂参三的日本问题研究会,毛泽东主席曾说:“黄乃在日本问题上有发言权。”随后,黄乃做过新华社的战地记者,新中国成立后做统战工作。黄乃后来回忆,“当时自己没有看中官位,一切工作都是为了革命做准备”。但是,黄乃的人生路途并不顺畅,因为早年读书时右眼受伤,加上长期在昏暗的油灯下阅读写作,建国后到苏联养病,效果不佳直至失明。后经过不断摸索,黄乃创制出双拼音盲文。

“笃实”家风

在整个黄氏家族中,看护家业贡献最大的是二子黄一中,在父亲和兄长忙于革命的时候是他撑起了整个家。他担心父亲安危,在家照顾祖母、母亲和小妹。而在继承黄兴革命精神的传统中起到不可替代作用,尤其引人瞩目的,则是长子长孙。

黄兴长孙黄伟民1937年12月1日出生于上海。当时正是淞沪会战刚刚结束。“伟民”这个名字，应当有纪念抗战烈士的寓意在内，更是希望中华民族不再受列强欺辱、侵略。对黄一欧夫妇而言，在这种时刻儿子黄伟民的降生，不知多么艰难。

黄伟民出生后，母亲费尽周折把他们姐弟俩从上海带到湖南湘乡荷叶塘外婆家。

平时，黄一欧话语不多，由于在怀化、湘西一带开矿，时常不在家，但有时也为曼西、伟民姐弟俩讲述孙中山、黄兴的故事，并把黄兴写的“笃实”条幅挂在墙上，谆谆教诲姐弟俩领会“笃实”二字深意，嘱咐身体力行，不负祖父遗训。

黄兴曾言：“真有志气者，不必做官。”在这种笃实家风和新中国“革命工作没有高低贵贱之分”思想的影响下，黄伟民在长沙经五路小学和铁佛东街教了二十一年的书，在体育教学上成效显著，培养出一批优秀教练员和优秀体育工作者。

国学大师的悲情家族

刘畅

1927 年 6 月 2 日,在北京颐和园昆明湖,一代大师王国维在其人生最辉煌之时,投湖自尽,其死因被称为“中国文化史世纪之谜”,至今未有定论。

王国维离世后,留下 7 个子女,但他的后代很少被人提及。笔者在上海见到了王国维的孙子和曾孙,听他们讲述了王家几代人的坎坷。

悲观的人生哲学

王庆山是王国维次子王高明的儿子,他儿子王亮,现任复旦大学图书馆古籍部馆员。

王国维 1877 年 12 月 3 日出生于浙江海宁盐官镇,十六岁中秀才,被誉为“海宁四才子”之一。王庆山说:“祖父三岁丧母,二十九岁时丧父,继母和妻子随后又相继去世。本来他从小就性格内向,不善交际,家庭的变故又增添了许多悲伤的人生体验。同时,那个年代国难当头,他在旧的科举制度下找不到出路,便只身去了上海。”

1899 年,二十二岁的王国维进入上海《时务报》,在那里,他接触到了西方的哲学思想,并被德国唯意志论哲学家叔本华的悲观人生哲学深深感染。1904 年,在经历了痛苦的思索后,他发表了《红楼梦评论》。1901 年,王国维随著名学人罗振玉东渡日本,从事中国古代史料、古器物、古文字学、音韵学的研究,尤其致力于甲骨文、金文、汉晋简牍和唐人写本的考释。王国维是新兴学科甲骨文、敦煌学的奠基人之一,他所著的《流沙坠简序》《殷墟书契考释序》《宋代金文著录表》等,被称为"划时代之作"。

死因扑朔迷离

1902 年,王国维因病从日本归国,执教于南通江苏师范学校。1906 年,他随罗振玉入京,任清政府学部总务司行走、图书馆编译等职。其间,写就了晚清最有影响的著作之一《人间词话》。作为一部文学批评著作,它接受了西洋美学思想,以崭新的眼光对中国旧文学进行评论。许多人至今仍将其论点作为词学、美学的依据,足见这部著作影响之深远。

1922 年,王国维受聘北京大学国学门通讯导师。第二年,受蒙古贵族、大学士升允举荐,他与罗振玉、杨宗羲等应召任已退位的大清皇帝溥仪的"南书房行走",也就是每天去南书房侍奉"皇上"读书,所谓王国维是溥仪的老师一说就是自此而来。1924 年,冯玉祥发动"北京政变",驱逐溥仪出宫。王国维把这看作奇耻大辱,愤而与罗振玉等前清遗老相约投金水河殉清,但被家人及时劝阻。1925 年,王国维受聘清华研究院导师,教授古史新证、尚书、说文等,与梁启超、陈寅恪、赵元任被称为"清华四大教授"。

王国维在清华深得师生敬重,但谁也没有料到,1927 年 6 月 2 日上午,他 8 点照常去研究院上班,还和院秘书商谈了下学期招生等事,9 点钟,借了 5 元钱,雇黄包车来到颐和园。他沿着长廊走至排云殿西面，来到临湖的鱼藻轩，不久便投湖自沉。尸检时，人们才发现他的遗书，是写给三儿子王贞明的："五十之年，只欠一死，经此世变，义无再辱。我死后，当草草棺殓，即行藁（音同"稿"）葬于清华茔（音同"营"）地……我虽无财产分文遗汝等，然苟谨慎勤俭，亦必不至饿死也。五月初二父字"。

据家人猜测，王国维死因大致如下："可能是病痛，也可能是和带他出来的罗振玉有矛盾，或者是对时局的悲观，以及经历丧子之痛。"

王国维一生共有两次婚姻。第一任莫夫人，1896年与王国维结婚。1907年病逝于海宁，生有儿子王潜明、王高明、王贞明。第二任潘丽正，1908年与王国维成婚，育有儿子王纪明、王慈明、王登明，女儿王东明、王松明，1965年病逝于台湾。王国维一生不想让孩子子承父业，并按照实业救国的思想安排子女的未来。众多子女中，王国维最器重长子王潜明，他学业优异，1919年与罗振玉三女孝纯结婚，并通过了香港大学的高等考试，还有机会留英，但他放弃了，听父亲的话进了海关。谁料，1926年，二十七岁的他因病早逝。这让王国维陷入极大的悲痛。随后，罗振玉闻讯赶往上海，带女儿不辞而别回了天津。王国维写信欲将全部海关抚恤金留给罗家，也遭罗家拒绝，罗氏复信时还将"亲家"改称"静公"，让王国维深感其"蔑视他人人格"。儿子早逝、亲家反目带给王国维的精神创伤确是难以言表的。

总之，在诸多精神负担的重压下，王国维走上了绝路。他去世后第二年，潘丽正携年幼的子女离开北京搬回海宁。1949年，潘氏带部分子女迁往台湾。

一对父子，"两个罪人"

王高明中学毕业后遵从父命入上海邮局为邮务生，1931年调入上海邮政总局,1949 年邮政总局南迁台北,他留守上海,解放后随邮政总局迁往北京,任改组后的邮电部秘书处副处长。1951 年,邮政部干部大审查,王高明被定为“特务”。同年,次子王庆同和三子王庆山均被划为“右派”。“反右”运动让王高明一家命运急转直下。王庆山回忆说,母亲当时垮了,瘫卧在床,四个子女也不在身边:“父亲要照料母亲,一日三餐常常是烧饼加开水。但就是在这样的逆境下,他竟然还完成了百万字的学术著作。”1959 年,在友人的帮助下,王高明在中华书局文学组当“临时”编辑,做了大量的古籍点校工作,像著名的《李清照集校注》《南唐二主词校订》等书,都是他整理点校的。1966 年,因“文革”受到冲击被清退。1968 年王庆山回家探亲,一对父子,“两个罪人”,相见时都极力回避敏感话题,只说一些生活琐事。分别时,父亲送他到车站,嘱咐他要堂堂正正做人,不要给王家丢脸,谁知这一别竟成永别。

值得后人学习什么

王亮 1971 年出生,在新疆高中毕业后,考入复旦大学中文系,后入复旦大学古籍研究所就读硕士,读博期间,研究的课题是《续修四库全书总目提要》。王亮曾应邀去美国耶鲁大学,帮助整理馆藏的中国古籍。他还访问了美国主要的东亚图书馆及哈佛燕京等图书馆。在哈佛,他亲眼见到了有王国维亲笔墨迹和收藏过的书,而在加州大学伯克利图书馆,他还看到了清末民初著名藏书家蒋汝藻后人近年捐赠的古籍,感慨万分。

据王亮介绍,目前王家第二代中,只有姑婆王东明女士尚在,九十七岁高龄,曾发表了多篇纪念王国维的文章,现住在台北永和市。王国维三子王贞明(1905—1998),曾任清华大学职员,后任职于上海、烟台、威海、高雄海关，1949 年赴台。四子王纪明（1910—1978），1946 年赴台在高雄海关工作。五子王慈明（1915—2010）留在大陆，曾担任四川省人大代表、成都市政协常委、成都市科技协会名誉主席等职。六子王登明（1919—1997），曾任上海医科大学教授、药剂学教研室主任。次女王松明（1917—1979），曾在高雄、凤山等地任小学教员，后在台湾去世。

在王庆山看来，自己是承上启下的一代，而越往后，王家越是人才辈出。“我们这一房后代的 9 个子女中，有 4 个博士，两个硕士。祖父一生甘于寂寞，甘于冷清，即使生活压力很大，他还是愿坐冷板凳，治学严谨，并取得了辉煌的成就。这是做学问的晚辈今天应该学习的。”

曾氏家族的学术兄妹

叶兆言

一

长期以来，对于曾昭燏先生，一直有两个错误印象。首先，她不是曾国藩的曾孙女，是曾国藩弟弟国潢的后代。中国现代史上的狠角色，对曾国藩都十分推崇，蒋介石读书不多，喜欢把曾文正公挂嘴上。毛主席对这位湖南老乡推崇有加，干脆就说“愚于近人，独服曾文正公”，他的几卷《曾国藩家书》，扉页上都写着“咏之珍藏”的字样。毛还说过“在曾国藩的后代中，还有一个叫曾昭燏”，正是因这句话，我有了第一个错误印象。

其次，曾昭燏并非死于“文革”。到过中山陵，一定知道灵谷塔，南京人俗称为“九层塔”，很高很巍峨，我们读书时郊游，有一次排球掉下去，发出的巨响跟打炮一样，想起来后怕，落人脑袋上，后果不堪设想。曾昭燏正是从这塔上一跃而下，然而她的死，与习惯思维中的受迫害、不甘凌辱自杀无关。陪朋友去游览，卖弄过去掌故，我不止一次误导别人，把她列入“文革受迫害者”名单。

二

湘军领袖曾国藩是老大，有四个弟弟。老三国华，战死三河镇。老四国荃，族中排行为九，当年正是这位九爷，率湘军攻破了南京城，官至两江总督。老五国葆，病逝于军中。曾家五兄弟都是读书人，能文能武，皆有军功。老二国潢没在战场上久待，他是家族大总管，兄弟前方厮杀，他在后方照顾父亲，督课子侄，对曾氏子弟的教育贡献最大。

曾国藩曾夸二弟"劳苦最多，好心好报"。由于长年在外，如果说种种家规由老大曾国藩制定，真正让它贯彻和执行的，却是这位国潢。1868 年初夏，太平军被剿灭，曾国藩功高盖主，即将调任直隶总督，上任前，他为本家女性定了非常具体的"功课单"。早饭后做小菜点心酒酱，这是食事。接下来纺花或绩麻，这是衣事。中饭后做针黹刺绣，这是细工。曾家男子于看读写作缺一不可，妇女于衣食粗细缺一不可，曾国藩很认真地说，"自后每日立定功课，吾亲自验功"。

三

湘乡曾家一门人才辈出，有口皆碑，到曾昭燏已第四代，与曾国藩相差九十九岁。曾氏一门出了太多人才，不能不刮目相看。与曾家结亲同样不同寻常，查联姻的关系网，有关的名门数不胜数。光说曾昭燏这一家，哥哥昭抡娶了俞大，妹妹是国民政府主席谭延闿的媳妇。俞大又是曾国藩的曾外孙女，本来就是一家人，她哥哥俞大维，是后来的国民党国防部长、蒋经国的亲家，姐夫傅斯年，是著名的学界领导人。能攀上亲的还有陈寅恪，还有一大堆名人。

曾昭燏终身未嫁，始终是个做学问的老姑娘。长沙的艺芳女子学校，首任校长曾宝荪是她姑姑，也是杰出的老姑娘。曾昭燏几个姐妹都从这学校毕业，1929 年，曾昭燏考入中央大学国文系，成为胡小石先生的得意弟子。

师从胡小石是她人生的转折点，曾昭燏的学问落实在考古学上，无疑与老师深厚的文字学功力有关。作为胡的入室弟子，研习碑帖是必需的，然而曾昭燏并不以书法见长。她有很好的古文字基础，诗词文章都相当不错，最后却成了非常专业非常有成就的考古学家。

曾昭燏的求学经历，有两事值得一提，一是读书时，为了便于请教，干脆住恩师胡小石家里。在当时非同寻常，大教授都是有脾气的腕儿，不是最欣赏的弟子，享受不了这耳提面命的待遇。一是去英国留学，最初也没想学考古，那时候经费不足，她的目的不在学位，只是为了学习西方学者的治学方法。胡小石教会她如何在案头的书本上作研究，西方的考古学教会她走向田野，直接面对地底下的实物，而这两者恰恰是中西学问的最高境界。

考古学谈不上显学，要坐冷板凳，要在野外挖掘现场吃苦头。曾昭燏属于中国第一代考古专家，很有成就，参加和主持了一系列重要挖掘项目，譬如南京人熟悉的南唐二陵。她在考古界的地位不可动摇，曾被誉为“华东门神”“南霸天”，这些都代表了她的学术影响。

曾昭燏死于 1964 年，她的绝然而去，有种种猜想，没一个标准答案。

四

曾昭抡先生是曾昭燏的哥哥，当年的中央大学和北京大学化学系主任，中国化学学会会长。1949 年后，担任中国科学院学部委员、化学研究所第一任所长、高等教育部副部长。

关于曾昭抡，有一段逸事总是让我觉得可疑。据说朱家骅当中央大学校长时，有一次开教授会议，看见有个人穿得很破烂，十分不屑地问你是谁。对方说是化学系的，朱板着脸说，好吧，回去叫你们系主任来开会，结果那人扭头就走，第二天递了一份辞职报告，原来这人就是大名鼎鼎的曾昭抡。

我不相信这段子的理由有二。第一，朱家骅绝非平常之辈，不说别的，能当中统的特务头子，眼神就不该这么拙。第二，曾昭抡的家世如此显赫，别人提起了，如数家珍地说这是曾国藩家的谁谁，又是留美的化学大博士，而且是常青藤名校，这样的人穿得再破烂，毕竟是系主任，名士的架子还在。

那年头，不是什么人都能当系主任，尤其化学系系主任。程千帆先生高中毕业升入金陵大学，原本想学习化学，可是去注册的时候，发现要读化学，活生生比学习中文高出100多大洋。程千帆出身贫寒，窘迫于这白花花的银子，只能去中文系将就。

曾昭抡生于1899年，与闻一多和老舍同岁。他和闻一多有许多相似之处，都是清华出身，都是留美。曾昭抡在美国麻省理工学院苦读六年，是货真价实的博士。这样的才俊学成归国，前程怎么能不似锦，事业如何能不辉煌。他到中央大学，化学系系主任非他莫属。不想在中央大学玩了，北上进入中国第一大学北京大学，原来的系主任也得赶快给他挪位子。

说起过去的历史，人们总喜欢说20世纪二三十年代是文化人的黄金岁月。教授真金白银，国外回来的才俊，年纪轻轻，薪水动辄几百大洋。在哪儿混都系主任，住舒适的小洋房，娶美丽的外国老婆，生一大堆儿女。

抗战爆发，海归们好日子到了尽头。像蔡元培的女儿蔡威廉，名媛名教授,住院生孩子的钱都没有。穷困成了文化人的普遍现象,教授的手杖还在,雪茄已没得抽了,要想出各种法子挣外快贴补家用。朱自清不得不去中学兼课,再编点教材。闻一多玩美术的底子终于派上用场,自称手工劳动者,公开宣布润格,替人篆刻图章。

玩化学的人让大家羡慕和眼红,因为很容易转化为实用技术,譬如制造味精,制造肥皂。据说美国人曾向北大化学系求教过“味精”工艺,对于这种虚心求教,曾昭抡只要让弟子出面就足以应付。抗战期间,教授们穷得不像话,他在内地帮人开办了一家肥皂厂,立刻成为教授中的“富翁”,每月居然能多吃好几顿肉。

1957,曾昭抡他被打成“右派”,中央专门发文件,撤销高教部副部长一职,他去了武汉。1966 年 8 月,红卫兵冲进北大,妻子俞大遭到暴打,忍受不了污辱,服药自尽。第二年,饱受批判的曾昭抡也在武汉告别人世,他患癌症已五年,妻子的死讯所有人都瞒着他,一个居心叵测的造反派故意公开了这个秘密,往他心上扎了最后一刀,曾昭抡终于彻底崩溃。

张爱玲家的女人们

辰希

张爱玲是如此奇怪的一个人。当她活着的时候,很多人以为她已经死了;而当这人真的撒手而去的时候,她的遗作却又一部接一部问世,掀起一轮又一轮张爱玲热。

而张爱玲可供人反复咀嚼的不仅仅是她笔下的旖旎世界,还有她的传奇身世和特立独行的做派。而她自己似乎也乐于不断地发掘和撰写自己的家族历史和早年经历。她身边的那些人也便在文字里保存了他们的喜怒和声息,尤其是她身边的女人。

祖母

张爱玲的《对照记》里,收入她祖母李菊耦的三张照片,一张是"如花似玉"的十八岁。照片上,菊耦站在她母亲身边,亭亭玉立,眉目清秀,她眼角唇边的一抹笑意,"也许是在笑钻在黑布下的洋人摄影师",少女的活泼与大家闺秀的矜持在瞬间定格下来,楚楚动人。

李菊耦二十三岁的时候,李鸿章把她嫁给了流放归来的张佩纶,张大她十九岁,此前娶过两任妻室,皆已去世,留下两个男孩。

此时,李菊耦为相门千金,姿容秀丽,琴棋书画样样精通。而张佩纶年届四十,结过两次婚,是一个流放回来的罪臣,怎么看两人都不相配。据说菊耦的母亲当时就不同意这门婚事，但最后，菊耦自己点了头，因为“爹爹眼力必定不差”。

这段东床选婿的佳话在当时流传很广，曾朴在他的《孽海花》中，专门把这一段写了进去：李菊耦在签押房里与张佩纶相遇，豪门小姐怜惜落魄才子，她为他写的诗偏巧被他看见，更加幸运的是，得到了爹爹支持，于是才子佳人从此幸福地生活在一起。

但是，李菊耦和张佩纶的儿子张志沂对张爱玲说，这个情节是假的，那首诗是假的，奶奶所有唱和的诗都是爷爷自己做的，而且，奶奶决不可能在签押房里与爷爷相遇。他干净利落地剔除了所有传奇元素，将“爷爷奶奶”的故事还原为“父母之命媒妁之言”的平淡姻缘。

张佩纶后来仕途并未再有起色，李菊耦三十八岁开始守寡，靠嫁妆维持生活。张爱玲后来看到一张奶奶中年时的照片，“阴郁严冷”，从此不信爷爷奶奶婚后琴瑟和谐的佳话。

姑姑

许多读者知道张茂渊是因为张爱玲的一篇《姑姑语录》，一个洒脱、机智还有点自嘲的现代女子的形象读后历历在目。确实，张茂渊在民国女子中间算是异端了，她七十八岁才把自己嫁掉，即使按照现代的标准，也够特立独行的。

父亲死得早，母亲李菊耦对一双儿女的教养方式完全是阴阳倒错的，让女儿从小着男装，立意希望她性格刚强。张茂渊的一生，也确如其母所愿，坚强、独立、不流于世俗。

李菊耦去世后，遗产由继子张志潜代管，直到张爱玲的父亲张志沂娶妻生子后才交割清楚，但据说分得很不公平，张茂渊吃了个大大的哑巴亏，从此便不大与哥哥往来，声称不喜欢“张家的人”，只对张爱玲好一点,因为是她自己贴上来的。

那时候,西风东渐,上流社会的家庭都时兴把子女送出国留学。张茂渊也受此影响,打算去英国留学,因为遗产问题和哥哥闹翻了,于是便和与她性格相投的嫂子——也就是张爱玲的妈妈黄素琼结伴上路。

在去英国的轮船上,张茂源遇到了青年才俊李开弟,一见倾心,只可惜李已有婚约在身,此后二人只以朋友相待。张爱玲在香港大学念书的时候,张的母亲和姑姑还特意托在香港工作的李开弟做其监护人,照顾张爱玲的生活和学业。太平洋战争开始后,张爱玲和李开弟都离开香港返回上海,此后李与张茂源一直保持着联系。直到1979年,经过了"文革"的十年浩劫,时年七十八岁的张茂源才嫁给了李开弟,而早在十几年前李的妻子就死了,李的儿子也在"文革"期间自杀。

坊间一些小报喜欢把张茂源刻画成琼瑶笔下的女子,一生只为一个男人守候,苦等半个多世纪终于嫁给心上人。其实并非如此,看看张爱玲笔下的姑姑:"她找起事来,挑剔得厉害,因为:如果是个男的,必须养家活口的……怎么苦也得干……像我这样没有家累的,做着个不称心的事,愁眉苦脸赚了钱来,愁眉苦脸活下去,却是为什么呢?"

我们从张茂源对于职业的态度可以猜度出她对男人的想法,一切从心所欲,不刻意为之。张茂源是那个时代的新女性,海龟,还有一份父母的遗产,自己又在外面做事(她当过洋行的职员,也给电台读过社论),既然不用为了生计做一个"结婚员",那在挑选丈夫上自然也要挑剔得厉害了。之所以一直没结婚,不过是像我们今天大多数的剩女一样,没有在合适的时候遇见合适的人罢了。

张爱玲对笔下的人物,即使是至亲如父母弟弟,甚至是她自己也是毫不留情,唯独对姑姑,张是既亲切又有分寸的。究其原因,一方面是因为张爱玲从1937年逃离父亲的家到1952年离开大陆，期间的大部分时间都是和姑姑生活在一起的，其实对姑姑是比母亲还要亲的。另一方面，也实在是因为姑姑的性格和张爱玲自己是有诸多的共同之处的。

母亲

张爱玲的母亲黄素琼是个美丽敏感的女人，长得清秀高挑，有点像外国人。

张爱玲的母亲也是官宦人家出身，被养在深闺，裹着小脚，和弟弟一起念私塾。到了婚嫁的年龄，她被安排嫁给一个看起来门当户对的男人，这个男人的名字叫张志沂，是李鸿章的外孙子，张佩纶的儿子。

婚后最初的几年，他们之间也并无不妥，张爱玲和她的弟弟先后出生。但是，渐渐地，丈夫开始在外面花天酒地，抽大烟，嫖妓，过着典型的满清遗老的生活。

黄素琼对丈夫心存不满，却又无处发泄。她所能做的只能是逃避，借口小姑张茂源要去欧洲游学，年龄尚小又是女子，她作为监护人一同出国。

那一年，黄素琼二十八岁，已经有了一个四岁的女儿和三岁的儿子。作为一个女人，跨出这一步，不知道该有多狠心。她仿佛打开了一扇通向自由世界之门，从此后脱胎换骨，活出一个无拘无束的新女性。虽然缠过小脚，可谁也阻挡不了她把高跟鞋踩得铿锵玲珑，阻挡不了她翻越阿尔卑斯山的皑皑雪山，更阻挡不了她穿着新式的泳装秀出自己纤细的腰身。她什么都想试试，她学油画，学雕塑，学钢琴，学歌唱，学英语，她对西方的任何东西都迫不及待地尝试。

后来，在丈夫的殷殷期盼下黄素琼回了国。这个短暂时期因而成为张爱玲记忆里最无忧的童年片段。“我和弟弟在楼梯间跑上跑下，兴奋尖叫。家里不仅有壁炉，有童话书，还多了很多蕴藉华美的朋友。……母亲与一位胖阿姨肩并肩坐在钢琴凳上，模仿一出电影里的恋爱表演，我笑得在狼皮褥子上滚来滚去。”

可是，好景不长，丈夫很快又故态重演。这一次，她忍无可忍，跟他离了婚。离婚协议规定，张爱玲的抚养费由父亲承担，但是上什么学校得事先征求母亲的意见。可以说，张爱玲日后的成才既有他父亲的功劳（旧学功底扎实），也有她母亲的功劳，她一力主张女儿上西式学堂，一路受的都是最好的教育。只可惜，世事弄人，因为二战的爆发，张爱玲既没有上得了伦敦大学，最后连香港大学都没毕业。当然，从另一方面看，这也成就了作为作家的张爱玲。

1939 年，张爱玲求学香港，黄素琼则到了新加坡，与她的外籍男友一起搜集来自马来西亚的鳄鱼皮，加工制造手袋、腰带等皮件出售。1941 年，新加坡沦陷，黄素琼的男友死于炮火，黄独自苦撑，从新加坡逃难到印度，曾做过尼赫鲁的两个姐姐的秘书。1948 年，她又在马来亚侨校教过半年书。对这段落难生涯，黄并不觉惨淡，对张爱玲和姑姑说起时还直呼“过瘾”。

黄素琼最后定居伦敦。1957 年，黄素琼去世。临去世前，曾经去信张爱玲请她前来看望，张没去，只寄了一百美元支票给她母亲。两个月后，黄素琼的遗物寄到纽约，张爱玲打开箱子：满满一箱了古董。此时，张爱玲和赖雅生活拮据，这批古董对张算是“小小的发了一笔财”，赖雅日记上记载卖古董的钱最多一笔是 620 美元。黄素琼的晚年生活困窘，可以想见，她需要多么省吃俭用，才能刻意为女儿留下一箱古董？

张爱玲在母亲临别时的拒绝相见，我们无从猜度是不愿还是不能，但是张对母亲的感情却可以从她的文字中窥见一二。在《童言无忌》中，张这样描写她的母亲：“我一直是用一种罗曼蒂克的爱来爱着我的母亲的，她是个美丽敏感的女人，而且我很少机会和她接触，我四岁的时候她就出洋去了，几次来了又走了，在孩子的眼里她是辽远而神秘的。”

在《小团圆》里的母女之情就写得更透了，小说里面把母亲描写得有点堕落，暗示母亲有过无数的情人，也打过不少次胎。所以如果把《小团圆》当作自传来读的话，很多人会得出一个结论，张爱玲最初也最深的伤害不是来自胡兰成，而是来自她的母亲。

想想黄素琼这一生，我不知道她自己有没有幻灭感，她奋勇争先，可“她的一切努力似乎都没有特别好的结果，主要收入来源还是靠变卖从中国带来的几箱古董”。她也不是没在女儿身上花费过金钱和时间，但她最终没能给女儿一个普通母亲最家常的温暖和依靠。

辛氏家族的 1942

海欣

大乱之年，济南名士辛铸九家族的命运变迁颇耐人寻味。这个与政治时刻保持距离的家族，终于陷进了政治的漩涡，甚至对新中国成立后的山东政局都产生了一定影响。

一个家族的分水岭：祖孙三代的人生选择

考察山东尤其是济南 20 世纪上半叶的历史大事，我们经常会发现辛铸九的名字。

比如 1942 年，担任山东省图书馆馆长的辛铸九购置了一批图书。而前一年冬天，他最喜欢的孙女被日军杀死在费县大青山。

20 世纪 30 年代初，清末四大藏书楼之一的聊城杨氏海源阁藏书因战乱开始散佚。1941 年，海源阁后人杨承训将明清版古籍运往北平，辛铸九担心本省宝藏流于外籍，与历下名士苗兰亭、张蔚斋等人募集三百万元巨款，于 1942 年三次赴北平，将书买下，运回济南。抗战结束后这批古籍被无偿捐赠给了山东省图书馆。

辛铸九，著名绅士，擅长书法，曾任峄县知事、清平县知事、山东商会会长。1928 年，辛铸九曾为蔡公时收尸。面对动乱的时局，他告诫儿子："咱家在济南府地位不低，财产不少，所以别管他什么国民党、共产党，咱什么党都不参加。但有一点，咱得支持抗战，不管共产党还是国民党的队伍打日本，咱都支持，不然，老百姓没法过日子。”

1937年是辛氏家族的分水岭

日军占济南后，辛铸九没有跟着韩复榘撤走，也没有接受共产党的邀请，他暗暗盘算，老家章丘还开着一个纱厂、一个面粉厂，他想让儿子辛葭舟带着家人先撤回家乡，在那儿避避风头再说。

辛葭舟娶有一妻一妾，育有三儿三女。这个读法律专业的富家子弟，突然有了痛苦感。他担负着父母的重托，除了大女儿已经出嫁以外，带领在济南的一家老小怆然出城。

老家章丘回不去了，就往南逃，逃到枣庄，辛葭舟几乎走投无路了，天天东躲西藏。更让他焦虑的是，女儿辛淑荷长得秀美，一路上常遭骚扰，一个国民党军官，非要娶淑荷当小老婆，差点把她抢走。这个在济南城里一度显赫的家族，竟然落到逃难和朝不保夕的地步。

走投无路之际，辛葭舟给中共山东省委书记郭洪涛写了封信，表达了投奔共产党的愿望。为了表达诚意，他把一麻袋钱币捐给了八路军。

结果，辛葭舟成为八路军后勤部门的成员，儿子辛树明给部队首长当秘书。二十岁的辛淑荷做秘书。

留在济南的老父亲辛铸九，日本人曾企图拉他任省长，被他拒绝了，后来便以辛葭舟是“共匪要员”为把柄，将其逮捕。被人保释出狱之后，辛铸九于1939年9月出任省图馆长兼山东红十字会会长，直至抗战胜利。在此期间，他除了整理图书和碑刻，还购置了许多图书设备并修葺了省图的房舍。

祖孙三代的不同选择，成了1942年落在他们身上的一把标尺。

辛公馆：动乱时期的财富与爱情

辛公馆，位于大明湖南门外，百花洲侧，2008 年被拆除，在长达半个世纪的时间里，这座建筑是辛氏家族身份的象征。

辛铸九的孙子、年过八十的辛树英向本刊记者讲述辛公馆的故事。辛铸九是民国著名的收藏家，对文物很有研究。辛树英经常看见有人夹着包来到家里，找到爷爷，拿出收藏的古玩字画让爷爷鉴赏，“爷爷说是真的，那就是真的”。

“大明湖画舫上的题字基本上都是他写的，还有岱庙大殿‘宋天贶殿’匾额也是爷爷 1929 年手书的。”辛树英说。

抗战前，共产党员李竹如和林乎加在大明湖以泛舟游湖作掩护，秘密接头，发现湖畔辛公馆里，有一位妙龄少女，风姿绰约。林乎加诙谐地说：“看来这美女是不会嫁给穷小子喽！”

这个少女就是辛铸九的孙女辛淑荷，从小受到良好的教育，能歌善舞，尤擅书法和绘画，是中国最早接受学校高等教育的女学生，十六岁便举办个人画展。1938 年随父亲辗转来沂蒙山区，参加了八路军，改名辛锐。

1941 年春，她和战工会副主任兼秘书长陈明结婚。陈明原是福建一个穷苦农家的孩子。婚礼上，正巧李竹如、林乎加也在。林乎加旧事重提，对辛锐说：“在大明湖我说你不会嫁给穷小子，到底还是嫁给穷小子了。”

出身名门的辛锐有一种特别的气质：谁能说话体贴而轻柔，文雅而得体？谁能把宣传标语写成工美的柳体字？初到部队的辛锐，成了抢手的宝贝，山东省妇联用她，八路军的领导们也抢着找她整理材料，就连老乡也希望她到他们的墙上来刷标语，因为她写字像花一样好看。1939 年元月,《大众日报》创刊,“创刊号”报头上的毛泽东木刻也是出自辛锐之手。

1941 年 3 月 8 日,山东姊妹剧团成立,辛锐任团长。在这里,她身兼演员、导演、编剧数职,成功编排了《雷雨》等几个大型戏剧。

1941 年冬天,二十三岁的辛锐死在大青山突围战中。直到几年之后,辛铸九才获悉孙女去世的消息。

建国后,辛葭舟曾担任山东省交通厅厅长。1965 年,辛铸九去世,第二年,辛葭舟去世。这个家族的第一代和第二代,终于完成了他们的使命。